ハヤカワ文庫SF

〈SF2395〉

ミッキー7

エドワード・アシュトン

大谷真弓訳

早川書房

8900

MICKEY7

by

Edward Ashton

Translated by
Mayumi Otani
First published 2023 in Japan by
HAYAKAWA PUBLISHING, INC.
This book is published in Japan by
arrangement with
JANKLOW & NESBIT ASSOCIATES
in association with JANKLOW & NESBIT (UK) LTD
through JAPAN UNI AGENCY, INC., TOKYO.

ジェンへ。
きみが文明を終わらせていなければ、こんなことは起こらなかっただろう。

ミッキー7

登場人物

ミッキー・バーンズ……………使い捨て人間《エクスペンダブル》
ベルト・ゴメス…………………戦闘機パイロット。ミッキーの友人
ナーシャ・アジャヤ……………戦闘機パイロット。ミッキーの恋人
キャット・チェン………………警備兵。伍長
ヒエロニムス・マーシャル……コロニー建設ミッションの司令官
バーク……………………………医師

001

こいつは、いままでいちばん間抜けな死になりそうだ。

時刻は26時00分を過ぎたばかりで、俺はざらざらした石の地面に仰向けでのびている。闇がかなり濃いということは、視力も失っているのかもしれない。オキュラーがそのへんに可視スペクトル光子がないか五秒間も探してから、結局あきらめて赤外線センサーに切り替わる。それでもたいして見えやしないが、少なくとも、上のほうにこの空間の天井があるのはわかった。薄ぼんやりした灰色に輝く天井と、氷に覆われた黒い円形の穴が見える。あの穴から、ここに落っこちたに違いない。

問：いったい、なにが起こったんだ？

最後の数分間の記憶は断片的――ほとんどがばらばらの画像と音の断片だ。ベルトの飛行機から氷の割れ目《クレバス》の近くに下ろされたことは覚えている。積み重なった氷の塊を這うように下りていたことも覚えている。歩いていたことも。上を向いたら、南の壁の三十メートルほど上に岩が突き出しているのが見えたことも。ちょっとサルの頭に似ていた。つい笑って、そしたら……。

……そしたら左足が空を踏み、俺は落下していた。

くそっ。ちゃんと行く手を見ていなかったせいだ。上を向いて、あのサルの頭に似たバカげた岩を見ながら、ドームに戻ったらナーシャになんて話そうかと考えていたら、穴に足を踏み入れてしまった。

いままでで、いちばん、間抜けな、死。

頭のてっぺんからつま先まで、震えが走る。上のほうで動いていたときも、寒さは最悪だった。だがこのクレバスの底の底で、岩盤に背中を押しつけていると、寒さが体を浸食してくる。体にぴったりした肌着と二枚の防寒着を通り抜け、体毛と皮膚と筋肉にも染みこんで、骨にまで達する。またぶるっと身震いしたら、いきなり左の手首から肩まで激痛が走った。下を見ると、あるはずのないところにふくらみがあり、布地を押し上げている。ちょうど、外側の防寒着の袖と手袋がぶつかるところだ。手袋をはずそう。寒さが腫れを引かせる助けになるだろうと思ったのだが、また激痛が走り、実験は開始早々中止した。

ただ拳骨を握ろうとするだけでも、指を曲げはじめたとたん、痛みは激痛から目のくらむ痛みへと昇格する。

落ちるときに、どこかにぶつけたに違いない。骨折？　しているかもしれない。捻挫は？　確実だ。

痛いってことは、まだ生きてるってことだろ？

ゆっくり体を起こし、首をふって頭をすっきりさせると、まばたきして通信ウィンドウを開く。コロニーの中継器から電波を拾うには遠すぎるが、ベルトはまだ近くにいるはずだ。かすかな信号を感じる。音声や動画は無理でも、おそらくテキストメッセージならなんとか送れるだろう。さっとキーボード・アイコンを見て、視界の四分の一にチャット・ウィンドウを出す。

ミッキー7：ベルト。届いてるか？

レッドホーク：届いている。まだ生きてるんだな？

ミッキー7：いまのところは。だが、動けない。

レッドホーク：なにやってんだ。見てたぞ。おまえはまっすぐ穴へ歩いていて、立ち止まりもせず落っこちた。

ミッキー7：ああ、それはわかってる。
レッドホーク：小さい穴じゃないぞ、ミッキー。でかい穴だ。いったいどうした、相棒。
ミッキー7：岩を見ていたんだ。
レッドホーク：……。
ミッキー7：サルの頭みたいな形をしていたもんだから。
レッドホーク：いちばん間抜けな死に方だな。
ミッキー7：ああ、ていうか、それは死んだ場合だろ？ それはそうと、ひょっとして助けに来られたりする？
レッドホーク：ううん……。
レッドホーク：無理だ。
ミッキー7：マジかよ？
レッドホーク：マジで。
ミッキー7：……。
ミッキー7：なんで、来られないんだ？
レッドホーク：まあ、大きな理由は、いまおまえが下りていった場所の二百メートル上空をホバリング中だから。そっちの信号はまだかろうじて受信できるが、おまえは地下深くにいるうえに、ここはムカデどものテリトリーだ。おまえを助けだすには、かなりの労力と相当の危険がともなう――つまり、そんな危険を冒してまで使い捨て人間《エクスペンダブル》を助けだす正当性は見いだせない。わかるだろ?

ミッキー7:ああ。確かに。

レッドホーク:友人を助けるためでも、同じだよな?

ミッキー7:おいおい、ミッキー。そういう言い方すんなよ。べつに、おまえは本当に死ぬわけじゃないだろ。俺はドームに戻ったら、おまえの損害報告を提出する。それが職務だ。マーシャルがおまえの再生を承認しないわけがない。明日になれば、おまえは培養槽から出て、自分の寝台に戻っているさ。

ミッキー7:おお、そいつはいい。ていうか、そっちにとって都合がいいのは確かだ。だが、そのあいだ、俺は穴んなかで死ななきゃならない。

レッドホーク:ああ、残念だ。

ミッキー7:残念だ? マジかよ? たったそれだけ?

レッドホーク:悪いな、ミッキー、けどなんて言ってほしいんだ? おまえがそんなところで死んでいくと思うと、つらいよ。けど真面目な話、それがおまえの仕事だろ?

ミッキー7:しかも、俺のバックアップ・データは最新じゃない。一カ月以上、アップロードしてないんだ。

レッドホーク：それは……俺の責任じゃない。まあ、心配するな。おまえがなにをしようとしていたかは、俺が新しいおまえに教えてやる。最後のアップロード以後にあった個人的なことで、新しいおまえが知っておくべきことはあるか？

ミッキー7：うーん……。

ミッキー7：いや、ないと思う。

レッドホーク：よし。じゃあ、準備はできたな。

ミッキー7：……。

レッドホーク：問題ないだろ、ミッキー？

ミッキー7：ああ。問題ない。いろいろありがとよ、ベルト。

俺はまばたきしてウィンドウを閉じ、岩壁にもたれて目をつぶる。あの臆病者のくそったれが、助けに来ないなんて信じられない。

いやいや、なに言ってんだ、俺は？　信じられないわけないだろ。

で、どうする？　ここにすわって、死ぬのを待つか？　この掘削孔というか、立坑というか、なんだか知らないところをどれくらい落下して、この……底に到達したのかはわからない。二十メートルくらいだろうか。ベルトの口ぶりからすると、百メートルくらいありそうだ。俺が落ちてきた穴はあそこに見える。上方三メートルもない。あそこに手が届いたとしても、手首がこんな状態じゃよじのぼるのは無理だ。

エクスペンダブルをやっていると、よくいろんな死に方を考える――実際に死にかかっていなければ、だが。これまで凍死したことはないが、凍死について考えたことは、もちろんある。この荒涼とした氷の星に着陸した以上、考えないでいることのほうが難しい。どちらかと言えば、かなり楽な死に方のはずだ。体が冷えきって、眠りこみ、二度と目を覚ますことはないんだろ？　だんだん、うとうとしてきたぞ。少なくとも、この死に方は悪くなさそうだ。そんなことを考えていたら、オキュラーに通信が入った。俺はまばたきして返信する。

ブラック・ホーネット：ハイ、ベイビー。

ミッキー7：やあ、ナーシャ。どうした？

ブラック・ホーネット：いいから、じっとしてなさい。いま、飛行中。二分後に到着予定よ。

ミッキー7：ベルトがきみに連絡したのか？

ブラック・ホーネット：ええ。彼はあなたを回収できないと思ってる。
ミッキー7：じゃあ、なんで？
ブラック・ホーネット：彼はやる気がないだけよ。

希望ってのは、おかしなもんだよな。三十秒前まで、俺は百パーセント死ぬと確信していたし、べつに怖くもなかった。ところがいまは、耳のなかで心臓の鼓動がうるさく響き、頭は起こりうるあらゆる失敗を次々と挙げていく。ナーシャが貨物機をなんとか着陸させ、救出作業をする際、どんな失敗が発生するか。クレバスの底には、そもそもナーシャが下りられるだけの広さがあるだろうか？　もしなかったら、彼女は俺の居場所を突き止められるか？　もし突き止められたとして、俺のところまで届く長さのケーブルを持っているだろうか？

持っていたとして、その動きに気づいたムカデどもに彼女が襲われる可能性は？
くそっ。
くそっ、くそっ、くそっ。
ナーシャにそんなことさせられるか。

ミッキー7：ナーシャ？
ブラック・ホーネット：なに？
ミッキー7：ベルトの言うとおりだ。俺は回収不能だ。
ブラック・ホーネット：……。
ミッキー7：ナーシャ？
ブラック・ホーネット：それは確かなの、ベイビー？

また目を閉じ、息を吸って、吐く。ちょっくら培養槽に戻るだけのことだろ？

ミッキー7：確かだ。俺は地下の深いところにいるし、重傷だ。正直、きみがどうにか回収してくれたとしても、俺はどっちみち廃棄されるだろう。
ブラック・ホーネット：……。
ブラック・ホーネット：わかった、ミッキー。あなたが決めることだから。
ブラック・ホーネット：わたしが助けるつもりで来たってことは、わかってるわよね？
ミッキー7：ああ、ナーシャ。わかってる。

ナーシャが静かになると、俺はその場にすわって、彼女の信号強度が上がったり下がったりするのを見つめた。彼女は落下場所の上空を旋回している。俺の信号の発信地点を三角法で測ろうとしている。俺のいる場所を突き止めようとしている。

こんなことは、終わらせなきゃならない。

ミッキー7：帰れ、ナーシャ。俺はもう、くたばる。

ブラック・ホーネット：えっ。

ブラック・ホーネット：そう。

ブラック・ホーネット：で、どうするの？

ミッキー7：なにを？

ブラック・ホーネット：シャットダウンよ、ミッキー。ファイヴのときみたいな死に方はやめてほしい。武器は持ってる？

ミッキー7：いいや。バーナーは落ちるときになくしちまった。どっちにしろ、正直、あいう道具を自分に使う気にはなれない。そっちのほうが早くすむだろうが……。

ブラック・ホーネット：ええ、それはたぶんいい判断だと思う。ナイフはどう？　砕氷斧《ピッケル》は？

ミッキー7：いいや、どっちもない。てか、ピッケルでどうしろってんだ？

ブラック・ホーネット：わからない。でも、先が鋭いでしょ？　頭を割ったりできるんじゃないかしら。

ミッキー7：ナーシャ、力になってくれようとしているのはわかるんだが――

ブラック・ホーネット：循環式呼吸装置《リブリーザー》の密閉を解除しちゃえば？　低酸素濃度と高二酸化炭素濃度のどっちが早く死なせてくれるかはわからないけれど、どちらにしても数分で終わるわ。

ミッキー7：そうだな。試したことはないが、ゆっくり窒息して死ぬのは、あんまり好みじゃない気がする。

ブラック・ホーネット：じゃあ、どうするの？

ミッキー7：凍死かな。

ブラック・ホーネット：ああ、それはいいわね。穏やかに逝けるんでしょ？

ミッキー7：そうであってほしいね。

　ナーシャの信号が小さくなり、ほとんど消えたかと思うと、ゼロよりほんの少し上で安定した。彼女は信号発信範囲ぎりぎりのところにとどまっているに違いない。

ブラック・ホーネット：ねえ。アップロードはしてあるんでしょ？
ミッキー7：この六週間はしていない。
ブラック・ホーネット：どうして、しなかったのよ？

その件には、いまはどうしても触れたくない。

ミッキー7：怠けていただけさ。
ブラック・ホーネット：……。
ブラック・ホーネット：今回のことは残念だわ、ベイビー。本当に残念。
ブラック・ホーネット：このまま、通信していてほしい？
ミッキー7：いいや。しばらくかかりそうだし、もし墜落でもしたら、きみは帰れなくなるんだぞ？　きみはドームへ戻るべきだ。
ブラック・ホーネット：本気で言ってるの？
ミッキー7：ああ、本気だ。
ブラック・ホーネット：愛してるわ、ベイビー。明日あなたに会ったら、〝昨夜のあなたは、立派な最期を遂げた〃って伝えてあげる。

ミッキー7：ありがとう、ナーシャ。俺も愛している。

ブラック・ホーネット：さよなら、ミッキー。

まばたきしてウィンドウを閉じ、ナーシャの通信信号が小さくなってゼロになるのを眺める。ベルトの信号はとっくに発信範囲を出ていた。上を向くと、ぽっかりあいた穴が悪魔のケツの穴みたいにこっちをにらんでいる。アップロードしていようがいまいが、急に納得いかない気分になってきた。このまま死ぬのは気に入らない。俺は頭をふると、なんとか立ち上がった。

ここで思考実験をしてみよう。想像してみてくれ。夜寝るとき、ただ眠りにつくわけじゃないことを発見したとしよう。眠るんじゃなく、死ぬんだ。死んで、翌朝はほかの誰かが自分になりかわって目を覚ます。その人物には、きみのすべての記憶がある。きみの希望、夢、恐れ、願いを全部、持っている。その人物は、自分のことをきみだと思っている。きみの友だちや愛する人たちも、その人物がきみだと思っている。けど、そいつはきみじゃないし、きみは一昨日の夜に眠りについた人物じゃない。きみが存在するのは今日の朝からで、今夜目を閉じれば存在しなくなる。そこで、自分に訊いてみてくれ——自分の人生に実質的な違いはあるだろうか？　違いを見分ける方法はあるだろうか？

〝眠りにつく〟を〝押しつぶされた／蒸発した／火がついた〟に置きかえれば、ほぼ俺の人生だ。反応炉でトラブル発生？　俺の出番だ。不完全な新しいワクチンの実験？　俺に任せろ。きみの自家製アブサンが、飲んでも安全かどうか知りたい？　しょうがないな、俺が一杯飲んでやろう。もし死んでも、いつだって新しい俺をつくれる。

　そうやって死ぬことのいい面は、事実上、いやなタイプの不死身の存在であることだ。俺はミッキー1《ワン》のしたことは覚えちゃいない。自分がミッキー1だったことは覚えている。ていうか、とにかく、彼だった頃の最後の数分間以外は。彼は——俺は——宇宙船で航行中、船体の亀裂修復作業で死んだ。その二、三時間後、ミッキー2《ツー》が目を覚まし、自分は三十一歳で、ミズガルズの生まれだとはっきりわかった。あとは知るか。ミッキー2だって、たぶん彼だろう。たぶん、最初のミッキー・バーンズがミッキー2の目を通して見ていたんだろう。どうしたらわかる？　それにたぶん、俺がこの洞窟の地面に横たわって目を閉じ、リブリーザーの密閉を解除すれば、明日の朝にはミッキー8《エイト》として目覚めるだろう。

　だが、どういうわけか、そう思えないんだ。

ナーシャとベルトには違いはわからないかもしれないが、俺は理性よりずっと深い心の奥底で確信している。俺は絶対、自分が死んだとわかるはずだ。

この穴の底には、可視領域内の光子はほとんどないが、俺のオキュラーは短波赤外線を感知して周囲を見ることができる。で、わかったのは、この空間から六つのトンネルが伸びていることだ。どれも下へ傾斜している。

そんなはずはない。

それを言うなら、この事故自体があっていいはずがない。

トンネルは溶岩チューブのようだが、軌道からの調査によれば、ここから半径千キロ以内に火山活動の形跡はないはずだ。それも、ここを最初のベースキャンプの場所として選んだ理由のひとつだった。赤道からかなり離れているせいで、このバカな惑星のひどい天候が、ここではさらにひどいというのにだ。俺はこの空間の端をゆっくり歩いて回った。どのトンネルも同じに見える。直径約三メートルの円形のトンネルで、ぼんやりと光っているようすは、正の温度勾配が生じていると俺の意識に訴えかけてくる。それと同時に、どのトンネルもおそらくまっすぐ地獄へ通じていると、潜在意識に警告してくる。それぞれのトンネルの間隔は、俺の歩幅で六歩だ。

それも、妙な気がする。

だが悩んでいる時間はない。俺はひとつのトンネルを選んで、歩きだした。

三十分かそこら歩いただろうか。ナーシャに、ただここにすわって凍死するのを待つつもりはないと伝えるべきだったんじゃないかという気持ちになってきた。俺が実際に死ぬまでは、いや死なないかぎり、ベルトに損害報告を出させてはいけないと、ナーシャがわかっていてくれたらいいのだが。ユニオンは多くの点でかなりだらしないというか、人間的だが、バイオプリント製の体と人格ダウンロードが始まった当初、最悪な事態が何件か発生したため、いまではほとんどのコロニーで、コピー人間は連続殺人鬼や幼児誘拐犯より忌みきらわれている。

通信ウィンドウを開いても、当然、ここではなんの信号もキャッチできない。俺と地表のあいだには、巨大な岩盤があるのだ。おそらく、あれでよかったんだろう。ナーシャが救出しようという意見を押し通さなかったのは、俺がどっちみち大けがをしているという印象をあたえたからだ。それが唯一の理由だと、俺は確信している。もし不調は頭痛と手首の捻挫だけで、立って歩き回っていると知ったら、彼女はすぐひき返してきて、俺が望もうが望むまいが、助けだそうとするだろう。

そんなことはさせられない。ナーシャは俺の過去九年間の人生で唯一の、間違いなく善きものだ。その彼女が俺のために命を落としたりしたら、俺は一生後悔する。死なかったが、死ぬべきだったんじゃないのか？　いいや、死ぬわけにはいかない——とにかく、それを忘れないようにしよう。

いずれにしろ、たとえこの時点でナーシャが望んだとしても、俺を発見できるかどうかはわからない。ここはアリの巣みたいで、十数メートルおきにトンネルが交差している。下ではなく上へ向かっていそうなトンネルを選んできたつもりだが、あまりうまくいっていないようだ。自分がどっちへ向かっているのか、さっぱりわからない。

だが、いい兆候もある。俺はもう震えちゃいない。最初は低体温状態になるかと思っていたが、壁が発する赤外線の輝きがだんだん強くなってきて、いまでは奥へ進めば進むほど暖かくなっていくのがはっきりわかる。実際、少し汗ばんできた。

汗もいまのところは問題ないだろう——が、本当に地上へ戻る道が見つかったら、まずいことになる。あの立坑の入り口を覆う凍った雪を突き破ったとき、気温はマイナス十度だった。夜の気温はマイナス三十度以下まで下がり、風がやむことはない。もし外へ出る道が見つかったとしても、太陽がのぼるまで、なかにとどまっていたほうがいいかもしれない。

ナーシャのことを思い浮かべていたら、初めてその物音が聞こえた。たくさんの小石が花崗岩の表面を転がり落ちてくるような音だが、聞こえたかと思うとやみ、また聞こえてはやむ。俺は急いだ。後ろはふり向かない。もう、はっきりわかる。このたくさんのトンネルは自然に形成されたものじゃない。硬い岩に直径三メートルのトンネルを掘れる穴居性動物なんて知らないが、なんであれ遭遇したくないことだけは確かだ。

俺は足を速めた。物音はさらに頻繁になり、さらに近づいてくる。気がつくと、歩く速度がどんどん上がり、ついにはほとんど走っていた。トンネルの交差点に入ったと思ったら、物音が後ろから聞こえるのか、前から聞こえるのかわからなくなった。俺は急停止して、半ばふり向いた。

すると、やつがいた。ほとんど触れそうなほど近くに。

全体的にほかのムカデと似ているが、それもそうだろう——分節した体、各体節に一対の脚、脚の先にあるのは足ではなく、硬く鋭いかぎ爪だ。だが、大あごが違う。ほかのムカデはいちばん前の体節に一対の大あごがついているが、目の前のこいつには、二対ある。わずかに長いほうの一対が地面と平行に伸び、それと直角の方向に短い一対がついている。ほかのムカデと同じく、大あごの内側には器用に動く短い摂食肢があり、歯のある丸い口がついている。

ほかにもいくつか重要な違いがある。ほかのムカデは真っ白だ――雪景色に身を隠せるよう進化したのだろうか。いま見ている赤外線センサーではわかりにくいが、可視光線のなかで見れば、こいつは茶色か黒だと思う。

それにもちろん、ほかのムカデは体長一メートル、体重二、三十キロというところだろうが、ここで出会った新しい友人は、俺の身長と同じくらいの横幅があり、体長はというと、見えるかぎりずっとトンネルの奥へ伸びている。

戦うか、逃げるか？　ここでは、どっちもまずそうだ。俺は両手を上げ、開いた手のひらを見せ、ゆっくりと一歩後ずさった。すると、反応があった。そいつは頭をもたげ、二対の大あごをかっと開いたのだ。摂食肢で俺を招いている。ボディランゲージだ。こいつらにとっては、両手を上げて広げる仕草は、おそらく威嚇に見えるんだろう。俺は両手を下ろし、もう一歩後ずさった。やつはこっちへずるりと這ってくる。前のほうの体節を、コブラの頭のようにゆっくりと前後に揺らす。ああ、ナーシャの言うことを聞いておくべきだった。さっさとリブリーザーの密閉を解除して、この星の大気にとどめを刺させるべきだった。ムカデの怪獣に食われるなんて、まったく望まない死に方だ。そんなことを考えていると、やつが襲いかかってきた。

よける間もなく、二対の大あごにぱくりとはさまれた――脚のあいだと、右肩の上、そして胴の両側。巨大ムカデは俺を地面から持ち上げ、摂食肢で俺を固定する。リズミカルに開いたり閉じたりしている口まで、一メートルもない。口のなかには冷たい黒い歯が何列もびっしりと連なり、見えるかぎりずっと奥の熱い溶鉱炉のような食道までつづいている。

ところが、巨大ムカデは俺を口に入れようとしない。俺を持ち上げたまま、動いていく。摂食肢は多関節で、先端にはひとそろいの触手が入っており、それがほぼ指のような役目を果たし、触手の先には長さ二センチのかぎ爪がついている。俺は最初のうちはもがいていたが、両腕を広げた状態で摂食肢につかまれ、鋼鉄の万力《まんりき》のような力で大あごに押しつけられた。足で多少蹴ることはできるが、蹴る価値のあるところには届かない。この時点で、こいつは俺を巣に持ち帰ろうとしているのだろうと推測した。子どもたちのおやつか？　それとも、奥さんへの特別なごちそう？　どっちにしろ、もしいまリブリーザーの密閉スイッチに手が届いていたら、すぐ解除するところだ。だが、その選択肢はない。というわけで、俺はこうしてぶらさげられたまま、あのうごめく口のなかですりつぶされるのはどんな気分だろうと想像していた。

移動は長く、気づくと居眠りしていた。だが巨大ムカデの歯の音で目を覚まし、残りの道中、開いたり閉じたりする口のなかでたくさんの歯がこすりあわされるのを眺めていた。

妙に見入ってしまう光景だ。歯はずっと伸びつづけているか、定期的に生えかわっているに違いない。というのも、無数の歯がしきりにぶつかりあっているのだ。

しばらくすると、歯のぶつかりあう角度が、歯を研ぐのに最適であることに気づいた。ようやく止まったのは、俺が最初に落っこちた場所によく似た空間だった。巨大ムカデは開けた空間を横ぎっていくと、そこから伸びる小さめのトンネルに頭を滑りこませる。俺は首をそらして周囲を見た。その通路は二十メートルくらい先で行き止まりになっているようだ。一家の食糧貯蔵庫だろうか？　巨大ムカデは俺を地面に立たせ、大あごを開いた。そして摂食肢で俺をそっと押しやると、頭を引っこめた。

なにが起きているのかはわからないが、こいつのいないところへ行きたいのだけは確かだ。俺はトンネルをのぼりだした。突き当たりの壁は、どこかおかしい。気づくのに数秒かかったが、オキュラーが数時間ぶりに可視光を認識している。

トンネルの突き当たりまで来ると、壁は岩ではなかった。固まった雪だ。俺は雪に片手を当て、勢いよく突いた。直径五十センチほどの穴があいた。昼の光があふれんばかりに差してくる。

その瞬間、不意にこんな記憶がよみがえった。ミズガルズの祖母の別荘ですごした、九歳の頃の俺。晴れた春の朝、俺は自分の部屋でクモを捕まえた。両手をカップのようにくぼませてクモをすくい上げ、手のなかに閉じこめると、階段を駆け下り玄関を飛び出した。そのあいだ、クモは細い小さな足で手のなかを這い回っていた。俺は前庭にしゃがむと、両手を地面に近づけ、手を開いた。クモがあわてて逃げていくとき、俺は慈悲深い神みたいな気分だった。

壁の穴から、雪に覆われた俺たちのメインドームが見える。距離はせいぜい二キロ。俺はあのときのクモだ。俺はクモで、トンネルの奥にいるあいつは、ただ俺を庭に下ろしてくれたんだ。

トンネルから出るとすぐ、通信を試みた。ベルトに、それからナーシャに。返信はない。そう驚くことでもないだろう。まだ早い時間だし、二人ともひと晩じゅう出ていたのだ。ベルトはドームに戻ってすぐ、俺は殉死したと報告しただろうか？　それとも、朝まで待つことにしただろうか？　そして報告が上がってから、実際に新しい俺がつくられるまで、どのくらいかかるだろう？　そのへんのことは門外漢だから、はっきりとはわからないが、そう長くはかからないと思う。ベルトにメッセージを残しておくか。だが、なんとなく、やめておいたほうがいい気がする。もし昨夜、ベルトが帰って自分の寝床へ直行していたなら、彼に会って話せばいい。だが、もしまっすぐ寝床へ行っていなかったら……正直、どういう展開になるかわからない。ともあれ奇妙なことに、いま俺が死んでいないという事実は、しばらく秘密にしておいたほうがいい気がする。

一時間かかって、膝まで積もった新雪のなかをとぼとぼ進み、ドーム周辺まで帰ってきた。それにしても、珍しく気持ちのいい朝だ。気温は零度をほんのわずかに上回っている。ほぼ一週間ぶりだ。風はやんでいて、空は雲ひとつない穏やかなピンク色。丸々とした赤いボールのような太陽が、南の地平線のすぐ上に浮かんでいる。ドームから半径約百メートルの地帯は、特別警戒ゾーンになっている――センサーを備えた見張り塔、自動的に火を噴く砲塔、侵入者を捕らえる罠、仕掛け。いったいどんな目的でそんなものをつくったのか、俺にはさっぱりわからない。いまのところ、大きい動物といえば、ムカデどもしか目撃されていないし、やつらはセンサーでは発見できない雪の下を移動できるようなのだ。とはいえ、まあ、これが標準的な実施要領なんだろう。

今朝は、ゲイブ・トリチェッリがメインロックへ通じる検問所に立っている。ゲイブは警備セクションの兵士だが、兵士一般から言えば、いいやつだ。彼はフル装備の戦闘スーツを着こんでいるが、ヘルメットはかぶっていない。まるで、やたらと頭の小さい、でかくなりすぎたボディビルダーといった感じだ。

「ミッキー、早朝から外出か」

俺は肩をすくめる。「まあな。健康のために散歩していただけさ。その装備はどうした？　俺がクレバスで仕事しているあいだに、コロニーは宣戦布告でもしたのか？」

ゲイブは循環式呼吸装置《リブリーザー》の奥でにやりとする。「いいや、まだだ。戦闘スーツは警戒任務のために自主的に着たんだ。ほら、これ、イケてるだろ」そして、俺の来た方向を指す。

「マーシャルはまだ、おまえにあの山麓地帯を偵察させてるのか？」

「ああ。俺がいるのに、つまらない仕事で高価な機材を危険にさらす意味はないだろ？」

「そりゃそうだ。あそこでなにかいいものは見つかったか？」

見つかったとも、ゲイブ。重量貨物機くらいバカでかいムカデだ。そいつが俺をドームの近くまで運んで、逃がしてくれた。あれは確かに、知覚生物だった。すげえよな？

「いいや。大量の岩と雪だけだ」

「だろうな。見たまんまだ。マーシャルはくだらない仕事で俺たちの時間を無駄にしているだけだよな？」

やれやれ。ゲイブは退屈を持てあまし、無駄話をしようとしている。これはさっさと切り上げないと。

「なあ、ここでくっちゃべっていたいのはやまやまだが、今朝はドームで用があるんだ。通してもらっていいか？」

「ああ、もちろん。IDを見せろなんていう必要はないよな？」

「ないんじゃないか」

ゲイブはタブレットを引っぱりだしてなにか打ちこむと、俺を通し、手をふってドームに入れてくれた。よし。まだ誰もミッキー8を警備システムに登録していないのかもしれない。ベルトの怠け癖が、とてつもないトラブルから俺を救ってくれたらしい。とはいえ、そもそも俺がこんな状況に陥ったのも、ほぼベルトの怠け癖のせいだ。難しい作業になっただろうが、彼は昨夜のうちに機材をそろえてクレバスに戻り、俺を引き上げることだってできたはずだ。

俺の救出のために、ナーシャを危険にさらすつもりはなかったが、ベルトなら？　彼に助ける気があったら、イチかバチか頼んでいたと思う。

もちろん、使い捨て人間《エクスペンダブル》を使うことの重要な利点は、助けに戻る必要がないところだ。とはいえ、今回の件がどういう結果になろうと、俺は親友を選ぶ基準を見直す必要がありそうだ。

最初に寄る場所は、自分の寝床だ。着替えて、少し体をきれいにして、ひねった手首に弾性包帯を巻いておく必要がある。いまはもう骨折しているとは思ってないが、紫色に腫れ上がっていて、少なくとも二、三週間は痛みそうだ。身支度を終えたら、ベルトに連絡を取って、バカなことをしようとしていないか確認すればいい。ナーシャにも連絡して、無事に帰ってきたことを知らせないと。

それに、助けたいと言ってくれてありがとうと伝えなくちゃな。

ドームを横ぎるメイン通路を三分の二ほど進み、金属製の螺旋階段を四階分のぼってスラムへ向かう。ここには低い階級の寝床がある。プラスティックの仕切板で区切られ、発泡プラスティックの薄いドアがついた三×二メートルの小部屋が数十個、天井近くのこの空間にひしめいている。俺の部屋は中心に近い。しかもダブルの部屋で、立って頭上に手を伸ばせるくらいの高さがある――これも、エクスペンダブルであることの恩恵のひとつだろう。アステカ族が名誉をかけた球戯の選手らを、祭壇に引きずっていって心臓をえぐりとるまでは丁重に扱っていたのと似たようなものだ。

自分の部屋の鍵を開けようとして初めて、まずいことになっているかもしれないという気がした。鍵がすでに開いている。俺はドアを押し開けた。心臓が胸のなかでスタッカートを刻んでいる。俺の寝台に誰かいる。俺の毛布をあごまで引っぱり上げて寝ているじゃないか。髪は額にはりつき、顔には鼻水が流れて乾いたような跡がついている。俺は二歩進んで、後ろ手にドアを閉めた。カチャリという音に、寝台の男が目を開ける。

「おい」

男は上体を少し起こして、顔に片手をやった。「なんだよ……」と俺を見て、目を見開く。

「バカな。俺がミッキー8だろ？」

002

そろそろ、俺がなにをやらかして使い捨て人間《エクスペンダブル》にされたのか、気になっていることだろう。恐ろしいことをしでかしたに違いないとか？　子犬を殺したんだろうとか？　ばあさんを階段から突き落としたんじゃないかとか？

違う、違う。信じてもらえないかもしれないが、志願したんだ。

エクスペンダブル候補を募集するとき、当局は使い捨て人間《エクスペンダブル》とは呼ばない。〝不死身の人間《イモータル》〟と呼ぶ。そのほうがずいぶんと響きがいいだろ？

俺のことをバカだと思ってもらっちゃ困る。契約書に拇印を押したときは、多かれ少なかれ、自分がなにに足を突っこもうとしているかはわかっていた。ミズガルズにいた頃、採用担当者のオフィスで彼女の長口上を聞いた。彼女の名前は、グウェン・ヨハンセン。長身のがっしりしたブロンドの女で、表情のない顔に、午前中ずっと砂利をのみこんでいたかのような声の持ち主だ。彼女は机の向こうにすわり、両手のなかの画面を見ながら、俺が求められるであろう仕事のリストを読み上げていった。仕事の内容は、その作業に当たった俺のコピーが死ぬ可能性の高いものばかりだ。

リストには、星間移動中の船外修理があった。着陸した惑星の植物相・動物相にさらされることも。必要な医学的実験、遭遇した敵と戦うこと等々、あんまり長々とつづくもんだから、最後のほうは聞いてなかった。はっきりしていたのは、連中が俺になにをしようがどうでもよかったということだ。植民船の仕事がほしけりゃ、俺に選択肢はない。俺はパイロットじゃない。医者でもない。遺伝学者でも、植物学者でも、宇宙生物学者でもない。労働者ですらない。実践的なスキルはなにもない――だが、どうしてもミズガルズを離れる必要があったのだ、それも早急に。二百年前に人類がミズガルズに着陸して以来、初の植民船だったし、エクスペンダブルとして契約する以外、俺が渡航の権利を獲得する方法はなかった。

自分の組織サンプルを提出し、人格アップロードを実行させたら最後、自殺行為といっていい危険な仕事が出現するたびに、ほぼ毎回真っ先に指名されるということはわかっていた。グウェンが長ったらしいリストを読み上げるのを聞いたあとでも、まだちゃんとわかっていなかったのは、新たな星の拠点コロニーに、実際いくつの自殺行為的な仕事があるのか、そして自分はどれくらいの頻度でそういう危険な仕事をさせられるのかってことだった。つまり、ほら、本当にバカバカしい作業——肉食動物がうようよいそうな、くずれそうなクレバスのなかに、無作為の試料を採取するためだけに入っていく作業とか——には遠隔操作できる装置を使うと思うだろ。ミズガルズでは、そうやっていた。だから俺は、この仕事も蓋を開けてみれば、結局は楽なものかもしれないと思ったんだ。

　ところが実際は、こうだった。あらゆる範囲の仕事があり、大半は致死量の放射線にさらされることが含まれていて、ほかにも過酷な条件が加わること。人間の体は実際、機械よりずっと長時間耐えられること。また、そういうのとは違うタイプの仕事もあり、ほとんどは医学的実験に関わることで、機械にはまったくできないようなことだ。しかも、拠点コロニーでは、エクスペンダブルは機械よりはるかに簡単に交換できる。俺たちにはこの先長いこと、まともな採鉱手段はないだろうし、重工業など言うまでもない。金属は失ったら最後、いつかそういう工場をつくって運営できるようになるまで、永久に失われてしまう。それにひきかえ、新しい俺をつくるのに必要な原料は、農業基盤をオンライン化するだけで手に入る。

　といっても、それも達成できたわけじゃない。ニヴルヘイムのドームの外で作物を育てるのは、長期間の難しい挑戦になるし、この星の微生物相のなにかが、ドーム内で栽培しようとしている作物の生長も邪魔しているようなのだ——ともあれ理論上は、農業のほうがはるかに期間の短いプロジェクトだ。

俺の身に起こるであろう恐ろしいこと——そのなかのいくつかは、もちろん、実際に起こった——のリストをすべて読み上げたグウェンは、椅子の背にもたれ、胸の前で腕組みをして、気まずくなるほど長々と俺を見つめた。

「というわけだけれど、こんな仕事を本当に楽しめそう?」

俺は自信たっぷりに見えることを祈りながら、笑顔をつくった。「はい、楽しめると思います」

グウェンはまだじっとこっちを見ていて、俺は額に冷や汗が噴き出すのを感じた。この仕事がどうしても必要だってことは、言ったよな?　ここは説明を付け加えたほうがいいな。危険がともなうことは昔から平気なんですとか、非常に困難な状況で生きのびる能力には自信がありますとか。そのとき、彼女が身を乗り出した。「あなたは救いようのない大バカなの?」

俺は一瞬、呆気《あっけ》にとられた。「いや。そんなことはないと思います」

「さっきのわたしの話を聞いていたわよね?　あのリストを全部?」

俺はうなずいた。

「なら、わたしが、例えば〝急性放射線中毒〟と言ったとき、あなたはちゃんとわかっていたのかしら。急性放射線中毒になる可能性があるということは、致死量の電離放射線にさらされるとわかっている業務をおこなうよう求められるかもしれないってことなのよ。そんな仕事をしたら、どうなるかわかってる？　発熱、発疹、水ぶくれ、そして最終的には程度の差こそあれ、数日間にわたって内臓が溶けて肛門から漏れ出すのよ。つまり、とてつもない苦痛をともなう死に方をすると考えざるをえない。そういうことを全部、ちゃんとわかっている？」

「はい。とはいえ、そういうことは、実際はまずないんですよね？」

「いいえ、あるわ。かなり高い確率で」

俺は首をふった。「そうか、だが放射線やなんかを浴びるとしても、長々と苦しんで死ぬことはないと思います。すぐ自殺すればすむ。毒薬をのんで目を閉じれば、目が覚めたときには新しい自分になってるんですよね？　ほら、そのために人格バックアップとかいうのをするんでしょう？」

「ええ。そう思うわよね。けれど、実際は、ほとんどのエクスペンダブルはしない」

俺は話のつづきを待った。彼女につづけるつもりがないとわかると、こう訊ねた。「しないって、なにを？」

グウェンはため息をついた。「自殺よ。わたしが知っているのは、そういうケースはかなり稀だということ。自殺するほうが理にかなっているのに。どうやら、三時間の講習では、数十億年前から染みついた自己保存の本能を克服するには足りないみたいなの。奇妙なものね。それに、多くの場合、エクスペンダブルは本人が望もうが望むまいが、死ぬまでとことん粘ることを求められる。例えば、医学的実験を考えてみて。早く安楽死させて、実験を手短に切り上げるわけにはいかないでしょ。そこの星の微生物相にさらされる場合も同じ。そういう指示の目的は、正確にどんな生物学的作用が生じるかを知ることだから、当局はデータ収集が終わるまで、けっしてあなたを死なせない。わかる？」

俺はうなずいた。ほかにどう反応していいか思いつかなかったのだ。グウェンは長いあいだ、天井を見つめていた。やっと俺に目を戻した彼女は、まだ俺がそこにいるのを見てがっかりしたようだった。

「教えて、バーンズさん。この求人のいったいどこに魅力を感じるの？」

彼女は机に両肘をつくと、両手の上にあごを乗せた。

「ええと、なんて言うか、一度や二度死んだとしても、俺は基本的には不死身ってことですよね？　そう言いましたよね」

彼女はまたため息をついたが、さっきより大きかった。「そのとおりよ。おバカさん。通常、わたしたちは差別しないようにしているけれど、今回の問題点は、ミッション・エクスペンダブルが実際、コロニー建設遠征隊にとって非常に重要な任務であることなの。あなたくらい単純そうな頭でも、信じられないほど大容量の保存領域が必要になる。バックアップ・データ用の領域を用意するのは、膨大な資源投資なの。もしあなたがこの職を手に入れたら、あなたはコロニーが所有するただのダウンロード可能な人格と生物学的原型にすぎなくなる。つまり最悪の状況になった場合、気づくと〈ドラッカー号〉に乗っている最後の生き物になっている可能性がある。しかも、ほかの資源とともに積みこまれている何千人もの人間の胚の保護に対して、一人で全責任を負うことになるの。そんな重責を本当に引き受けたい？」

俺は引きつった笑顔を向けた。長く感じられるくらいこっちを見下ろしていた彼女は、やがて両足が床から離れるほど後ろにもたれ、頭の後ろで両手を組み、ふたたび天井に注意を向けた。

「この職に何人の応募があったか知ってる？」ようやく、グウェンは訊ねた。

「え、いいや？」

「想像してみて。この遠征隊の仕事には、合計一万人以上の応募があった。大気圏内パイロットだけでも、六百人が問い合わせてきたわ。大気圏内パイロットの募集人員は何人か知ってる？」

いまなら、知っている。宇宙船が軌道を離脱してから、ベルトにさんざん聞かされてきたからだ。けど、当時はまったく知らなかった。

「二人よ。たった二人の枠に、六百人のパイロットが応募してきたの——それも、趣味の飛行機乗りじゃない。六百人のうちの全員が、この仕事に非常にふさわしい人たちだった。マイコ・ベリガンが物理学セクションの責任者に応募してきたのよ。信じられる？」

俺は首をふった。マイコ・ベリガンが何者なのかは知らないが、どうやら相当すごい物理学者らしい。

それが正しかったことは、その後わかった。

ついでに、マイコ・ベリガンが最悪なやつだってこともわかったが、それはこの話にはあまり関係ない。

「要するに」グウェンはつづけた。「わたしたちはこの遠征隊のために、最高の人々を選んだということ。あなたも気づいていると思うけれど、拠点コロニーの建設ミッションに選ばれるのは、とてつもなく名誉なことなの。ほとんどの人々は挑戦する機会さえ得られない。わたしたちは、望めば〈ドラッカー号〉のすべての職を、いっぽうが緑、もういっぽうが青の瞳を持ち、かつ充分な資格を持つ乗組員だけで埋めることもできるのよ」

彼女は傾けていた椅子の背をガタンと元に戻すと、机の向こうからこっちに身を乗り出してきた。俺はとっさに体を引いてしまわないように踏んばった。

「エクスペンダブルの話に戻りましょう。この職種に何人の応募があったか、知っている？」

俺は首をふった。

「一人よ。この職種に名乗り出てきた人物は、あなた一人。わたしたちは議会に誰かを徴用する許可を求めようか、真剣に考えていたところなの。そしたら、あなたがそこのドアから入ってきたというわけ。ところで、共通テストの成績からすると、あなたはまったくの大バカ者というわけでもなさそうね。それどころか、これを見ると、あなたは……歴史家？」

俺はうなずいた。

「それは職業？」

「じつは、そうなんです――というか、少なくとも、かつては歴史家という職業がありました。歴史の研究は――」

「すでにわかっている歴史の知識なんて、誰でもいつでも入手できるでしょ？」

俺はうなずいた。

「じゃあ、あなたがわたしより歴史家らしいところは、具体的になにかしら？」

「そうですね、実際にそういう知識にかぞえきれないほどアクセスしているところかな」

彼女はあきれた顔をした。「それで報酬がもらえるの？」

俺はためらった。「厳密に言えば、仕事というより趣味と言ったほうが近い」

グウェンは五秒ほど俺をまじまじと見てから、首をふってため息をついた。

「いずれにしても、あなたがいま応募している職種は趣味じゃない。正真正銘の仕事よ。それも、引き受けたら辞めることのできない仕事。この仕事を望む人は、この星であなたのほかに誰もいない。この事実をどう思う、バーンズさん？」

グウェンはまるでなんらかの返答を待っているような顔でこっちを見たが、俺は正直、なんと言っていいかわからなかった。そのうち、彼女はまたあきれた顔をして、机の向こうからバイオプリント読み取り機を滑らせた。俺はパッドに親指を押しつけた。ちくりとして、DNAサンプルが採取される。彼女は読み取り機を回収して、ちらりと画面を見た。

「ひとつ、訊きたいんですが？」

彼女は顔を上げて、俺を見た。その表情からは、なにを考えているか読めない。「ええ。どうぞ」

「もしほかにこの仕事に応募してきた人間がいないのなら、もし当局が本気で誰かを強制的にこの仕事に就かせようと考えていたのなら、なぜそんなに一生懸命、俺にこの仕事をあきらめさせようとするんです？」

彼女はタブレットに目を戻した。「いい質問だわ、バーンズさん。わたしはたぶん、あなたはまともな人物だという印象を受けたんでしょう。わたしとしては、こんな仕事はろくでなしに回したかった」

そこで立ち上がると、彼女はタブレットを机に置き、俺に手を差し出した。

「ともあれ、あなたは採用になるでしょう。歓迎するわ」

グウェンが訊ねるべきだったが、そうしなかった質問がある――内臓が液化して体から流れ出るかもしれないことに賭けてみるほど、ミズガルズのなにがそんなにいやなのか？いや、ミズガルズは充分いいところだ、第三世代コロニー界としては。ミズガルズが位置するのは、ちょうど内部を食いつくした赤色巨星を中心星とする居住可能領域《ゴルディロックス・ゾーン》のど真ん中だ。つまり、最初の宇宙船が着いたときは、少しばかり地球化《テラフォーミング》しなくてはならなかったことになる。おそらく、うんざりする仕事だっただろう。とはいえ、いい面もあった。俺たちがいま住んでいるニヴルヘイム（北欧神話における霧と氷の国に由来する）とは違い、ミズガルズ（北欧神話における人間の住む世界に由来する）は長いあいだ生き物が生息できる環境ではなかったため、対処の必要な知的生命体がいなかったことだ。テラフォーミングに関わったエクスペンダブルがひどい目に遭ったのは間違いないだろうが、少なくとも、あちこちで食われたりはしなかったはずだ。

ミズガルズには自転軸の傾きがほぼないため、心配しなくてはならないような季節はほぼない。赤道は温暖で、極地は寒冷、広く浅い塩分濃度の低い大洋がふたつあり、星を環状に一周するひとつの大陸がふたつの海を完全に分断している。過密状態は問題じゃない。人類離散《ディアスポラ》前の昔の地球では、ひとつの巨大都市にミズガルズの全人口より多くの人々が暮らしていた。ビーチはすばらしい。街はきれいだ。政府の人間は選挙で選ばれ、その機能はほとんどが経済管理に限られている。空の半分を丸々とした赤い太陽が占めていることにも、問題を感じたことはまったくない。そりゃ、ここの小さな黄色い太陽のほうが、なぜかもう自然に感じられることは認めるが。

じゃあ、なにが問題だったのか？　おそらく、そっちはいくつか予想しているだろうから、俺にリストを読み上げさせてくれ。恋愛がうまくいかなくなった？　いいや。ガールフレンドなら何人かいたし、いい関係もあれば悪い関係もあったが、星を出ていきたくなるほど悪い関係はひとつもなかったし、自分のデータを初めてアップロードすることになる年には誰とも付き合っていなかった。金の問題？　さすがに、それはないと思うだろ？　ミズガルズの住人で金銭的問題を抱えたやつなんて、ほぼいなかった。事実上、工業および農業の全体的基盤は自動化されていて、そこから派生した仕事を政府が各市民に分配していた。ユニオンに加盟するほかのほとんどの星と同じだ。ほとんどどの角度から見ても、ミズガルズはほぼパラダイスだった。

結局のところ、俺がミズガルズで抱えていた問題は、まさにミズガルズから脱出できないという問題だった。俺は科学者じゃない。エンジニアでもない。アートの才能もなければ、芸能や文芸の才能もない。俺は、昔ならレベルの高くない研究者と呼ばれたであろうタイプの人間だった——いや、人間だ。昔なら、誰ものぞかないような書庫にある無名の本を読み、誰にも読まれることのない無名の論文を書いていただろう。それよりもっと昔だったら、工場や鉱山、もしかしたら歩兵隊なんかで働いていたかもしれない。だがミズガルズでは、レベルの高くない研究者などという仕事はなかった。グウェンがご丁寧に指摘してくれたように、歴史なんて誰にでも手に入るデータだ。オキュラーにまばたきするなり、タブレットを二、三度クリックするなりすれば、知りたいことはなんでもわかる——といっても、もちろん、誰もがわざわざ実際にそんなことをするわけじゃないが。

ついでに言えば、工場の仕事、鉱山の仕事、歩兵の仕事さえも存在しない。俺がもらっていた標準的な給付金なら住むことと食うことには困らないが、いくら考えても、こんな人生にいったいなんの意味があるのかわからなかった。ある朝、バルコニーから飛び下りたって、世界はなにも変わらないとしか思えなかった。

そういうわけで、いつの時代も退屈した若者がしていたように、俺はとんでもない時間をつぎこんで、自分を窮地に立たせる方法を探していた。

003

「どうやら、俺たちは困ったことになったようだ」

俺は自分の机の椅子にすわり、寝台のほうを向いた。寝台のエイトは起き上がり、両手で頭を抱えている。彼がどう感じているかは、わかる。培養槽から出されてすぐの目覚めは、最悪の二日酔いに似ていて、さらに重い感染症と潜水病の風味を少々足した感じなのだ。

「そうか？　まずい状況だぞ、セヴン。まずいなんてもんじゃない。どうして、こんなことになったんだ？」

俺はため息をついて後ろにもたれ、両手で顔をさする。「どのへんの話を聞きたい？　ベルトがムカデに食われるのが怖くて救出に来られず、俺を死んだと思っているところか？　それとも、都合の悪いことに、俺は死ななかったってところか？」

「知るか。どっちでもいい。ところで、タオルをくれないか？」

クローゼットのドアにハンドタオルがかかっている。俺はそれを引っぱって取り、エイトに放った。エイトは顔と首についた特にひどい汚れをこすり落とすと、今度は髪をほぐそうとする。

「無駄だ」俺は言ってやった。

エイトはこっちをにらんで、髪をふきつづける。「知ってるよ、うるせえな。俺には、そっちが培養槽から目覚めたときの記憶だってあるんだぞ。シックスが目覚めたときの記憶もあるし、ファイヴとスリーのときも……まあ、実際、覚えてるのはそれだけみたいだな。とにかく、おまえが覚えていることは全部覚えている」

「全部じゃない。俺は一カ月以上、アップロードしていなかった」

「そいつはいい。感謝するぜ」

おれはため息をつく。「心配するな。いい記憶はひとつも逃しちゃいない」

エイトはべとべとしたものがたっぷりくっついたタオルを俺に投げつけ、寝台から下りてくると、クローゼットを開けた。「どうせ洗濯物も溜めこんでるんだろ？」

「まあな。この二、三週間は大変だったんだ」

エイトはいちばん上の棚から、汚れたセーターとウィンドパンツを引っぱり出した。

「きれいな下着はこれだけか？」

「寝台の下を見てみろ」

エイトは憎悪と嫌悪のちょうど中間の表情でこっちを見た。「いったいどうしたんだ？　俺たちがブタだった記憶なんかないぞ」

「だから言っただろ。この二、三週間は大変だったって」

エイトは片膝をつき、寝台の下からボクサーパンツを引っぱり出すと、腕をいっぱいに伸ばして眺めてから、近くに持ってきて、おずおずとにおいを嗅いだ。

「そいつはきれいだよ」俺は言ってやる。「そこに蹴りこんでおいただけだから」

エイトはまたこっちをにらむと、くるりと背を向けて服を着た。

「ありがとよ。おまえが裸でうろうろしているのを見るのは、妙に気まずい」

「ああ。そりゃ、そうだろう」

エイトはまた寝台にすわり、両手で髪をかき上げた。髪はまだごわごわして黒く光っているが、少しずつほぐれはじめている。だが洗浄機に二回入らないと、まともな髪には見えないだろう。

「で、なに？」とエイト。

俺はまじまじとエイトを見た。彼は髪をもてあそぶのをやめ、こっちを見つめ返す。

「なに？」とエイト。

「いや、その、おまえは培養槽から出てくるべきじゃなかった、わかるだろ？　俺は実際、死んでないんだから。俺たちが二人いることが、もし司令官に知れたら……」

　エイトの目はいまや険しくなり、怒っている。「はっきり言えよ、セヴン」

「おいおい、おまえだって、わかってるだろう。俺たちのどっちかが消えなきゃならないことくらい」


　人類の長い歴史のなかで、人類離散《ディアスポラ》とユニオン形成にもっとも似ているのは、おそらくミクロネシアへの入植だろう。地球にあった太平洋の島々は小さく、開けた大洋に散らばった島はたがいに数百キロ、ときには数千キロも離れていた。そこに住みついた人々は、長さ十二メートルの舷外浮材付きカヌーで島にわたってきた。そういう人々は新しい島に上陸すると、船に残ったものをなにもかも利用して、新しい土地で食べ物がとれるようになるまでしのいだ。

　俺たちの状況も基本的には同じだ。ただし俺たちの船はもう少しでかく、旅はとてつもなく長く、たどりついた星で俺たちの持ちこんだ作物が育つかどうかすらわからない。結果として、方舟《はこぶね》に乗るすべての人間が心得ている厳格な法則が一つある――拠点コロニーに肥満者はいない。

着陸したときの配給カロリーは、一日千四百キロカロリーと定められていた。それが基本で、さらに現状の除脂肪体重と仕事のスケジュールを基にした特別配給があった。ところが配給カロリーは二度削減された。ここではなぜか、水栽培タンクでもなかなか作物が生長しないせいだ。さすがに人肉食にはまだ至っていないが、最近、俺たちのほとんどは痩せこけている。

なにが言いたいかというと、同一人物のコピー人間が一度に複数存在することがユニオン最大のタブーではなかったとしても、余分なエクスペンダブルが夕食の時間にありつける食い物の残りは多くないってことだ。

「おい」エイトが言った。「もし俺がおまえのためにバイオ・サイクラーに飛びこみたくてうずうずしていると思ってるなら、相当がっかりすることになるぞ。この状況が百パーセントおまえの責任だとは思っちゃいないが、俺の責任は零パーセントだからな」

俺はそわそわと行ったり来たりしている。といっても、四×三メートルの部屋では、あまり満足には歩けない。エイトは寝台の端にすわり、膝の上に両肘をついて、培養槽酔いから来る頭痛を和らげようとこめかみをもんでいる。

「誰の責任かって話をしてるんじゃない」俺は言い返す。「この問題をどう解決するかって話をしてるんだ」

「OK、じゃあ両方とも解決しよう。そっちがサイクラーに飛びこめ」

俺は首をふる。「いやだね、そんなことはしない」

エイトは下から俺をにらみつけてから、顔をゆがめ、いっぽうの耳から培養槽の液体が乾いた塊を掻きだした。

「こんなのフェアじゃない。俺の人生はたったの、なんだ、二十分くらいか、それだけなのか？　おまえの人生は、少なくとも二カ月はあった。消えるべきは、そっちだ」

俺は笑った。だが友好的な笑いじゃない。「いや、そいつは違う。変な言いがかりはよせ。おまえは三十九歳、俺と同じだ。俺と同じ記憶と経験がある。俺の最後のバックアップから、六週間もたっていない。全身にべとべとしたものが乾いてこびりついていなかったら、自分が培養槽から出てきたばかりだってことすらわからなかっただろう」

エイトは俺をにらんでいる。

俺もエイトをにらむ。

「こんなことを説得しようったって無駄だぞ、セヴン。てか、この件についちゃ、どっちも譲れるわけないだろ？」ようやく、エイトは言った。

もちろん、そのとおりだ。この対立は、しばらくしたらどっちかがあきらめるような類のものじゃない。レストランでどっちが金を払うかって問題とは、わけが違う。次は俺が払うというわけにはいかないからだ。

「わかった」と俺。「じゃあ、どうする？　司令官に訊きにいくか？」

「いや」エイトは食い気味に答える。「そいつはまずい。マーシャルはすでに、俺たちのことを嫌悪している。もし俺たちが二人いるなんて知ったら、二人とも即刻殺される。このことは、俺たちだけの秘密にしておくべきだ」

実際のところ、俺たちがいまマーシャル司令官のところへ行けば、彼はおそらくこう言うだけだろう――エイトは培養槽から出てくるべきではなかった、すぐさまどろどろの液体に戻れ。俺はそう指摘しようと思ったが……。

なんだろう。エイトの言い分にも一理あるかもしれない。培養槽の液体が乾いてこびりついたものを耳から掻きだす暇もないうちに、エイトをまた無の世界に押しこむのは、なんとなくフェアじゃない気がする。

じゃあ、どうする？　俺だって、死体の穴に押しこまれるのはごめんだ。

「聞いてくれ」俺は言った。「この件は俺たちで解決できる。俺は着替えて、ここを少しばかりきれいにする。おまえは一、二の三で化学シャワーを浴びに行け。そして、まだこびりついてる培養槽のべとべとをきれいに落として、三十分後にサイクラーで落ちあおう」

エイトは警戒の目で俺を見てから、立ち上がった。「わかった。三十分後。そこで会おう」

彼はドアのほうへ二歩歩き、ドアノブを回し、ドアを開ける。そして通路へ出ようとしたところでためらい、ふり向いた。

「よう。おまえ、バカなことを考えちゃいないだろうな？ 例えば、俺がシャワーを浴びてるあいだに司令官に通報して、この件を司法の手にゆだねるつもりじゃないよな？」

「まさか。たとえ、そうすれば俺が勝つのは確実でも、そんなことをするつもりはない。この問題は俺たちの手で解決する」

エイトは笑った。「ありがとよ、セヴン。じゃあ、三十分後に」

エイトの後ろで、ドアが勢いよく閉まった。

エイトはたぶん、少なくとも一時間はかかるはずだ。培養槽のどろどろを体から落とすのは悪夢のような作業だし、化学シャワーは理想的な方法とは言えない。ちょっと仮眠でもするかと思ったら、部屋のドアが軽く三回ノックされた。

「どうぞ」ドアが勢いよく開き、ベルトが首を突っこんで室内を見回した。それからなかに入ってきて、後ろ手にドアを閉める。

「よう、相棒。気分はどうだ？」

そう言うとベルトは、俺がエイトに出くわしたときと同じように、デスクチェアにすわった。ただし俺と違い、ベルトは椅子に体がちゃんとおさまらない。身長が二メートル近くあるのだ。快適さと効率の両方にとって小型であることが重要な拠点コロニーでは、珍しい。俺自身は一六〇センチをかろうじて超えるくらいで、ここではごく平均的な身長だ。カロリー制限と、ほとんどの時間を前かがみになったりしゃがんだりしなくてはならないせいで、ベルトは青白い顔をした赤毛のナナフシみたいに見える。

俺は寝台の上で体を起こし、片手で髪をかき上げた。ひねった手首は毛布の下に隠しておく。「上々だと思う」

「培養槽から出てきたばかりにしちゃ、ずいぶん具合がよさそうだな。もう洗浄機に入ってきたのか？」

俺はうなずく。ベルトはしばらく俺を見つめてから、視線を移した。

「それで」と俺。「今度はなにがあったんだ？　セヴンになにがあった？」

ベルトは首をふる。「いや、そいつは知らないほうがいい」

「へえ。シックスのときも同じことを言ったよな？」

ベルトは俺に目を戻した。「かもな。知らん。そんなことが重要か?」

「ああ、どっちかといえば重要だ。そっちはパイロットだろ? もし墜落したら、最後のいちばん重要な任務はなんだ?」

ベルトの目が険しくなる。「原因を知らせることに決まってるだろ」

「そのとおり。エクスペンダブルも同じだ。だから、マーシャルは毎回、俺を殺すとき、死ぬ前にデータをアップロードさせるんだ。俺はセヴンになにがあったか知りたい。知っていれば、俺は同じ目に遭わないようにすることができる。セヴンの話をするついでに、シックスのことも話したほうがいい。彼の身になにがあったにしろ、今回の俺はちゃんと対処できると確信している」

ベルトは俺をじっと見下ろしていたが、やがて肩をすくめ、また目をそらす。俺は配給カロリーを賭けたポーカーに、ときどきベルトを誘おうと心に刻んでおく。こいつはウソをつくのが下手すぎる。

「シックスとセヴンは、二人とも同じ死に方だった。ムカデどもにたかられた」

「わかった。今回死んだ場所は? そのとき、俺はなにをしていた?」

ベルトはため息をつく。「おまえはマーシャルのバカバカしい見回り任務のひとつについていた。この二、三カ月にわたって、おまえはほとんどの時間をドーム周辺のクレバスを正確に地図に記す業務と、クレバス内にムカデがいないか偵察する業務に費やしていた。俺にはよくわからんが、マーシャルはどうもムカデに取り憑かれているらしい」そこでためらってから、つづける。「ときどき、おまえも取り憑かれてるんじゃないかと思うことがあるよ、ほんとに。マーシャルがこのクソみたいな仕事に着手したとき、おまえはずっと文句を言っていた。けど、セヴンが培養槽から出てきて一週間かそこらたつと、文句がぴたりとやんだ。最後の数週間は、ただ敬礼して出かけていった。どういうことだったのか、心当たりはあるか？」

俺は首をふる。「俺の記憶は六週間前までのものしかない。どうやら、セヴンはこまめにアップロードしていなかったらしい」

「そうだな」とベルト。「昨夜、死が近いとわかったとき、あいつはそんなことを言っていた」

俺はひねっていないほうの手であごを掻いた。「へえ、本当に？　ムカデの群れにずたずたに引き裂かれている最中、セヴンの頭に浮かんだのは、アップロードしてなかったなあなんてことだったのか？」

ベルトの口が音もなく二度、開いて閉じる。まるで釣り上げられた魚だ。俺は歯を食いしばって笑いを堪えなくてはならなかった。まったくベルトは、ウソをつくのが致命的に下手だ。

「そうなる前だったんだ」彼はようやく言葉を絞り出す。「たぶん、死ぬ予感でもあったんじゃないのか？」

「予感？」

「ああ。たぶん、そうだろう」

もっと追及することもできるが、俺はここに秘密があることだし、これで勘弁してやることにした。

「とにかく」ベルトが言う。「俺は昨日の午後、コロニーから約八キロのところにあるクレバスの近くにセヴンを降ろした。あいつはバーナーを携行していた。いつもどおり、その地域を地図に起こして、ムカデどもがいないか偵察し、可能なら一匹を持ち帰ることになっていたんだ。俺は次の巡回であいつを拾って帰る予定だった」

「だが、そうならなかった」

「ああ、そうならなかった。やつらが突然、雪のなかから現れたんだ。俺がセヴンを下ろしてすぐ、二、三十四出てきた。俺はあいつの真上でホバリングしていたが、鉤縄《かぎなわ》を投下する間もなく、セヴンはやつらに引き裂かれちまった」

ベルトは俺をクレバスに置きざりにして死なせたことを認めたくないらしい。あれは確実に友情を損なう類の行動だからな。だが俺がいま考えているのは、シックスの身に本当はなにがあったのかということだ。シックスのことも、ベルトは俺にウソをついていたのか？

「ともあれ」ベルトはつづける。「俺はここに寄って、おまえの準備ができているか確かめたかっただけだ。司令官に簡単な報告をして、朝食を食いに行こうかと思ってさ」

司令官に報告しに行くのは、絶対にごめんだ。とにかく、エイトの件を解決するまでは無理だ。

「じつは、まだくたくたなんだ。おまえはなにか食ってこいよ。俺はもうひと眠りする。起きたら警備セクションに登録をすませるから、そのあと一緒に司令官へ報告に行けばいい」

ベルトは探るような目を向けてくる。なにかおかしいとわかっているのだ。俺が培養槽から出てきたときは、たいていまっすぐカフェテリアへ向かう。ここでは自分から食事を抜くようなやつはいないし、それ以上にバイオプリンターは消化器官に食物をプリントしてはくれないからだ。目が覚めたら、胃は七十二時間の断食後のような状態なのだ。

「わかった」ベルトは言った。「けど、あんまり遅くなるなよ。ほら、体の合成は、ここの貴重なたんぱく質をごっそり使うだろ。司令官はなにが起きたのか、なぜ起きたのか、この損失を俺たちがどう補うつもりなのかを、知りたがるだろう。おまえはこの八週間で二度目の再生だから、今回はいい報告を持っていく必要がある」

「実際に起きたことを、そのまま話せばいいじゃないか」

ベルトは首をふる。「この件は少しばかり話を盛らなきゃならない。司令官はいま、システムからカロリーとたんぱく質を失うことについて、かなりぴりぴりしているし、それについて自分の責任を認める気はない。こういうバカげた任務は、マーシャルの命令だってのにさ。あいつはおそらく、自分の身を守れなかったおまえに腹を立てるだろう。そして、急降下しておまえの体を回収しなかった俺を責めるに決まっている。正直、こんなことがつづけば、マーシャルはそのうち、おまえの再生を許可しなくなるかもしれない」

俺は背筋がぞっとした。死ぬ予感ってのは、これだったのか？

「おいおい、大丈夫か？　あんまり調子がよくなさそうだぞ、ミッキー」

俺は右手で目をこすり、左手をずっと毛布の下に隠していることにベルトが気づいていないことを祈った。

「ああ、大丈夫だ。ひと眠りして、培養槽酔いを治したいだけさ。一時間後にカフェテリアで会おう」

ベルトは俺を上から下までじろじろ見ると、立ち上がって机の向こうから手を伸ばし、俺の脚をぽんと叩いた。

「わかった。おまえの分のサイクラー・ペーストをとっといてやるよ」

「悪いな、ベルト。おまえは友だちだ」

「ところで」ちょうど後ろ手にドアを閉めようとしたとき、ベルトが言った。「気づかずにいられなかったことがある。俺がここにいるあいだ、その手をずっとナニに当ててたよな。気をつけろ。ナーシャが焼きもちを焼くぞ」

「うん、ベルト。わかってる。忠告ありがとよ」

「いいってことよ。じゃ、一時間後」

ベルトのクスクス笑いが聞こえて、ドアがカチャリと閉まった。

この八年で、俺は六回死んだ。死ぬことにも、もう慣れたと思うだろ？　公平のために言えば、そのうちの一回は驚いたし、べつの一回は非常事態で、べつの一回は、死ぬ前に自分のデータをアップロードするのを拒否した。俺の頭にはアップロードされた内容しか入ってないから、それまでのバージョンの俺たちに起こったことについては、ナーシャやベルトから聞いた話や、監視ビデオの映像で見たことしか知らない。だが、ほかの三回は計画的な死だった。標準的な手順では、エクスペンダブルはできるだけ死の間際にアップロードすることになっていて、その理由は、基本的には俺がベルトに言ったように、次の俺が前の俺になにがあったか知る必要があるからだ。前の自分が死んだ理由を知っていれば、同じ目に遭うのを避けられるかもしれないという希望的観測のためだ。というわけで、ちょうどいま、みぞおちにいすわっている虚ろな感情に対しては、ほとんどの人々よりずっとなじみがある。

もちろん、今回はこれまでのどれとも違う状況だ。第一に、これまでのミッキーたちは、自分が死ぬことをちゃんとわかっていた。エイトが俺を刺し殺そうとかたくらんでいないかぎり、今回の死ぬ確率は五分五分でしかない。

それがいいことなのかどうかは、よくわからない。自分の身になにが起こるか間違いなくわかっていることは、一種の安らぎだ。今朝は生きのびられるかもしれないという可能性は、希望と同じくらいの不安を生む。

といっても、不確かという点では、今回とほかの六回とのあいだに大きな違いはない。大きな違いと言えば、これまで死ぬときは毎回、おまえは不死身だとかいう戯言を、少なくとも半分くらいは信じていられた。ミッキー3が死んだ二、三時間後には培養槽からミッキー4が出てくることを知っていたし、目を閉じたときの俺と、ふたたび開いたときの俺は、どっちも同じ自分だと思えた。

だが、いま俺が死んだら、培養槽からもう一人の俺が出てくることはない。もう一人の俺なら、すでにここにいる。しかも、見た目はそっくりだが、エイトは断じて俺のつづきなんかじゃない。

正直、あんまり似てさえいない。

サイクラーがあるのはいちばん下の階で、俺の部屋からだとドームを半分横ぎるくらいの距離にある。たいした距離じゃないが、現実問題、今朝は遠く感じる。通路はほぼ無人で、歩いているあいだ、自分の足音と耳にごうごうと響く血流の音しか聞こえない。バカげているのはわかっているが、腹の底で、これは俺の思うようにはいかないぞと感じていた。サイクラー室の入り口へつづく低い二段の階段をのぼるのは、絞首台の階段をのぼっている気分だ。

バイオ・サイクラーは、どこの拠点コロニーでももっとも重要なものだ。こいつが排泄物、トマトの茎、ジャガイモの皮、ウサギの骨、半分かじられた軟骨や筋、切った髪や爪、はがれたかさぶた、丸めたティッシュ、最終的には俺たちの死体まで処理してくれる。そして、プロテイン・ペースト、ビタミン入りのスムージー、肥料をつくりだす。サイクラーから出てくるペーストを食って生きていきたいやつなんかいないが、ぎりぎりの状態のコロニーでは、かなり長いあいだ、そうやって生きていくしかない。サイクラーは死体の穴に放りこまれたものをなんでも原子単位に分解し、それを指定された構成でつなぎ直して新たな物質をつくる。これにはかなりのエネルギーを消費するが、ここの発電装置には宇宙船用の反物質駆動エンジンが使われている。俺たちには、エネルギーはたっぷりあるのだ。

制御卓に自分のアクセスコードを入力しおわったとき、エイトが入ってきた。俺は安全カバーをはずして大きな赤いボタンを押した。床の真ん中に、死体の穴への入り口がぽっかりと開く。

死体の穴は、俺たちがあまり考えないようにしているもののひとつだ。開いているところを見ることとは、滅多にない。ゴミ処理の仕事に行かされたときに見たことがあるだけだが、穴のなかは絶対に見なかった。反物質駆動エンジンのなんでもむさぼりつくす口は、どんなふうに見えると思う？　猛りくるう業火と硫黄のにおいを想像するだろ？　だが実際は、静かで無臭、おまけにちょっとかわいいくらいだ。初めはただの黒い円盤だが、やがて分解フィールドが埃を捕らえはじめ、埃がひとつひとつ、ホタルの光のような閃光とともに消えていく。

そう悪い眺めじゃない。

とにかく、ムカデの群れに引き裂かれるよりはマシだ。

「つまり」エイトが言う。「覚悟はできたってことか？」

俺は肩をすくめる。「まあな。正直、いまになって、司法の手にゆだねなかったことをちょっとばかり後悔している。だが、やっちまおう」

エイトは笑顔で俺の肩を叩く。「大丈夫さ、セヴン。俺もかなりいやな気分になるだろうが、おまえをその穴に押しこんでやるよ」

一瞬、俺の心臓が止まった。「はあ、押しこむ？」

エイトの笑顔が消える。「考えてもみろ。本当に意識のある状態であそこに入りたいか？」

ふむ。それもそうだ。本物の死体があの穴に取りこまれる速度は、かなり遅い。最大処理速度がどれくらいかは知らないが、もし無限よりは短い程度の時間がかかるなら、意識がないか、すでに死んだ状態で入ったほうが賢明だろう。

エイトは俺の横に来て、穴をのぞきこんだ。

「ほら、おまえはまだまっとうな判断をして、みずから消えることを選べるんだぞ」

「ああ。おまえもな」と俺。

エイトは俺の肩に腕を回した。「そういうことにはならない、だろ？」

「かもな」

円盤はまた黒に戻っていた。埃がなくなったのだろう。エイトは咳をして、唾と一緒に培養槽のどろっとした塊を吐きだした。それは円盤の縁に当たってぱっと光ると、一瞬ジュッと音を立てて消えた。

「思ったより苦痛は少ないかもしれないな」とエイト。

「確かに」と俺。「そうだ――まずおまえの首を絞めてから、穴に押しこんでやってもいいぞ」

エイトはにやりと笑う。「サンキュ、セヴン。ほんと、思いやりのあるやつだな」

しばらく、俺たちは黙って立っていた。肩に回されたエイトの腕が、どんどん重くなっていく。ついに俺はエイトの腕の下から出て、彼と向かい合った。

「なあ、ほんとにやるのか？」

「やるだろ」とエイト。

彼は左手を上げ、俺は右手を上げる。俺たちは拳を握り、声を合わせる。

「ジャン……」

「ケン……」

「ポン」

俺は直前まで、グーを出すつもりだった。だが土壇場で、相手も自分であることを思い出した。エイトもたぶん同じことを考えているだろう。じゃあ、パーにするか？　だが、エイトもそう考えていたらどうする？　俺がパーを出すだろうと分析して、チョキを出してくるかもしれない。というわけで、俺はやっぱりグーを出すことにしたが、それでよかった。というのも、あれこれ考えて結論を出したときにはもう遅く、手はグーの形のままだったからだ。

俺は下を見た。

エイトの手は、パー。

「残念だったな、兄弟」とエイト。

ああ、残念だとも。

ありがとよ、くそ野郎。

004

デッキに膝をつき、顔から十五センチ先には分解フィールドのインターフェースという姿勢で、ニヴルヘイムの腹を空かせた入植者たちのためにどろどろに分解されるのかと考えていたら、またあの疑問が頭に浮かんだ。九年前、グウェン・ヨハンセンのオフィスでバイオプリント読み取り機に親指を押しつけたのは、正しい判断だったのだろうか？とはいえ、いまでも、こう答えざるをえない——もちろん、正しい判断だった。それだけは、絶対に間違いない。

グウェンのオフィスを出たあと、俺は家には帰らなかった。帰りたいとは思っていた。空腹だったし、疲れていたし、シャワーを浴びたかったが、そういうわけにはいかなかったのだ。理由は、中途半端な不死身の体になるという、グウェンのとてつもなく魅力的な話にノーと言えなかったのと同じだ。ほら、俺はダリウス・ブランクのブラックリストに載っていたから——どう考えても、まともな方法じゃ逃げられなかった。

この問題の根源は、俺の抱えるほとんどすべての問題の根源と同じく、考えてみれば、ベルトだった。

ベルトは〈ドラッカー号〉のなかで、俺がグウェンにDNAサンプルを提出し、契約書にサインして自分の人生を売りわたす前から知っている唯一の人物だった。俺たちは学生時代に出会い、当時のベルトは背が高く、頭がよく、スポーツが得意で、その後の彼の姿を考えると、奇妙にハンサムだった。いっぽう、俺は……まあ、いまとほぼ同じで、違いはいまより背が低かったことくらいだ。仲よくなったきっかけは、二人ともフライト・シミュレーター好きだったこと――ベルトは約一時間でマスターし、俺は卒業する頃になっても墜落していた――と、学校の教師が大きらいだったことだ。お返しに、連中も俺をきらった。もっと役に立つことを学べるのに、俺が歴史なんかにかまけていたからだ。ところが俺たちの努力にもかかわらず、ベルトのほうは連中からいもしない息子のようにかわいがられた。十年生のとき、ベルトは微積の教師からこう言われた――自分の能力を最大限に発揮したいなら、ミッキーとあまり長く一緒にいないほうがいい。

ベルトはそれを、よくある難癖と受け取ったのだろう。

ベルトについてわかってほしいのは、彼はほとんどなんでも天才的にこなしてしまう、鼻につくやつらの一人だったということだ。俺たちが十五の頃、ベルトは母親からポグ・

ボールのラケットを買ってもらった。彼は人から教わりはしなかった。アマチュア・リーグにも入らなかった。放課後に二時間、校舎の壁にボールを打ってコツをつかみ、学校のチームにワンシーズン参加してから、転向してプロアマ混合トーナメントに出場した。ベルトが最初の試合に現れたとき、彼が何者なのか、誰も知らなかった。その試合で、彼は大差をつけて勝利し、週末までに同年齢のなかで二位という成績を収めていた。翌年は、アマチュア大会で優勝。卒業した年の夏には、プロとしてプレイを始めた。二年後に本気で飛行訓練を始めるために競技をやめたときには、ミズガルズで十位の選手になっていた。どれも唐突な出来事だったが、その九年後、俺がキールナのひどく古ぼけた場所にあるひどく古ぼけたアパートメントに暮らし、ベルトが〈ドラッカー号〉のクルーに選ばれていたのは、当然の成り行きだった。〈シェイキー・ジョー〉というカフェでベルトとお茶を飲みながら、カウンターの上の画面で試合の放映が始まるまで時間をつぶしているとき、ベルトが引退を一度だけ撤回しようと考えていると言いだした。最後にもう一度、春のプロアマ混合トーナメントに出場してから、永遠に未知の世界へ姿を消したいというのだ。

「考えてみろよ」とベルト。「引退してずいぶんたったいま頃、あのトロフィーを獲ったら、俺はレジェンドだ。百年たっても、世間の話題になっているだろう」

俺は口を開け、こう言ってやろうと思った。そりゃ、レジェンドになるだろうよ。だが、それはおまえが世界選手権で勝利を収め、夕陽に向かって去っていくからじゃない。そうじゃなくて、引退して九年もたっているのに活躍できると思いこみ、一回戦で十八歳の選手に百点差で敗れるからだ。

だが、そうは言わなかった。ふところ思ったからだ。この九年間、ベルトが空や軌道上にいるとき以外は、ほぼずっと俺とぶらぶらしていたことを、俺は知っているが、キールナの人々のほとんどは知らない。彼らの記憶にはまだ、二十歳のベルト・ゴメスがベテランのプロ選手を打ち負かし、ほとんど汗もかいていない姿が残っているのだ。それまで誰も可能と思っていなかったラケットでプレイしていた彼を、解説者がもっとも才能に恵まれた選手と呼んだことを、覚えている。世間の人々は、この九年間、彼がラケットに触れてもいないことなど知る由もない。

「そうだな」俺は言った。「やってみろよ、ベルト。きっとすごい〝レジェンド〟になるさ」

で、彼はやった。ベルトがトーナメントに選手登録すると、ニュース・フィードのひとつがその話題を取り上げ、彼にインタヴューして、最後のトーナメントで戦ったときの映像を流した。一試合も落とすことなく優勝したときのものだ。

そのあいだ、俺はありったけの金をかき集め、多額の借金までして、ベルトが一試合目で負けるほうに賭けた。

この決断にたいした弁解はできない。言えるのはこれくらいだ——キールナではアマチュア歴史家の需要は多くなく、給料の出る職につける見込みはなく、この先一生、基礎給付金だけで暮らしていくなんてことは、気が滅入ってまともに考えられなかった。

それは、頭から分解される見込みより悪かっただろうか？　そんなことはないだろうが、当時の俺はまだそういうことは知らなかった。

この話の行きつく先が、見えてきただろう。

ベルトはあのムカつくトーナメントで優勝し、倍賭けにつぐ倍賭けで借金がふくらんだ俺は、たとえ給料をもらえる仕事が見つかったとしても、返しおわるには一生の半分くらいかかりそうだった。

俺が借金した相手というのが、誰あろう、ダリウス・ブランクだ。

テレビでは、賭博による借金で落ちぶれたやつや殺されたやつのニュースがあふれているが、実際のところ、たいていはそうはならない。そもそも、生きている人間から借金を回収するのは困難かもしれないが、死んだ人間から回収するのはもっと困難なのはわかりきっている——というわけで、最終的に借金の回収に本気で興味を示すのは、ダリウス・ブランクのような連中だけだ。俺はダリウスに殺される心配はしていなかった。たぶん給付金を差し押さえられるとか、彼の下で働かされるとかするんだろうと思っていた。愉快ではないが、死にはしない。

ベルトは、立派なことに、この件についてはすべて俺の間違いだと、全力で俺に納得させた。

これまた立派なことに、ベルトは自分の勝利が俺の借金の原因であることを申し訳ないと思っていた。そこで、その埋め合わせの方法を提案してきた。俺を〈ドラッカー号〉に乗せたいというのだ。

ベルトは漠然とだが、警備セクションになら俺を入れることができるんじゃないかと考えていた。彼は有名人だし、結局のところ、それまでの人生でほしいものはなんでも手に入れてきたのだ。これだって、手に入れられないことはないだろ?

その質問の答えを、グウェン・ヨハンセンは面接でかなり簡潔にまとめてくれた。警備セクションは希望者が多いうえに、募集人員は十八名。採用される人のほとんどは、なんらかの資格――警察の仕事や、武器を使用した訓練の経験など――と政治的なコネの両方を持っている。俺にはそんなものはない。ミッドウェー海戦についての本を大量に読んでいたって軍事経験にはカウントされないし、ベルトの推薦は本人が思っていたほどたいしたコネにはならないと判明した。

俺は警備セクションの仕事の面接希望書を送った。送ったとたん、不採用メールが返ってきた。

翌日の午後、俺は〈シェイキー・ジョー〉でベルトと会ってコーヒーを飲んだ。そのとき、タブレットを開いて不採用メールを見せた。

「げっ。ひどいな」

「だろ。どっちにしろ、無謀な考えだったのさ。俺には借金がある。そういうやつは、この星から逃げられないんだ」

ベルトは首をふった。「おまえには多額の借金がある、ミッキー。ダリウス・ブランクみたいな連中は許さないし、忘れないだろう。額はいくらだ、十万か？　そんな金、どうやって返すつもりだ？」

俺は肩をすくめた。「分割払いとか？」

「中古の飛行機を買ったわけじゃないんだぞ、ミッキー」

「ああ、わかってる」俺は頭を抱えた。「まったく大バカだよ、俺は。なんでおまえに、あのムカつく試合に負けてくれって言わなかったんだろうな、信じられないよ」

ベルトは長々と俺を見つめてから、噴きだした。「そう頼むことはできただろうが、頼まれたところで俺は負けやしなかったさ。あのトーナメントは、この星のスポーツファンの耳に入る俺の最後の活躍の場だった。勝たないという選択肢はなかった」

そこがベルトの悪いところだ。彼との友情はせいぜいその程度で、それ以上ではない。カフェからの帰り道、じつはそれほどまずいことにはならないんじゃないかと思ったのを覚えている。そりゃ、ブランクは俺の給付金をごっそり持っていくだろうが、死なせるわけにはいかないだろ？ もし俺が餓死すれば、ブランクは貸した金を回収できなくなる。それに、彼の子分になるのも、そう悪くないんじゃないか？ とにかく、アパートメントから出る理由くらいにはなる。

家に着いた。エレベーターに乗って自宅のあるフロアへ上がり、玄関のドアを開けて自宅に入る。背後でまだドアが閉まろうとしているうちに、脚の動きが止まり、俺はうつ伏せに倒れた。

「よう、ミッキー」その声に答えようとしても、口は動かず、低いうめき声しか出ない。「まあ、そう力むな」声は言った。「長くはかからん」首の後ろに、なにかが押しつけられた。

それから三十秒間は、地獄だった。

あとでわかったことだが、首の後ろに押しつけられていたのは、じつは神経誘導装置だった。それは痛覚の中枢に直接働きかけるよう調整されていた。体に損傷を加えられることはないが、どんな感覚か知りたければ、自分で生皮を剝ぎ、友人にバーナーでまんべんなく焼いてもらうといい。

そうすれば、俺が感じたことの十パーセントくらいはわかるかもしれない。

終わったとき、俺は自分がまだ生きていることに驚いた。泣きじゃくり、体は麻痺し、脱糞していたが、まだ生きていた。誰かに肩を叩かれた。

「おもしろかったよ。一緒に働こうじゃないか、おまえと俺とで。おまえがミスター・ブランクに借金を全部返しおわるまで。じゃあ、明日な、ミッキー」

そいつは玄関のドアも閉めずに出ていった。

それからおよそ一時間たつと、俺はまた動けるようになった。立ち上がり、よろよろとバスルームへ行って、体を洗った。それが終わると、すわりこんで思いきり泣いた。

その夜、俺は〈ドラッカー号〉の採用ページにログオンした。さまざまなセクションと職種のリストがあり、それまでに採用された人たちの名前が掲載されていた。

どの募集枠も埋まっていた。

ひとつ残らず、と思ったら、ひとつだけ埋まっていないものがあった。

俺はベルトに連絡を取った。

「なあ、〝エクスペンダブル〟ってなんだ？」

「そいつは、〈ドラッカー号〉の職種のなかでも、おまえがやりたがるような仕事じゃないぞ」

「まだ募集しているのは、それだけなんだ。ゲットしたい」

ベルトはしばらく黙りこんだ。ふたたび口を開いたときには、なだめたい相手に説明するような口調になっていた。

「いいか。誤解しないでくれ。俺は本当に、おまえと〈ドラッカー号〉で働きたいと思っている。この旅は行ったっきりで、帰りはない。友だちが一緒なら、最高だろう。けどな、ミッキー」

「俺を推薦してくれないか？」

「俺が言いたいのは——」

「ベルト、俺はいま、おまえに助けを求めているんだ。俺がこうなったのは、ある意味、おまえのせいでもあるだろ」

「そんなわけあるか。おまえに、俺の負けに賭けろなんて言ってないぞ。もし訊かれていたら、俺の勝ちに賭けろと言っただろう。俺は勝つとわかっていた」

「力になってくれよ」

ベルトはため息をついた。「正直に言うぞ、ミッキー。それに応募するなら、俺の助けはいらないと思う」

ベルトは接続を切った。俺は採用ページに戻り、翌日の午後に面接の予定を入れた。

十二時間後、エクスペンダブルとしての在職期間中に俺の身に起こるであろう恐ろしいことのリストをグウェンが読み上げおわったとき、俺の頭にはこれしかなかった――なんだ、そんなにひどくなさそうじゃないか。〈ドラッカー号〉に乗ることが決まったとたん、死を恐れない訓練を受けさせられたが、俺の決意は変わらなかった。それどころか、正直、どの訓練もたいして心に響かなかった。その分野に必要な訓練なら、あの日の午後にすべてすんでいた。

005

このとき、俺はサイクラーに押しこまれることはなかった。分解フィールドが俺を捕えることもなかった。

そっちも落ち着かないだろうから、そろそろ説明しよう。

俺は両手両膝をついて、穴をのぞきこんだ。神に誓って、このなかに入るつもりだった。顔を下げ、インターフェースのすぐ横に近づけると、分解フィールドからの引力を感じる。ちくちくした感覚が左右の頰と鼻梁をなでていく。苦痛を感じずにすむ方法を考えていると、肩に手を置かれた。

「ちょっと待ってくれよ!」俺は怒鳴る。エイトがこの穴に俺を頭から押しこもうとしていると思ったのだ。

「やめよう」エイトは俺を後ろに引っぱってかかとをつかせると、片手を差し出した。

「こんなことは間違ってる。俺はただここに突っ立って、おまえが分解されるのを見ているなんてできない」

俺はエイトの手を借りて立ち上がる。体がひどく震えていて、立つのもやっとだ。

「わかった。それには俺も同意見だ」

俺は深呼吸をする。もう一度。どういうわけか、あの黒い円盤を見つめていると、昨夜、地下トンネルで巨大ムカデの食道をのぞきこんだときより、はるかに気分が悪い。

「で、えーと……なにか考えはあるのか？」

「上へ戻ろう」とエイト。「おまえをトイレで水死させてから、化学シャワー室でぶつ切りにして、サイクラーにひと切れずつ放りこめばいい」

俺はエイトをにらんだ。エイトはにやにやしている。

「早すぎる」ようやく、俺は言う。「あまりにも早すぎる。真面目な話、エイト、俺たちはここでどうやっていけばいい？　寝台は一つしかないし、配給カードも一枚しかない。それより重大なのは、俺たちの身分登録は一人分しかないってことだ。もし俺たちが二人いることがバレたら……」

エイトは肩をすくめる。「異常事態ってことになるよな？」

「たぶんな——資源に制約がある現状を考えると、司令官が同情してくれるとは思えない。もしいま、マーシャル司令官のところへ出頭すれば、俺たちのどちらかは確実にあの穴に送りこまれる」

「だよな」とエイト。「そして、この状況を隠そうとすれば、バレたとき、二人とももどろにされちまう可能性が高い」

俺はぎゅっと目を閉じ、心臓の鼓動が落ち着くのを待つ。脈拍は削岩機レベルから怯えた雛鳥くらいになり、ようやく通常レベルに近くなった。目を開けると、エイトが心配そうにこっちを見ていた。それは警戒の表情と紙一重だ。

「大丈夫か、セヴン?」

「ああ」俺は首をふり、息を吸って、吐く。「大丈夫だ。死に直面すると言うが……」

「ちょっと、文字どおりすぎるってか?」

「そうだ。もしマーシャルが最終的に俺をサイクラーに放りこむなら、先に殺してくれるだけの良識を持ち合わせていることを、本当に、心から祈るよ」

エイトは俺の肩に片手を乗せた。「おまえと俺、二人ともだよ、兄弟。ともあれ、俺たちには計画が必要だ」

「確かに。なにか考えはあるか?」

彼は両手で髪をかき上げた。「いや……わからない……エクスペンダブルの講習では、こういう状況は出てこなかったからな」

そのとおり。講習の内容は、百パーセント死ぬことに関するものだった。生きのびることに関しては、たいして時間を割いていなかったと思う。

「いいか」エイトが言う。「俺たちは分量多めの配給カードを持っている。おまえが最後のアップロード以後、バカなことをしていなけりゃ、まだ一日二千キロカロリーの食事は手に入るはずだ」

「うん、そうだな」

「てことは、それを半分ずつ分ければ、二人ともしばらくは生きていられる。まあ、満足とはいかないだろうが、生きてはいける」

自分の顔がゆがむのがわかる。「一日千キロカロリー？　それはきついぞ、エイト。もっとうまいやり方が必要だ。ベルトに相談したらどうだ？　こうなったのは、あいつの責任が大きい。この状況を話したら、あいつは罪の意識に駆られて、サイクラー・ペーストを少しばかり俺たちによこすんじゃないか？」

エイトは、それはどうだろうという顔をする。「かもな。けど俺は、ベルトに話すのは最後の手段に取っておきたい。あいつはニヴルヘイムの連中のなかでも、あんまり利他的なタイプじゃない。それにコピー人間に対して、どれくらい原理主義的かわからないからな」

「確かに。その主張はもっともだ。しかも、あいつは昨夜、俺を地下洞窟に置きざりにして死なせようとした。天秤の〝ベルトは信用しないほうがいいかもしれない〟のほうに、重りを加えていい」

「よし」とエイト。「そうだな。わかった。じゃあ、マーシャルに俺たちの配給カロリーを増やしてくれと嘆願するのは？」

俺は天井を仰いだ。「OK。すぐそうしよう」

「そうだ。ここに来る途中でカフェに寄ったとき、ペーストが二十五パーセント引きで売っていた。なにもしなかったら、実際に摂れる栄養は、それぞれ一日千二百五十キロカロリーになる。充分とは言えないが……」

「OK」俺は言う。「わかった。とにかく、俺たちはすぐ飢え死にすることはないだろう。といっても、それで重大な問題が解決するわけじゃない。俺たちは二人いる。コロニーにミッキー・バーンズが一人いるせいで起こる問題に対処させられるたびに、マーシャルは腐ったものを踏んづけたような顔をする。もしあいつがこのことを嗅ぎつけたら、俺たちにとっちゃ、サイクラーに放りこまれるのが最良のシナリオになるぞ」

ここで指摘しておくべきことがある。宇宙船がミズガルズの軌道から離れて約一週間後、俺がダリウス・ブランクとごたごたを抱えていると知ったマーシャル司令官は、自分のコロニーに犯罪分子が入りこんだと解釈した。さらに、司令官は伝統的な宗教を信奉する家の生まれで、一度に一体ずつであっても、培養槽からコピー人間を出すことを忌みきらっている。そんなこんなで、俺が司令官にエアロックから放り出される三十秒ほど前、〈ドラッカー号〉の船長――マーラ・シンというじつに感じのいい女性で、いまは工学セクションの責任者を務めている――が司令官に向かって、ニヴルヘイムに着陸するまではあなたに指揮権はないと言ってくれた。

ともかく、この状況は、俺に対する司令官の考えを改善してくれるとは思えない。

「それはわかる」とエイト。「わかるが……そっちが今日あの穴に入る気がないんなら、現時点で俺たちにできることは、なにもないだろ?」

「ないな、たぶん」

「もちろん、もしそっちの気が変わったら?」

「心配するな、エイト。そのときは真っ先におまえに言う」

エイトはにこにこしている。俺はまったく笑えない。

「サンキュ」エイトは言った。「そういえば――ナーシャは? 彼女にはこのことを話していいんじゃないか?」

その選択肢も考えなくてはならない。ナーシャとは、ミッキー3だった頃から付き合っている。ベルトと違い、彼女は昨夜、たったひとつしかない自分の命を危険にさらしても、俺を地下トンネルから引っぱり上げる覚悟だった。ここに信頼できる人物がいるとしたら、ナーシャだ。

とはいえ、もしも、結局この件でマーシャル司令官の前に引きずり出されることになったら、俺たちが始末されるときに彼女まで巻きぞえにすることだけは、絶対に避けたい。

「なあ、やっぱり、このことはしばらく俺たちだけの秘密にしておかないか？」

「了解」とエイト。「着陸してからこれまでをふり返れば、どっちみち、俺たちのうちの一人はすぐ死ぬことになるだろ？　そうなりゃ、はい、問題解決」

うっ。おそらく、エイトの言うとおりだろう。

すぐ死ぬと言えば、こんな話がある。着陸から二、三カ月後、俺がミッキー6だった頃、ベルトが遊覧飛行に連れ出してくれた。その日使ったのは、ベルトが普段飛ばしている重量貨物機ではなく、固定翼の単発偵察機だった。すでに上空に出て、ドームの上を旋回しているとき、俺は彼に訊ねた。こんな小さい飛行機のなかに、どうやって重力発生装置を納めてるんだ？　ベルトは俺のほうを向き、かすかな笑みを浮かべた。

「重力発生装置？　冗談で言ってるんだよな？」

「いいや。本気だ」

ベルトはやれやれと首をふってから、スピードを上げ、急角度で上昇した。

「こいつは飛行機だぞ、ミッキー。俺たちが上空にいられるのは、ベルヌーイの法則のおかげだ」

俺にはベルヌーイが誰なのか、彼が発見したらしい法則がどんなものなのか、まるでわからなかったが、その言葉の響きがどうにも気に入らなかった。これまで空を飛ぶときは、必ず重力場にかこまれているとわかっていた。それならどんな状況でも、秒速百五十メートルで地面に落下して熟れすぎたメロンみたいにぱっくり割れる心配はない。

「ベルト？　水平に飛びたいな、とか思わないか？　できれば、いったん戻って、もっと安定した飛行機に乗り換えたほうがいいんじゃないか？」

ベルトは笑った。「マジかよ？　俺がこいつを借りるのに、どれだけご機嫌取りをしなきゃならなかったか、わかってるのか？　今日こいつを借りてきたいちばんの目的は、重量貨物機じゃできないことをすることだ」

俺は口を開け、重量貨物機にできないことなんかしてほしくないんだが、というようなことを言おうとしたが、ひと言も口に出せないうちに飛行機が横に一回転して、叫び声を上げていた。まるで……なんていうか、突然、臆面もなく、はらわたがよじれるくらい、死ぬのが怖くなったやつみたいに。

思えば、すべての講習を受け、死を恐れないよう教えこまれ、おまけにそれまで五回死んでいるのにまだちゃんと生きているという揺るぎない事実にもかかわらず、心の奥深いところでは、不死身なんか信じていないことに初めて気づいたのが、このときだった。

「それで」ナーシャが訊ねる。「その貧しい食事はどうしたの？」

俺はボウルに入った六百キロカロリー分の甘味料なしのサイクラー・ペーストを、半分ほどなんとか飲んだところだった。ここで指摘しておきたいのは、拠点コロニーの経済では、一キロカロリーはただの一キロカロリーではないことだ。一キロカロリーという数字は、大幅な値引きから割増料金がかかるものまで、さまざまな食い物に変わる。要は、実際に口に入れたいものにどれだけ近いかで、値段が決まるのだ。エイトが言っていたように、サイクラーのつくりだすペーストとスムージーは、現時点で二十五パーセント引きで取り引きされている。つまり、俺がこのままなにもしなかった場合、少なくとも一、二週間は、ほぼいまの体重を維持できるだろう。ナーシャはヤム芋のマッシュとたっぷりスパイスを利かせたコオロギを食べている。それは今朝、額面どおりの値で取り引きされている。実際のところ、ウサギの後脚が二、三本とまずそうなトマトも売りに出ているが、そういうものは四十パーセントの割増料金がかかる。エイトがいるうちは、その種の贅沢は忘れようと思う。

「ええと、ボディビルでも始めようかなと思って。手持ちのカロリーを使いきって少しばかり体がでかくなれば、次はムカデどもに食われるとき、もっと手こずらせてやれるかもしれないだろ」

ナーシャはクスクス笑う。彼女の最高の特長のひとつだ。やさしく繊細な響き。クスクス笑うとき、彼女は横を向いて片手で口を覆うことが多い。荒くれ者の戦闘機乗りである彼女には、なんともちぐはぐな仕草で、ほとんど別人に見える。

「こういうことをまだユーモラスに語ってくれて、うれしいわ。この星に着陸してから、かなりの頻度で死んでるでしょ。そろそろ、あなたのことでつらい気持ちになってる人もいるんじゃないかしら」

俺は自分のグラスにもう一杯水を注ぐ。サイクラー・ペーストは、それだけでは食えたもんじゃない。その味はなにかに喩えられるものではなく、濃厚でじゃりじゃりしていて、たくさんの水で流しこむしかない。

「そのことは、こう考えるようにしてるんだ。もしセヴンが死んでいなかったら、俺は培養槽から出られなかった。だろ？」

彼女の顔がくもった。「そうね」

俺はまずい朝食から顔を上げる。「なんだよ?」

ナーシャは首をふる。「わたしにとっては、つらいことなの、ミッキー。あなたが命を失うたびに、つらさは増していく。昨夜は最悪の気分だった——シックスが亡くなったときよりつらかったし、ファイヴのときよりもっとつらかったかも。あなたからシャットダウンすると告げられたあとも、わたしは通信可能な距離にとどまっていたの。あなたの気持ちが変わることを願って。とうとうあきらめてドームに戻っても、格納庫でコックピットにすわったまま、一時間、赤ちゃんみたいに泣いていたのよ。でも、いまはこうしてあなたがいる。それに、あなたの言うように、もし昨夜わたしがあなたを救出していたら、目の前のあなたはここにいないわけで……もう、どう感じていいのかわからない」

「うん。不死身ってのは、混乱するよな」

「お、いたいた」ベルトだ。ふり向くと、俺の後ろで、ヤム芋とコオロギを載せたトレイを持って立っていた。

「おはよう、ベルト。すわって、と言うべきかしら」とナーシャ。

ベルトは俺の隣に自分のトレイを置き、長身を折り曲げるようにベンチにすわる。「なんで粥なんか食ってんだ、ミッキー? それに、その手はどうした?」

俺は下を向いた。手首にはきつく包帯を巻いておいたが、端から紫色のあざがいくつもはみだしているのが見える。

「寝台から出るとき、転んだんだ。培養槽ボケさ」

ベルトは長々とこっちを見た。俺にはなにを考えているかわかる。「そうか。じゃあ、正確には、いつ転んだんだ？」

「おまえが俺の部屋に寄っていったあとだ」俺は答える。「なんで、そんなこと訊くんだよ？」

ナーシャが自分の朝食から顔を上げる。「なにか、わたしの知らないことでもあるの？」

「たぶんな」とベルト。「俺がおまえの部屋に寄ってから、どのくらいあとだ？」

「知るかよ。ここに来る前かな。たぶん、三十分前くらい？」

「シャワー室で見かけたときは、あなたの手首はなんともなかった」ナーシャが言う。

「うん。そのあとだ」と俺。

ベルトは険しい目をして、首をふる。

「真面目な話、なにが起きてるの？」とナーシャ。

「わからない。ミッキー？ どうなってるんだ？」とベルト。

俺はサイクラー・ペーストの残りをすくった。ひょっとしたら、ベルトはここに来る途中、エイトに出くわしたのかもしれない。もしそうなら、俺はもう白状して、彼が黙っていてくれることを祈るしかない。だが、もしエイトに出くわしたわけじゃなかったら……。

「なにもないって。ただ朝食をたいらげようとしてるだけさ」

俺はさっと周囲を見回した。朝食には遅い時間だが、昼食にはまだ早い。俺たちの話が聞こえるほど近くには、誰もいない。ベルトはまだじっと俺を見ている。

「で？　なにが言いたいんだよ、ベルト？」

彼はフォークでコオロギとヤム芋を口に入れ、ゆっくりと咀嚼し、のみこんだ。「わからない、ミッキー。最近、おまえが培養槽から出てくるところは何度も見てきた。けど、今回のおまえは、なんか、ちょっとおかしい」

俺の顔が思わずゆがむ。「たぶん、おまえが培養槽から出てきたときの俺の行動より、そもそも俺が死んで培養槽から新しい俺が出てくるはめにならないことに、もっと気をつけてくれていたら、こんな話はしていなかったんじゃないのか」

「ええ、そうよね。つらいことだわ」

「とにかく」ベルトは言う。「俺がここにすわったのは、ミッキーがどうしてマスをかくほうの手を怪我したかで喧嘩するためじゃない。今朝、コロニーの境界で起きたことについて、おまえらがなにか聞いていないかと思っただけだ」

ナーシャは朝食の残りに向かって顔をしかめ、焦げたヤム芋の皮を上の空でつついている。

「わたしは一時間後にまた捜索に出ろと言われてる。四時間前にシフトが終わったばかりなのに。理由があると思うんだけど、それがなんなのか、誰も教えてくれない」

ベルトはテーブルの向こうからナーシャのほうへ身を乗り出し、声を落とした。「行方不明者が出たんだ」

「行方不明者？」とナーシャ。「どうして？」

ベルトは肩をすくめた。「誰にもわからないらしい。東の検問所に配置されていた警備兵だ。ダーニーは、ゲイブ・トリチェッリだと言っていた。八時にはゲイブから連絡があったが、八時半にはなかった。それで彼を探しに人をやったら、雪がぐちゃぐちゃにされた跡しか見つからなかったらしい」

俺は今朝ゲイブを見たと言おうと口を開けてから、はっと思い出した。俺が今日ドームの外にいたことは、ナーシャもベルトも知らない。ゲイブは、俺が地下の迷宮から出てきたとき、ドームに入れてくれたやつだ。ちょうど、そのくらいの時間に違いない……。

八時十五分？

くそっ。

ムカデどもが俺のあとからドームまでついてきたのか？

ずっと前に庭へ逃がしてやったクモの記憶がよみがえる。昨夜の出来事は、俺がクモを逃がしてやったように、巨大ムカデが俺を逃がしてくれたと思っていたが、もしそうじゃなかったとしたら？　実際は、俺はアリのようなもので、やつらが踏みつぶさなかったのは、アリの巣を見つけるためだったとしたら？

「どうしたの？」とナーシャ。

俺はナーシャを見て、ベルトを見て、またナーシャを見た。二人とも、じっと俺を見ている。

「マジな話」ベルトが言う。「しょんべんもらしたような顔をしてるぞ、ミッキー。どうした？　あいつと親しかったのか？」

それはある意味、バカげた質問だ。この星には二百人足らずの人間しかおらず、この九年間、全員が狭いところにひしめきあって暮らしているのだ。それでいてこんな質問が出るというのは、俺たち三人がコロニーの仲間といかに交流していないかわかるというものだが、俺はゲイブとは親しくなかった。じつのところ、ゲイブの顔は知っているし、悪いやつじゃないというざっくりとした印象はあるが、それ以上のことは知らない。そしてベルトとナーシャにいたっては、そのどちらも知らないのは明らかだ。

「そいつが誰かは知っている」俺は言った。「友だちってわけじゃなかったが、そんなことはどうでもいいだろ？　俺たちは人口の〇・六パーセントを失ったんだぞ、ベルト」

「そうだな」とベルト。「たぶん、そのとおりだろう。俺は正直、ゲイブの大ファンってわけじゃなかった。航行中、あいつはしょっちゅう、回転木馬に割く時間が少ないと言っちゃあ人のケツを叩いてくる連中の一人だった。まあ、それにも一理あるんだが。胚の解凍を始めるまでは、遺伝子プールの底にあんまり漏れがあっちゃ、マジでまずいからな」

「それについては、わたしは心配してないわ。だって、もし一般的な白人男性がもっと必要になったら、いつでもミッキーを何体か培養槽から出せるでしょ？」

二人とも声を上げて笑っている。俺はちょっと長すぎるくらい迷ってから、笑った。

「けど、マジな話、ミッキーの言うことも核心を突いている」とベルト。

俺には核心を突いた覚えはないが、かまわない。

「そうね」ナーシャも言う。「ゲイブがただ迷子になったわけじゃないのは、確かだわ」

「ムカデどもにやられたんだ」とベルト。

ナーシャは最後のヤム芋から顔を上げた。「知ってるの？」

「いや、知ってるわけじゃないけど、ほかに可能性があるか？　この星でアメーバよりでかい生き物は、ムカデどものほかにはまだ見つかっていない」

ナーシャは首をふる。「ムカデがそこまでドームの近くに来てるっていうのは、悪いニュースだわ。おまけに武装した警備兵を倒したっていうのは、もっと悪い。ゲイブは戦闘スーツを着ていたの？」

着ていた――とはいえ、これもまた、俺は知らないことになっている。

「わからない」とベルト。「けど、着ていなかったんじゃないか。これまで、着る理由はなかっただろ？　ほら、ムカデが実際に誰かを殺したのは、今回が初めてだし」

「俺が殺されてるよ。しかも、二回」と俺。

ベルトは俺の肩に腕を回し、ぎゅっと力をこめる。「わかってるよ、相棒」

ナーシャはクスクス笑った。俺はにらんだが、彼女は朝食に目を戻していて、気づかない。ベルトがムカつくことを言うのは想定内だが、いつものナーシャなら、もっとマシな反応をしてくれるのに。

「戦闘スーツを着ていようがいまいが」ベルトはつづける。「ゲイブは高出力バーナーを持っていたはずだろ？　バッファローを一瞬で丸焼きにできる武器を持っていたのに、どうして虫の群れごときに殺されるんだ？」

「バーナーはやつらには効かない」と俺。

二人とも、はっとこっちを見る。

「いま、なんて？」とナーシャ。

「そうだよ。なんの話をしてるんだ、ミッキー？」とベルト。

俺は答えようと口を開け、また閉じた。ベルトの目が見開かれている。やっぱり、こいつをポーカーに誘わないとな。

「わたしには聞かされていないことがあるようね」ナーシャが言う。「友だちって隠し事をしないものよ、ミッキー」

「いや」とベルト。「違う、ミッキーの言うとおりだよ、実際。ミッキーは昨夜、バーナーを持って地下へ下りていった。けど、なんの役にも立たなかった。俺はそのことを忘れていたらしい」

俺は射撃の名手ばりの鋭い視線をベルトに向ける。「忘れただと？」

「ああ、忘れていた」

「自分の親友が虫けらにずたずたにされるところを見てから二十四時間もたってないってのに、忘れたのか」

「いや、親友と言えるかな」

「ずたずたって？」とナーシャ。「わたしはてっきり、クレバスの底で凍死したと思ってたんだけど」

俺は混乱しているが怒っているぞという顔をつくって、ベルトをにらむ。「凍死ってのはなんだ、ベルト？」

ベルトは忌々しそうにちらりとナーシャを見てから、首をふる。「そんなことはどうでもいい。大事なのは、おまえは死んで、俺たちにはどうすることもできなかったってことだ」

「それは違うわ」ナーシャは否定し、また朝食をつきだした。「わたしにはできることがあった」俺を見上げ、悲しそうにかすかな笑顔を浮かべる。「でも、彼が救出させてくれなかったの。昨夜のあなたは勇敢だったわ、ミッキー。わたしが危険を冒してあなたを助けるのを、許さなかった。穴に落っこちるなんてしょうもないドジを踏んだとはいえ、昨日のあなたが勇敢だったという事実は変わらない」そして笑顔を消し、渋面に変わる。「とにかくいま大事なことは、経緯はわからないけれど、ゲイブ・トリチェッリが今朝、殺されたか、さらわれたか、食われたかしたせいで、わたしはシフトが終わったばかりなのに、またすぐ次のシフトで飛行させられるってこと」ナーシャはベルトのほうを見た。「そういえば——あんたは今朝、どうして非番なの？　昨夜わたしより長く働いていたわけじゃないのに」

ベルトは肩をすくめる。「俺のほうがマーシャルに気に入られてるってことじゃないか」

会話が宙ぶらりんになっているとき、俺のオキュラーのチャット・ウィンドウが開いた。

コマンド1：10時30分までに司令官のオフィスに報告に来ること。報告に来なければ、命令違反とみなし、配給カロリーをカットする。悪しからず。

開封確認を返したとたん、すぐ横に二つめのウィンドウが開き、ナーシャの顔の一部に文字が重なる。

ミッキー8：おまえも司令官からの呼び出しメールを見てるよな？
ミッキー8：ああ、見てる。
ミッキー8：げっ。俺たちはいま、どっちもミッキー8ってことなのか？
ミッキー8：そのようだ。
ミッキー8：上等じゃないか。こいつはややこしいことになるぞ。
ミッキー8：俺たちなら、なんとかできるさ。

ミッキー8：ネットワークが、同じハンドルネームの通信が二カ所から発信されているって警告を出してくるんじゃないか？
ミッキー8：誰かが調査しないかぎり、大丈夫だろう。
ミッキー8：調査なんかされたら、おしまいだぞ。
ミッキー8：違いない。
ミッキー8：とにかく、この呼び出しで、マーシャルは俺たちを叱責するつもりだろう。俺たちがまた死んで、コロニーのたんぱく質を七十キロも無駄にしたから。おまえ、行ってくれるか？　俺は培養槽酔いがひどくて、ほんとに昼寝したいくらいなんだ。
ミッキー8：俺に選択肢はあるのか？
ミッキー8：ＺｚｚｚＺ

俺はまばたきして、二つのウィンドウを閉じた。ベルトとナーシャがまじまじとこっちを見ている。

「失礼よ」とナーシャ。

「そうだぞ。失礼きわまりない」ベルトは椅子を引いて立ち上がり、自分のトレイをつかんだ。「とはいえ、俺はもう行かないと。飛行を楽しんでこいよ、ナーシャ」

ナーシャはヤム芋の皮をフォークで刺し、去っていくベルトの背中へ投げつける。俺は飛んでいく芋の皮を追いかけて食いたい衝動と闘わなくてはならなかった。

「とにかく」ベルトがいなくなると、ナーシャは言った。「次の勤務まで、一時間空いてるの。シャワーで始めたことを最後までする？」

一、二秒かかったが、さっきナーシャがシャワー室で俺を見たと言っていたことを思い出し、彼女の言いたいことに気づいた。そしてさらに二、三秒かかって、彼女とエイトがからみあっている姿を頭から消す。実際のところ、自分自身に嫉妬するなんてできないと思うだろ？

できるんだな、これが。

だが、どうだっていい。善かれ悪しかれ、俺には行くべきところがある。

「じつは、ついさっき司令官から連絡が来たんだ。マーシャルのところへ行かなきゃならない」

「あら。そりゃ、そうよね。司令官は、あなたがまた一体分のたんぱく質を無駄にしたことに腹を立ててるんでしょ？」

「ああ。まあ、そんなところだろう」

ナーシャは腰を浮かせ、テーブルから身を乗り出してくると、俺の頭の後ろをつかんで引き寄せ、キスをした。

「司令官の罵倒なんか、真に受けちゃだめよ。凍死だって、あなたの仕事なんだもの。それに、あなたは命令を受けてあそこへ行ったわけだし。それでくたばっちゃったからって、司令官があなたに怒るなんて筋違いだわ」ナーシャはもう一度、キスをする。今度は額に。

「任務から戻ったら、ちょっと眠らなきゃならないけど、起きたら連絡するわね」そう言って、もう一度、今度は口にキスをする。「でも、まずはちゃんと歯を磨いて。サイクラー・ペーストがこびりついてて、気持ち悪い」

ナーシャは俺の頬を軽くぽんと叩くと、自分のトレイを持って去っていった。

006

マーシャルに会いに行くからって、ぴりぴりすることはない。まさか、今日、殺されることはないだろう。だが最近は特に、そうとも言いきれない。

とにかく、マーシャルは最高司令官かもしれないが、俺にとって、ニヴルヘイムではベルトをのぞいていちばん長い知り合いだ。俺の乗ったシャトルが軌道上の組み立て工場にドッキングしたとき、最初に挨拶した人物がマーシャルだった。組み立て工場では、〈ドラッカー号〉の仕上げ作業をしていた。俺がグウェン・ヨハンセンの面接を受けた二日後——ダリウス・ブランクの子分に地獄を見せられ、生まれてからいちばん長い三十秒を経験させられてから三日後——のことだ。

まあ、マーシャルのしたことを挨拶と呼ぶのは大げさかもしれない。それでも、彼がそこにいたのは確かだ。

公平に言えば、彼にとって、俺の第一印象はあまりよくなかっただろう。俺は宇宙ステーションに接近するときにシャトルの重力発生装置が停止するまで、自由落下を経験したことがなかった。もちろん、軌道上にいる人々の映像を見たことはあった。エンタメ系のネットを見ていれば、ウィングスーツを着た観光客が無重力ハンドボールやなにかを楽しむ軌道上リゾートの広告が五分と空けずに表示される。そういう映像を見て、俺はずっとくつろげるものだと思っていた――海にぷかぷか浮かんでいるようなものだが、宇宙だから、でかいタコだかイカだかに襲われる心配もない。

ところが、その名称は自由浮遊じゃない。自由落下だ。

重力場がシャットダウンした瞬間、胃が喉までせり上がってきて、心臓がすごい勢いで鼓動を打ちはじめ、指先までドクンドクンしてきた。おまけに脳の本能をつかさどる部分が――視覚的証拠はさておき――おまえは晴れた青空から雨粒みたいに落っこちて、絶対に、間違いなく死ぬぞ、とはっきり訴えてくる。

俺は同乗者の何人かみたいに取り乱しはしなかった。叫びもしなかったし、手脚をばたつかせて暴れもしなければ、昼飯を胃袋にとどめておけなくなった人のために前の座席の背に用意された真空マスクを使うこともなかった。俺は大丈夫だった。それでも気分はけっしてよくなかったし、シャトルがドッキングしたあと、エアロックを通って到着ラウンジに入る頃には、汗びっしょりになって震えていた。

おそらく、シャトルを降りてから二日間は、モルヒネ中毒みたいに見えただろう——それが、マーシャル司令官の俺に対する第一印象だった。

マーシャルは到着ラウンジで俺たちを待っていた。エアロックの向かいにある舷窓のそばに浮かび、五百キロ下で回転しているミズガルズの夜の側を見つめていた。十二人の入植者候補の最後の一人がシャトルからラウンジに出てきて、すぐ後ろでエアロックの内部ドアが音を立てて閉まり、俺たちが全員出てきたとわかるまで、マーシャルは待っていた。

俺はすぐにわかった——目の前にいるのは、自分のことをここの支配者だと思っている人物だ。薄くなった漆黒の髪を短く刈りこんだ頭といい、常に引き結んだ口元といい、自由落下中でさえ背骨の代わりに金属の棒が入っているかのような姿勢をたもっていた事実といい、彼はまるで戦闘で鍛えぬかれた冷酷な軍人のパロディだった。これまでミズガルズにいたこともなければ、必要とされたこともなかったタイプだ。

マーシャルの全体像がわかるまで、三年と二回の生まれ変わりが必要だった。やつの十パーセントはとことん堅苦しいうぬぼれ屋で、十パーセントは不安、あとの八十パーセントは、地上指揮官に任命された者なのに、航行中はずっと貨物同然であるという事実を過剰に補う態度でできている。

「やあ」マーシャルは俺たちに向かって床を蹴った。天井に設置された手すりを片手でつかんで体の勢いを止めてから、ふわりと下降し、俺の前に立つような格好になる。「ヒンメル宇宙ステーションにようこそ。〈ドラッカー号〉の搭乗許可が出るまで、ここがきみたちの住まいだ。わたしはヒエロニムス・マーシャル。この小さな遠征隊の指揮をとる。これまで宇宙に出た経験のある者は？」六人の手が上がる。マーシャルはうなずいた。「すばらしい。では、それ以外の者で、いま必死で吐くまいと努力している者は何人いる？」三人の手が上がり、さらにおずおずと四人目の手が上がる。マーシャルはまたうなずいた。「まあ、いいだろう。最終的には克服できるはずだ。あるいは、できないかもしれん。いずれにせよ、説明のとおり、当分はここにいることになる」

「司令官？」

吐いたやつの一人だ。マーシャルは彼のほうを向いた。

「なんだ？」

「デューガンといいます、司令官。生物学セクションです。あの――」デューガンはげっぷをもらすと、顔をしかめて口にこみ上げてきたものをのみこんだ。「おえっ……ぼくたちの所持品はいつ運びこまれる予定ですか？　シャトルには荷物を持ちこませてもらえなかったんです」

マーシャルは彼に硬い笑みを向けた。「あいにく、荷物が運びこまれることはない。きみたちにも想像がつくだろうが、この種の旅では質量がちょっとした問題になる。結果的に、われわれは個人の所持品の持ちこみを禁じるという決断を下した」みんなから一斉に不満のうなり声が上がったが、マーシャルは手をふって制した。「静かにしたまえ。必要なものはすべて支給されると約束する。それにいずれ、拠点コロニーではこまごまとした物はほとんど必要ないとわかるだろう」マーシャルは俺たちにざっと視線を走らせた。「ほかに質問は？」

俺は手を上げた。入植者になった当初、いくつかの間違いをしでかしたが、これが最初の間違いだった。

「よし。名前は？」とマーシャル。

「ミッキー・バーンズです。一人三十キロ以内の荷物を持ちこめると聞いたんですが」

マーシャルの硬い笑みが、さらに少し硬くなり、とうてい笑みとは呼べない表情になった。

「さっき言ったように、ミスター・バーンズ、個人の荷物の持ちこみは不可と決まったんだ」

「そんな話、聞いていません。バッグに入れておいたもののなかに、必要なものがあるんです」

マーシャルはもう、まったく笑っていなかった。「ミスター・バーンズ、全員が搭乗すれば、〈ドラッカー号〉には百九十八名の入植者と乗組員が乗りこむことになる。もしそれぞれが三十キロ分の置物だのハンドローションだのを持ちこんだら、宇宙船の質量は六千キロ近くも増えてしまう」

「それはわかります。計算くらいできます。ただ——」

「六千キロの質量を光速の〇・九倍、つまり〇・九cまで加速するのに、どれくらいのエネルギーが必要か、わかるか?」

「ええと……」

マーシャルの顔に笑みが戻った。「そこまで計算が得意なわけではないのかね?」

「そんなの、たいした問題じゃありません」俺は言い返した。「六千キロの質量くらい、宇宙船全体の質量にくらべれば、誤差の範囲内です」

「いいや、重要な問題だ」とマーシャル。「わかっているだろうが、一応、さっきの答えを言っておくと、4×10^{23}ジュール強だ。さらに、旅の終わりに減速して停止する際にも、同じだけのエネルギーが必要になる。物理学は冷酷だな、ミスター・バーンズ、恒星間宇宙船の燃料となる反物質は、恐ろしく高価だ。〈ドラッカー号〉はきみたちを九年ほど生きのびさせるために必要最低限の物資だけを積み、極限まで質量を減らしてある。こうすることで、われわれは目的の星へ到達できる。ミズガルズ政府にとっては、天文学的な出費だがね。きみたちの仲間となる入植者の九十パーセントは、凍結胚の形で輸送される。そのことは知っていると思うが？」

「はい、それでも――」

「では、なぜだと思う、ミスター・バーンズ？　われわれが自分に残された減りゆく年月を、子どもの大群の世話に費やしたいと望んでいると思うか？」マーシャルは言葉を切って、答えを待つかのように俺を見た。俺に答える気がないとわかると、彼はつづけた。「そんなわけがない。胚は軽量で、五体満足の成人は重いからだ。重いものにはほかになにがあるか、わかるか？　食糧だ、ミスター・バーンズ。残りの人生に配給されるカロリーがどれくらいにのぼるかわかれば、その六千キロという重量を農業生産の増強のために使いたいと思うだろう。個人的には、重量にそれだけの余裕があるなら、さらに七、八十人の入植者を乗せたいところだ。しかし、いずれにせよ、少しでも積載重量に余裕があるなら、きみの手荷物よりはるかに生産的なアイデアをいくらでも思いつくのは確かだ」

俺は口を開けて指摘しようとした。さらに七十人の入植者を乗せれば、必要となる食糧、水、酸素の備蓄と居住スペースが四十パーセント増えるが、俺の手荷物ならその心配はいらない。もっと重要なことは、手荷物は船に持ちこめないと前もって伝えられていれば、俺はタブレットとメモリーチップ二つ――本当に必要なのはそれだけだった――をポケットかなにかに押しこんで、シャトルに搭乗していたってことだ。

だが、俺はそこまでバカじゃない。マーシャルの表情を見て、無言の抗議にしておいたほうがいいと判断した。

「ところで、ミスター・バーンズ、きみの役割がよくわからないんだが」

「俺のなにがですか？」

「役割だよ。こちらのミスター・デューガンは植物学者だ。きみはなんだね？」

俺の最初の間違いがさらに悪化したのが、このときだ。俺はにやりとした。「エクスペンダブルです、司令官」

マーシャルから返ってきたのは、笑顔じゃなかった。いわゆる苦虫を嚙みつぶしたような顔だ。以前よく見かけた、腐ったものを口に入れてしまったり、裸足で糞を踏みつけてしまったりしたときなんかに、人々がしていた表情だ。

「それくらい、気づくべきだったな」マーシャルは床を蹴ってまた天井の手すりにつかまると、両手で手すりを押しやって、ラウンジの奥の出口へ向かった。そして空中できれいに一回転し、床を蹴って水泳選手のように滑らかに滑空した。

「このステーションには、ミッションに関わるすべての入植者と乗組員が使えるだけの個室はない」出口のドアが開くと、司令官は肩ごしに言った。「しかし、共用スペースにはたくさんのスリングが吊るしてある。それを使え。〈ドラッカー号〉に搭乗できるようになるまで、それがきみたちの家だ」

　マーシャルは出口からするりと出ていき、その後ろでドアが閉まった。

「うわ」司令官がいなくなると、デューガンが言った。「なんだったんだ、あれ？」

「マーシャル司令官は人口増加提唱者《ナタリスト》なのよ」エアロック付近に引っこんでいた、背の高い黒っぽい髪の女が言った。

　デューガンは短く鋭い笑い声を上げた。「本当か？」そして俺をふり返る。「しくじったな」

　俺はデューガンから女に視線を移し、またデューガンを見た。「よくわからないんだが、ナタリストってなんだ？」

「カルトだよ」とデューガン。

「カルトじゃないわ」女はマーシャルと同じくらい巧みに壁を蹴り、手すりにつかまると、俺の前にすとんと下り立った。「れっきとした宗教で、マーシャル司令官は熱心な信者よ。ネット上の彼の個人情報を調べたの。この手の仕事に参加するときは、契約前に司令官を務める人物を必ず確認する。あなたたちはしなかったの？」

俺は拷問器具を持ったギャングから逃げるのに必死で、ソーシャルメディアで司令官の人となりを調べている暇などなかったのだが、いまはそんな話を持ち出すのに必ずしもいい機会とは思えない。というわけで、首をふっておくだけにした。

女は声を上げて笑った。「冗談でしょ。わたしたちは死ぬまで所有されるようなものだってことは、わかってるわよね？　なのに、自分を所有することになる人間がどんな人物か、調べもしなかったわけ？」

「ああ、調べなかった」

デューガンがまた笑った。俺はすでに、こいつの笑い方は気に入らないと判断していた。

「彼がそんなことするわけないよ」とデューガン。「きみは徴用されたんだよね？　元は、なんだったんだい？　囚人かなにか？」

「は？　囚人なんかじゃないし、徴用されたわけでもない。俺はこのミッションに選ばれたんだ、おまえたちと同じさ」

「確かに。選ばれたとか、徴用されたとかは、どうでもいい。ぼくが言いたいのは、きみには選択肢がなかったんだろってことさ」

俺は首をふった。「人の話を聞いてないんだな。選択肢はあった。俺は二日前に、自分から採用担当者のオフィスに行ったんだ。グウェンって女性の面接を受けて、優れた志願者だから喜んで採用すると言われた」

　二人とも、俺に二個目の頭が生えたかのような目でこっちを見つめた。

「ジョークだよな」とデューガン。

「いいや、ジョークなんか言っちゃいない」と俺。

「よかったら教えてほしいんだけれど」と女。「いったい、なにを考えてたの？」

　もうダリウス・ブランクのことをしゃべっちまおうかと思ったが、すんでのところで分別が働き、思いとどまった。この先一生ともにすごす連中から、ある種の犯罪者と思われるのはごめんだ。

「どうでもいいだろ。大事なのは、俺は自分から志願したってこと、刑務所に入ったことなんかないってこと、契約前に誰のこともソーシャルメディアでチェックしなかったってことだ」

「ぼくもチェックはしなかったな」デューガンは言った。「これは、ミズガルズが送り出す最初のコロニー建設ミッションだろ？　このミッションに関わる人たちは、もっとも優秀な人間ばかりだろうと思ったんだ。その司令官にナタリストを採用するなんて、信じられないよ」

「それはたいした問題じゃないわ」女は言ってから、俺を見た。「とにかく、この人以外にとっては、問題じゃない」彼女は俺に悲しげな顔をして見せると、デューガンに手を差し出した。「ところで、わたしはブリー。農業セクションよ。あなたとは一緒に働くことになりそうね」

その頃には、ほかの新人たちはいなくなっていた。たぶん自分のスリングを確保しにいったのだろう。ブリーとデューガンが笑顔で握手したとき、俺には疑念がわきはじめていた──このミズガルズ脱出作戦は、思ったほどうまい計画じゃなかったのかもしれない。

「なあ、バカなことを訊くようだが、どっちでもいいから、マーシャルの宗教が俺とどんな関係があるのか説明してくれないか？」

ブリーがくるりと回って俺のほうを向いた。その顔には、デューガンのほうがはるかに興味深いと書いてある。たぶん、俺に相当まずいところがあり、彼女の神経にさわりはじめていたからだろう。

「ナタリスト教会の重要な教義のなかに、ひとつしかない魂こそ神聖であるという信条があるの」

「ええと……」

「人格のバックアップを嫌悪しているってことさ」デューガンが説明する。「彼らは、ひとつの肉体にはひとつの魂が宿ると信じていて、生まれ持った体が死ねば、魂も死ぬと考えている」

「そういうこと。つまり、バイオプリントでつくった体に人格のバックアップ・データを埋めこんだ人間は、事実上、魂のないモンスターってこと」

「うん」とデューガン。「嫌悪の対象ってところかな」

「完全には人間と呼べないってことね」

デューガンはうなずいた。「まったく人間とは呼べない」

「へえ」俺は言った。「そいつは……」

「わかってるわ」とブリー。「適切じゃない」

「けどさ」デューガンは言う。「きみは使い捨て人間《エクスペンダブル》だけど、まだ一度も使い捨てられたわけじゃないよね。いまのところは、なんていうか、まだオリジナルのきみだろ？」

「まあ、そうだな。二日前に、この遠征隊に参加する契約をしたばかりだから。バックアップとかいうのが、どういう仕組みなのかも知らない。少なくとも、いまのところは、まだ生まれたときと同じ体だ」

「それはよかった」デューガンは俺の肩を叩いた。「マーシャルにきらわれないようにするには、その体をキープするしかない」

ずいぶん役に立つ助言だったよ、デューガン。

なぜその助言に従おうと思わなかったのか、想像もつかない。

007

たいていは、遅刻しないように気をつけている。遅刻すると食料が減る恐れのある場合は特に。とはいえ、早めに行くのが大好きというわけでもない。ヒエロニムス・マーシャルからの説教が待っているとなれば、なおさらだ。俺はゆっくり通路を歩き、途中で出会った二人と立ち止まって話をして、さらにマーシャルの部屋の前でぐずぐずして、視界の端に浮かぶ時計が10時29分を指してから、ドアをノックした。

「入りたまえ」

ドアが勢いよく開く。マーシャルは金属とプラスティックでできたずんぐりした机の向こうにすわっていた。肘掛けに両肘をついた前かがみの姿勢で、両手を腹の前で組んでいる。彼の前にすわっていたベルトが、体をひねって俺を見る。

「ドアを閉めて、すわれ」とマーシャル。

俺はベルトの隣の椅子を引いて、すわった。マーシャルは苦痛なほど長々と、俺たち二人をにらみつける。

「それで――」とうとうベルトが口を開くと、マーシャルは鋭い目で黙らせた。

「ところで、バーンズ。いま、何体目だ？」

「ええと、八体目？」

マーシャルはいぶかしむように片方の眉を上げる。「自信がないようだが」

「首の後ろに番号がスタンプされてるわけじゃないんですよ、司令官。それに死んだときのことは、ほとんど覚えていません。自分が八体目だとわかるのは、他人がそう言っているからってだけなんです」

「培養槽から出てきたときのことは、覚えているな？」

俺はちらりとベルトを見た。彼はまっすぐ前を見つめている。

「いえ、あまりよく覚えていません、司令官。培養槽から出て二、三時間は、たいてい意識がはっきりしないんです。覚えているのは、自分の寝台で目が覚めたことと、ひどい二日酔いに襲われていたことくらいで」

マーシャルの顔が陰ったが、表情は変わらない。

「ここニヴルヘイムでアルコールは手に入らないことを考えると、ミスター・バーンズ、そういう体調の原因は、深酒ではなく再起動である可能性が高いと思うが、どうだね？」

それにはうまい答えがあるが、いまは披露しないほうがいい気がする。

「はい、司令官。ごもっともな推測です」

「それで再起動はこれまで何回あった、バーンズ？」

「七回です、司令官」

「つまり、きみは八体目のミッキー・バーンズということだな？」

「はい、司令官、俺は八体目です」

マーシャルはもうしばらくじっと俺を見てから、ベルトに目を向けた。「ゴメス。この男はなぜ、八体目のミスター・バーンズなんだ？」

「はい、司令官。稼働できるエクスペンダブルを常に一体用意しなければならないと、プロトコルに定められているからです」

「それから？」

「それから昨夜、七体目が機能しなくなったため、プロトコルに従い、俺がミッキー8の製造を開始する要請を出しました」

「ありがとう」とマーシャル。「じつに差し出がましいことをしてくれたな、ゴメス。しかも、まるでプロトコルを気にしているかのような口ぶりだ」

「司令官――」ベルトは言いかけたが、マーシャルは首をふる。

「言い訳はいらん。フィールド・マニュアルに書いてあるとおりの言葉じゃなく、普通の言葉で説明したまえ。昨夜、いったいどういう経緯で、七十五キロ分のたんぱく質とカルシウムをドブに捨てるような真似をしたのか説明してくれ」

実際の俺の体重は七十一キロだし、そのうちのほとんどは水分で、水なら吹き寄せられた雪の山が外にいくらでもあるのだが、いまそれを指摘するのはまずそうだ。

「はい」ベルトは答える。「あの、司令官……」

マーシャルは身を乗り出し、机にいっぽうの肘を乗せて頬杖をついた。眉尻が生え際へ向かってじりじりと上がっていく。ベルトは咳ばらいをした。ここまで緊張しているベルトを見るのは、初めてかもしれない。

「再起動要請書に書いたように、ミッキーが亡くなったのは、だいたい――」

「七体目のミスター・バーンズのことかね」

「はい、司令官。ミッキー7です。彼は昨夜二十五時三十分頃に亡くなりました。メインドームの南西約八キロのところにあるクレバスを探索中のことです。この探索は、コロニー周辺の偵察と地元の動物相の調査に関する司令官からの継続命令に従ったものでした。彼の体は回収不可能と確認した俺は――」

「確認した？　どうやって？」

俺はちらりとベルトを見る。ベルトは相変わらず、まっすぐ前を見つめている。これはいい兆候だ。

「と言いますと？」

「いまの質問にわかりにくいところはなかったはずだ」とマーシャル。「彼の体が回収不可能であることを、どうやって確認した？」

「ええと」ベルトはさっと俺を見る。

「俺を見るなよ。こっちは死体だったんだぞ、忘れたのか？」

「この話が不愉快なら」マーシャルが言う。「バーンズ、この聴取が終わるまで、おまえは外で待っていてもいい」

俺は首をふる。「いや、ここにいます。俺も司令官と同じくらい、この話に興味があるんで」

マーシャルの視線がベルトに戻る。「それで？」

「あの、彼は穴に落下したんです」

マーシャルは椅子の背にもたれ、胸の前で腕組みをした。

「彼がなんだと？」

「穴に落ちたんです」とベルト。「とてつもなく深い穴に。彼の動きが止まったときには、彼のトランスポンダーからの信号はほぼなくなっていました」

「ほぼ？　つまり、彼の居場所は突き止められたわけだ」

「というか……」

「きみは彼の居場所を突き止めることができた。つまり、彼を回収することもできたわけだ。間違っているか？」

「ふん」と俺。「俺にはかなり筋が通っているように聞こえるね」

マーシャルとベルトが同時に俺をにらむ。ベルトは咳ばらいをして、もう一度説明しようとする。

「俺の判断では、司令官、ミッキーが下りたあたりには、安全に着陸できそうになかったんです」

「わかった」とマーシャル。「だがきみは、そもそも彼をそこに下ろすのは安全だと思っていた。そういうことかね？」

「そうだよ、いったいどうなってんだ？」と俺。

マーシャルは俺を糾弾するように指さした。「静かに、バーンズ。ゴメスの話がすんだら、相手をしてやる」そして、ベルトに向き直る。「いいか、ゴメス、きみに出した命令は、ドーム周辺の探索と、適切なときと場所においてムカデどもをおびきよせるのに必要なものを調べることだ。しかし、そういう命令を実行するときは、その忌々しい判断力を発揮してもらいたい。くわしく言えば、エクスペンダブルが作業中に命を落とす可能性がそこそこあると判断したなら、彼の体を回収してリサイクルに回す準備をしておけ。わかったか？」

九年前なら、俺は気分を害していただろう。なにしろ、問題はベルトのせいで俺が死んだことではなく、ベルトが俺の死体を探す努力を怠ったことだと言っているんだから。だがいまとなっては、マーシャルがそういう言い方をしないほうが驚く。

ベルトは返事をしようと口を開けたが、マーシャルの目が険しくなり、どうやら黙っていたほうがいいと思い直したらしい。すぐ口を閉じ、無言でうなずいた。

マーシャルが俺のほうを向く。「次は、バーンズだ。この件について、言うべきことはあるかね？」

「俺が？　いや、この件に関しては、俺にはなんの意見もないです。思い出してください、俺は培養槽から出てきたばかりだし、セヴンは昨夜死んだが、その前の数週間はアップロードしていなかったらしい。司令官たちが話していることは、俺にはさっぱりわかりません」

「ふむ、それもそうだな。きみがただの作り物だということを、ときどき忘れてしまう」

普段なら、その見解に反論するところだが——この手の話も、いまはやめておいたほうがいいだろう。

「とにかく」マーシャルはつづける。「二人ともわかっているだろうが、この星の環境ではどんな作物もまともに育たず、農業セクションは非常に苦労している。その結果、われわれは現在、摂取カロリーをかなり低く抑えている。きみたちのここ数週間の活動で、われわれの限りあるエネルギー量から、三十万キロカロリー近くが永久に失われてしまった。農業基盤がフル生産体制にならないかぎり、その損失分だけ、われわれの配給カロリー量をさらに減らさねばならんだろう」そこで言葉を切ると、マーシャルはまた前にかがんで机に両肘をついた。「きみたち二人を、この配給カロリー削減の矢面に立たせるのは当然だし、きみたちに異論はないはずだ」

「司令官——」ベルトは言いかけたものの、マーシャルは首をふる。

「黙れ、ゴメス。聞きたくない。これにより、二人とも配給カードに登録されたカロリー量を永久に二十パーセント削減する」

「けど——」

「言ったはずだ」マーシャルは一語一語歯ぎしりするように発音する。「聞きたくない」

司令官はベルトをにらみつけて黙らせると、俺のほうを向いた。「ほかに言っておくべきことはあるかね、バーンズ？」

「あの」と俺。「司令官、正直なところ、なんで俺の死体が回収されなかった件で、俺まで制裁の対象になるのかわかりません」

マーシャルはたっぷり五秒間俺をにらみつけてから、まばたきして言った。「質問をわかりやすく言い直させてくれ。生意気で無意味なこと以外に、言うべきことはあるかね？」

もちろん、ある。とはいえ、いま言ってもどうしようもないことは明らかだ。俺は首をふった。「ありません、司令官」

「よろしい。おそらく今後は腹が鳴るたびに、コロニーの資源を慎重に使わねばならないことを思い出すだろう。下がってよし」

「ところで」マーシャルに聞こえないところまで来ると、ベルトが言った。「〝コロニーの資源〟になった気分はどうだ？」

「いい質問だ。おまえにも質問してやろう。最低のウソつき野郎になった気分はどうだ？」

ベルトは足を止めた。俺は回れ右をしてベルトと向き合う。なんと、彼は傷ついた顔をしていた。

「おいおい、ミッキー。そりゃないぜ」

「セヴンは巨大ムカデに食われたって言ったよな、ベルト」

ベルトは目をそらす。「ああ。あれは真実とはちょっと違う」

「ちょっとだと？　ぜんぜん違うじゃないか。おまえは俺をあそこに置きざりにして死なせたんだ」

通路を歩いてきた生物学セクションの女が、俺たちの横を急いで通りすぎていく。もめている俺たちを、明らかに全力で無視しようとしている。方舟のようなコロニーで、狭い小屋にひしめくウサギみたいに窮屈な暮らしをして九年もたてば、たがいにわずかばかりのプライバシーをたもつため、できるかぎりのことをするようになる。

「頼むよ」とベルト。「声を落としてくれ」

「わかった」

俺は前を向いて、また歩きだす。ベルトは少しためらってから、急いで追いついてきた。

「なあ、悪かったよ。マジで。おまえには本当のことを話すべきだった」

「そうだ。まったくそのとおりだ」

「うん。俺が悪かった――けど、おまえを置きざりにして死なせたわけじゃないんだ、ミッキー。おまえが落下した穴の深さは、少なくとも百メートルはあった。おまえが底にぶつかったときには、すでに死んでいたんだ。俺は自分の命を危険にさらしてまで、マーシャルの言う七十五キロ分のたんぱく質を回収する気にはなれなかった。けど、万が一にも生きているおまえを助け出せる可能性があったら、俺は助けていた。それは、わかってくれるだろ?」

ふざけるな。いますぐ、ぶん殴ってやりたい。昨夜の落下のあと、ナーシャが俺と通信可能な距離にいると言っていたとき、こいつはあそこでなにもせずにすわっていたくせに。まるで、でたらめも心をこめて話せば真実になるとでも思っているようだ。俺はエイトのふりをしているだけだから、ベルトが実際になにをしたのか知っている。だが、それをベルトに知られるわけにはいかない。そんな事情がなかったら、ついでに彼のほうが俺より背が高く、動きが機敏で力も強く、俺の首なんかニワトリの首みたいにへし折れるという事実さえなかったら、本当に殴っていたかもしれない。

「ああ」俺は言った。「わかってる。おまえは親友を置きざりにして死なせるようなやつじゃないよ、ベルト。俺が言いたいのは、おまえは〝コロニーの資源〟のうちの〝一体〟を置きざりにしていくかもしれないってことさ。それのどこが悪い? だが、もしそれが困っている友だちだったら? おまえは絶対、全力で助けようとするはずだ」

ベルトは俺の肩をつかんで急停止させ、くるりと回転させた。それでも俺を放し、降参するように両手を上げると、一歩下がって俺の顔を見た。

「おいおい。いったいなにが起きているんだ、ミッキー？　冷静になれよ。昨夜おまえが死んだことは残念だ。けど、おまえの職種では、あれも仕事のうちだろ？　ほら、マーシャルはこれまで、少なくとも三回、意図的におまえを死なせてきた。だからって、おまえが不貞腐れたりしたことはなかった。なんだって今回は、そんなに熱くなるんだよ？」

俺は目を閉じて深く息を吸い、ゆっくりと吐く。「怒ってるんだ、ベルト。俺の人生はめちゃくちゃだから。ときどき、二日酔いみたいな気分で培養槽のどろどろにまみれて寝台で目覚め、自分の身に恐ろしいことが起きたとわかる。だが、その記憶はないし、なぜそんなことになったのか、同じ目に遭わないようにするにはどうすればいいかもわからない。俺はそういうとき、おまえやナーシャが俺の身に起きたことを教えてくれると信じている。俺はおまえを信じるしかない。自分では先代の俺の記憶を保存する手段はないからだ。なのにいま、俺は知ってしまった。俺の身に起きたことについて、おまえが少なくとも一回はウソをついていたって。それで疑問がわいてきた。おまえは今回のほかに、何回ウソをついてきたんだ？　この気持ちがわかるか？」

この言葉は効いたらしい。ベルトはいま、俺と目を合わせられないでいる。

「うん」ベルトは小さい声で答えた。「わかるよ。悪かった、ミッキー。心から悪かったと思っている。俺はそんなふうに考えたことがなかった」

本心からの言葉のようだ。たぶん、ベルトはそこまで本音が顔に出るタイプじゃないんだろう。

「うん、まあ」俺は言った。「おまえも考えるべきだったかもな」

「そうかもな」ベルトは顔を上げ、にやりと笑う。「こうしよう——次は、おまえが命を落とす原因になったものを動画撮影できないか、試してみるよ。もしできたら、培養槽から出てきたナインに、すぐ見せてやろう」

俺はまだこの話を終わりにしたくない——が、ウソつきのろくでなしだろうとなんだろうと、ベルトは一応、親友だ。

「ずいぶん気が利くじゃないか、この野郎」

ベルトは手を伸ばしてくると、俺を引き寄せ、ひょろっと長い両腕で俺を羽交い絞めにした。

「真面目な話、ウソをついてすまなかった、ミッキー。二度とウソはつかない」

「わかってる」俺はベルトの胸のなかでもごもご言う。「おまえはもうウソをついたりしない」

このとき、ふと気づいた。俺はベルトのことを、あまり肯定的に描いていないな。そもそも、なぜこんな男と友人になったのかと、人は首をかしげるだろう。簡単に言えば、俺は昔からずっと、他人をあるがままに受け入れることが重要だと信じているからだ。完璧な友だちなんてものはいない。なんであれ、完全なものは存在しないのと同じだ。もし自分の人生に関わるすべての人間を、さまざまな欠点を挙げつらってこきおろしたりしていたら、彼らのもたらすよいものを味わいそこねてしまう。

例えば、学生時代の最後の二年間、俺にはベン・アスランという名の友だちがいた。ベンはいいやつだった。頭のいいベンのおかげで、数学の才能が皆無だった俺も、天体物理学を前期後期ともに及第できた。ベンはおもしろいやつで、俺は十二年生のとき副理事長の葬儀中に爆笑させられ、二日間停学になった。それに裏切らないやつで、卒業式が終わった夏、俺が〈コパー・フィスト〉のコンサートで、ひどく酒に酔った年上の連中にからまれたとき、ベンは俺のそばから離れず、一緒に殴られてくれた。

そんなベンには、信じられないほどのケチという一面があり、それも病的と言っていいほどだった。

アスラン家は、ミズガルズじゅうに展開する都市間輸送業のフランチャイズを手がける会社で、支配的利権を所有していた。ベンの父親はミズガルズでもっとも裕福な二十五人のリストに入ったり入らなかったりしていた。ベン自身は飛行機、自動車、海辺の別荘を所有し、寮の自分の部屋を掃除してくれる人間もいた。にもかかわらず、俺の知るかぎり、ベン・アスランがレストランで勘定を払うことはまずない。オキュラーのデバイスを体内に埋めこんでもいなかったが、その理由は、誰かに目をえぐり出されて彼の信託ファンドにアクセスされてしまうからだという。出かけるとき、携帯電話を持ち歩こうともしなかったが、その必要はなかったんだろう。誰かと話す必要があれば、彼の代わりにそうしてくれる人間がいたんだから。なにが言いたいかというと、勘定書きが回ってくると、ベンはにっこり笑って肩をすくめ、次は自分が払うと約束するのだった。

これが数年間つづいた。

なぜ、俺が我慢していたか？　いかなるときも銀行口座の数字は二十以上になったことのないガキだった俺が、なぜ出会ったなかでいちばんの金持ちに、大量のビールと山ほどの食事をおごってやっていたかって？　答えは、じつに単純だ。俺はベンがどういうやつか知っていて、そのまま受け入れていたからだ。ベンと知り合えたことによる恩恵を足し算し、いつどこへ行こうが支払いはすべて俺が持つという厄介を引き算すると、答えはプラスになると判断したのだ。そう判断してからは、勘定のことで悩むのはやめた。悩む価値なんかない。

ベルトとの関係も似たようなものだと思う。ただし、ベルトの場合は、レストランの支払いをケチるのではなく、ときどき俺を深い穴に置きざりにして凍死させておき、あとでウソをつくことがある。彼はそういう人間なのだ。ただ受け入れて前へ進んだほうが、すべてがずっと楽になる。

自分の部屋に戻ると、エイトが俺の寝台で丸くなってぐっすり眠っていた。寝かせておいてやろう。培養槽酔いはつらいものだ。とはいえ、俺もくたくただし、話し合わなきゃならないこともある。俺はドアに鍵をかけると、エイトの体にかけられたシーツをつかんで、ひっぱがした。エイトは裸だった。

シーツを交換すること、と心に刻んでおく。

エイトは頭を起こし、俺を見てまばたきすると、シーツをつかんで、また引っぱってかぶろうとする。そのとき、エイトの左手首に弾性包帯が巻かれているのに気づいた。

「おい」俺は訊ねる。「その手はどうした？」

エイトはじろりとこっちをにらんだ。「どうもしてねえよ、バカ。俺たちは同一人物に見えなきゃまずいだろ？　そっちが手首の包帯を取れないなら、俺が自分の手首に包帯を巻くしかないじゃないか」

「紫色になってない」

　エイトは自分の手を見てから、俺を見上げる。「はあ？」

「おまえの手だよ。包帯を巻いているが、紫色になってない。誰かにまじまじと見られたら、本当は怪我をしていないことがバレちまう」

「誰かにまじまじと見られたら」とエイト。「たぶん、俺たちはおしまいだ」

　エイトは枕に頭を戻し、シーツをあごまで引っぱり上げる。俺はため息をつき、またシーツをひっぱがした。

「悪いが、起きる時間だ。二人で考えなきゃならない問題がいくつかある」

　エイトは起き上がり、手の甲で目をこすって、シーツを腰まで引っぱり上げる。

「マジか？　俺が培養槽から出てきたばかりだってことは知ってるよな？　普通は、回復に一日もらえるんじゃないのか？」

　俺は寝台の端にすわった。「ああ、今日は仕事の指示は来ないだろう。よかったよ。回ってくる仕事にどう対応するかってのも、考えておく必要があるからな。人前に出られるのは、俺たちのうち常に一人だけだ。さもないと、二人とも、マーシャルに死体の穴へ放りこまれることになる」

エイトはあくびをして、また目をこすると、俺を見た。その顔にゆっくりと笑みが広がる。「おい、そいつはいいことじゃないか。実際、かなりうまくいくんじゃないか？　二人で一人分の仕事をすればいいだけなんだから、そう悪くない話だよな？」

「ああ」と俺。「回される仕事が農業セクションか工学セクションなら、二人で半分ずつこなせる。だが、次にマーシャルが反物質反応チャンバーの掃除をさせることにしたときは、どうなる？」

エイトの笑みが消える。「いずれ、確実にそういうときが来るんだよな？」

「来るね。だから、前もってどうするか考えておくべきだと思わないか？」

エイトは肩をすくめた。「俺としては、考えるまでもないと思う。俺はそっちが死ぬまで、培養槽から出てくるはずじゃなかった。ゆえに、状況を正したいなら、次の決死の任務はそっちが引き受けるべきだ」

俺はそうは思わない。エイトの言い分がなぜバカげた戯言《ざれごと》かを説明してやろう。ところが……。

エイトが間違っているというまっとうな理由が、思い浮かばない。

「いいとも」俺は言った。「マーシャルが実際に決死の任務を指示してきた場合——例えば、スリーにやらせたようなことを指示してきたら——俺が引き受けよう。だが、危険な仕事を全部引き受けるわけじゃない。もしマーシャルが偵察に送り出したり、コロニーをかこむ警戒ゾーンに配置したり、またベルトの飛行機で送り出したりするときは、殴り合いで決めよう」

エイトは俺に目を凝らし、首をかしげている。一瞬、反論するつもりかと思ったが、結局、ただ肩をすくめてこう言った。「ああ、それが公平だな」

「よし。じゃあ、次に呼び出されたときは臨機応変にやれるな」

「どっちにしろ」とエイト。「俺たちのどっちかが死ぬまで、あるいは死なないかぎり、半分の配給カロリーでやっていくのは間違いなくきついぞ」

「ああ、そのことなんだが」と俺。

「なんのことだ？　配給カロリーか？　仕事か？」

「配給カロリーのことだよ。マーシャルとの話し合いは、期待どおりにはいかなかった」

エイトががっかりした顔になる。「どうなった？」

「俺たちの配給カロリーは、二十パーセント減らされた」

うなるエイト。

「わかってる」俺はつづけた。「この処分は、一人しかいなかったとしてもきつい。だが実際は二人いるわけだし、この先どれくらいつづくにしろ、相当きつい生活になる」

エイトは壁にもたれ、上を向いて目を閉じた。

「わかってるのか、セヴン？　これは大惨事だ。俺は培養槽から出てきたばかりなんだぞ。いまの俺は、文字どおり、死ぬほど腹が減っている。腹にいくらかカロリーを入れないと、おまえが眠っているあいだに、その腕を嚙みちぎって食っちまうかもしれない」

俺は両手で髪をかき上げた。手にうっすらと脂がつき、一週間近くシャワーを浴びていないことを思い出す。

「今朝、なにか食わなかったのか？」

エイトは目を開けると、俺から目をそらして顔をしかめた。「アレを食い物と呼ぶのなら、カフェテリアを通りかかったとき、どろどろのスムージーを飲んだ」

「よかった。で、何キロカロリー使った？」

「六百かな」

「そうか」と俺。「俺も六百だ。つまり、今日はあと四百キロカロリー残っている」

「勘弁してくれ」エイトはぼやいた。「一人二百キロカロリーかよ？」

俺は深く息を吸いこんで、しばらく止めてから、吐きだす。「全部、おまえにやるよ」

エイトの目が丸くなる。「マジか？」

「四百キロカロリーのどろどろはおまえにやる。だから、騒ぐな」

「明日は？」

「欲張るなって。明日はまた半分ずつだ」

エイトはため息をつく。「うん、それが公平だ。いや、公平どころか寛大だ。ありがとよ、セヴン」

俺は片手でエイトの膝をぴしゃりと叩いた。「気にすんなって。今朝、おまえは俺を殺さないと決心してくれただろ。そのせめてもの礼だよ」

「そうだな。確かにそのとおりだ。正直、あんな判断をするなんて、俺は相当器がでかいと言っていい。そんな俺に、明日の配給カロリーを全部差し出したいとは、本当に思わないのか？」

俺はセヴンの脚を力いっぱいつかんでから、放してやった。

「しつこいぞ。欲張るなって。次に俺たちのどっちかが一日分のカロリーを独り占めできるのは、どっちかが死んだときだ。それは確実だ」

セヴンは仰向けになって、頭の下で両手を組んだ。「楽しみなことはあるわけだ」

「そうさ」そのうち反応チャンバーの掃除もそれほど悪くないと思えるかもしれないなという話をつづけようとしたとき、俺はふとカフェテリアでの会話を思い出した。「なあ――そういえば、ここに戻ってくる途中、ベルトに出くわさなかったか？」

「いいや。なんで？」

「今朝、カフェテリアでベルトに会ったんだ。あいつはおまえと会ったような口ぶりだった。俺たちのことを怪しんでいると思う」

エイトは肩をすくめる。「まあ、もしベルトに言わなきゃならないってんなら、言わなきゃならないだろうな。たぶんいやな顔をされるだろうが、司令官に訴えに行きはしないだろう。あいつは誰よりもこの件に責任があるんだから」

「確かに」俺は話をつづけようとしたが、あくびを嚙み殺さなくてはならなかった。エイトの目はすで閉じている。

俺はエイトをつついた。「もう少し、つめてくれ」

エイトは寝台の端へ体をずらした。俺はブーツを脱いで、彼の隣に横たわる。もう一人の自分と一つの寝台に寝るのは、ちょっとばかり妙な気分だが、慣れるしかないだろう。ちょうどうとうとしかけたとき、オキュラーが光った。

コマンド1：バーンズ、ただちにメインロックに来い。問題が発生した。

心臓が飛び出しそうになる。ベルトのやつ、こそこそ司令官のオフィスへ戻って、俺たちのことを告げ口したのか？

いいや。もし司令官が俺たちのことを知っていたら、こんな通信ですませるわけがない。結束バンドとバーナーを持った警備兵を送りこんでくるはずだ。俺は首を動かしてエイトを見た。エイトの目は閉じたままだ。

「おまえを呼んでるんじゃないか、相棒」とエイト。

俺は起き上がった。「出頭命令だ、エイト」

「そうだな。死ぬかもしれない仕事なら、おまえが引き受けるんだろ？　どうってことないつまらない仕事だとしても、今日はおまえが引き受けるべきだ。なにしろ、俺は培養槽から出てきたばかりなんだから」

「その中間の仕事なら、どうする？　殴り合いで決めるか？」

「いいや。今回は、そっちが引き受けるべきだ」

エイトはそう言うと、寝返りを打って横向きになり、シーツを肩まで引っぱり上げた。

俺はエイトの後頭部を無駄に数秒にらんでから、勢いをつけて脚を寝台の外へ出すと、またブーツをはいた。後ろ手にドアを閉めるときには、エイトはすでにいびきをかいていた。

008

ドーム内外で、俺はいろんな仕事をする。特定のセクションに所属していない俺は、だいたい二日おきに持ち場を替えられ、退屈な重労働にもう少し人員が必要だというところへ回される。農業セクションでよく行かされるのは、ウサギ小屋だ。警備セクションの仕事で、見張りに立ったこともある。一度、マーシャル司令官の代理で管理部門の仕事についたことまである。その日、マーシャルは病欠を取っていたが、じつは自家製の酒にチャレンジしてえらいことになったせいだと、あとになってわかった。ともあれ、そういった仕事は、コロニーの人事をになう半自律システムが適当に割り当てたものにすぎない。司令官から直接呼び出しが来る場合は、荷物を運ぶ手伝いが必要だからじゃない。俺が本来するべき仕事が必要になった場合だ。

俺が本来するべき仕事については、最初からいやというほど痛感させられた。なんと、ヒンメル宇宙ステーションの初日から始まったのだ。その頃にはなんとかバスルームを見つけ、痛くて汚い失敗を二回やらかしたあと、無重力トイレの仕組みをだいたい理解していた。食品パックが配られる部屋も見つけていたし、自分のものと呼べるスリングも見つけていた。会議室らしきところで、ほかの四十個ほどのスリングと一緒に吊るされていたものだ。においはほめられたものじゃなかったが、俺はすでに慣れつつあった。というわけで、おおむね、新生活にうまく適応していけると思っていた。

自分のスリングに包まれて居眠りしていると――ようやく、落下しているんじゃなく浮かんでいるんだと思えるようになっていた――脇腹に硬いとがった物が食いこむのを感じた。そいつを叩きつけたら、その拍子に長い軸の先でスリングがくるくる回転した。俺は目を開け、床を見て、壁を見て、天井を見て、それから俺をつついた人物を見た。彼女は背が高く、黒っぽい肌にスキンヘッドで、不格好なグレーのフライトスーツを着ていた。宇宙ステーションの常勤職員の服装だ。彼女は手を伸ばして俺をつかみ、両足をしっかり踏んばって、俺の回転を止めた。

「あなたがバーンズね？」

俺はぽかんと彼女を見た。「たぶんな。そっちは？」

彼女はにやりとした。「わたしはジェマ。起きて。仕事の時間よ」

ヒンメル宇宙ステーションに滞在していたほとんどの期間、俺はジェマのことを気に入っていた。彼女は優秀な教官だ。おもしろくて、やさしくて、異様に思慮深い。午前の講習では、温かいチャイを持ってきてくれた。俺が理解するのに苦労していると、彼女はペースを落としてゆっくり話し、こっちが理解したと確信できるまでくり返し説明してくれた。そういう過程のどこかで、俺のことを能なしだと判断していたとしても、彼女はあえてそれを表に出すことはなかった。

初日の講習では、〈ドラッカー号〉のエンジン系統の図解を取り上げた。反物質がどこでどのように貯蔵されているか。反応物質はどこに収納されていて、反物質と反応物質との化学反応をどのように引き起こすか。さらに（これはジェマが強調していた部分だ）こういう部品に故障が発生したらどうなるかについても学んだ。

「反物質格納ユニット内での故障については、飛ばしてもいいわ。その問題は放っておいても解決するから」

俺たちが向き合ってすわっているカードテーブルは、使われていない物置きのようなスペースにあった。ジェマはかすかな笑みを浮かべて待っていたが、五秒くらいたつと、がっかりした顔をした。

「どうして解決するのかって訊かないの？」

俺はあきれて天井を仰いだ。「俺たち全員、死ぬからだろ？」

「ええ。でも、わたしはもっとおもしろい表現をするつもりだったのに」

俺はため息をついた。「そもそも、なんで俺がこんなことを知っておかなきゃならないんだ？　エンジニアがいるんだろ？　もしエンジニアが全員死んだとしたら、この先二週間で俺の頭に詰めこめた知識程度でどうにかなるとは思えない。俺は歴史が好きだ。ヴェルナー・フォン・ブラウン（米国宇宙開発の父と呼ばれる工学者。第二次大戦後にドイツから米国に移住）が何者かってことは説明できるが、推進技術となると、そのあたりが俺の限界だ。学生時代、高エネルギー物理学はかろうじて及第したが、それははるか昔の話だ」

「なにも、あなたをエンジニアにしようとしているわけじゃないの。〈ドラッカー号〉には、推進技術の専門家を充分すぎるほど搭乗させる。いざというときは、彼らがあなたにすべきことを指示するわ——といっても、そういう場合、時間は限られているから、あなたがあらかじめ基礎的なことを知っていたほうが、ずっと速やかに進むでしょう」

「それで、まずい事態が発生した場合、修復に俺の協力が必要になる理由は……」

ジェマの笑みが消えた。「その理由は、シャットダウンから一時間たっても燃焼室内の中性子束はまだ高く、フル装備の戦闘スーツを着ていても一分未満で死亡してしまうからよ。ちなみにそういう場合は、真面目な話、あなたがフル装備の戦闘スーツを着ることはないでしょう。あれはバカ高い代物だから」

「だろうな。というか俺は、エンジニアたちが自分でエンジン系統にもぐりこむのかと言いたかったんじゃない。誰がやるかよ、そんなこと？　ドローンを使うのかと思っていたんだ」

彼女は首をふった。「ドローンは高エネルギー粒子のダメージを受けやすいの。あなたもそうだけれど。実際のところ、重粒子の流れのなかで、人間が機械よりどれだけ長く持ちこたえられるかを知ったら、びっくりするわよ。なかに入って六十秒後には、事実上死んだも同然だけれど、肉体は死んだことに気づくまで一時間かそこらかかる。だからその時間で、あなたは役立つ仕事ができるってわけ。ドローンは、あの環境では一分で故障してしまう——それに、いったんミズガルズの産業基盤から離れれば、故障したドローンはあなたよりもはるかに交換が難しい。あなたの任務の正式名称は、ミッション・使い捨て《エクスペンダブル》なのよ、ミッキー。これから十二、三日間のわたしの仕事には、その名前の意味をあなたに確実に理解させることも含まれているの」

たぶんこの瞬間から、彼女に対する好意がわずかに薄れはじめたんだろう。

俺たち——ジェマと俺——が話したのは、エンジン系統の図解と放射線中毒のことだけじゃない。俺の頭のなかが技術的な情報でいっぱいになっているのが明らかなときは、哲学の話に切り替えたが、そっちのほうがずっと俺の好みに合っていた。

結論から言うと、人類は長いあいだ、俺の人生の核心となる問題の周辺をつつき回してきたってことだ。あの最初の日、俺が放射線を浴びて消滅するじつにさまざまな方法について話したあと、ジェマは〝テセウスの船〟の話をしてくれた。

「想像してみて。ある日、テセウスの船が世界一周の旅に出航する」

「OK。知っていて当然なんだろうけど、テセウスって誰だ？」

「昔の地球の英雄よ」ジェマは説明した。「かなり古い時代の人。たぶん、人類離散《ディアスポラ》の三千年前くらい」

「へえ。で、彼は船で世界を回るんだ？」

「そうよ。テセウスは木造の船で世界を回っていくの。旅をつづけるうちに船のあちこちが壊れたりすりへったりして、交換しなくてはならなくなる。数年後、ようやく故郷に帰ってくると、船を構成する板などの木材のうち、元の船と同じものはひとつもなくなっていた。そこで質問。この船は、テセウスが出航したときの船と同じものと言える、言えない？」

「なんだ、くだらない。同じ船に決まってるじゃないか」

「わかったわ。じゃあ、その船がもし嵐で破壊されてしまい、全部つくり直さなきゃならなかったとしたら、どう？　それでも、同じ船と言える？」

「いいや」俺は言った。「それは、完全に別物だ。船全体をつくり直さなくてはならなかったなら、それはテセウスの船II号だろ」

するとジェマは身を乗り出し、テーブルに両肘をついた。「本当に？　なぜ？　すべての部品をひとつひとつ交換していった船と、いっぺんにすべてをつくり直した船とでは、どこが違うの？」

俺は答えようと口を開けたものの、どう言えばいいのかわからないことに気づいた。

「これが、その仕事を引き受けるカギなのよ、ミッキー。あなたはテセウスの船なの。わたしたち全員がそう。わたしの体には、十年前のわたしの体を構成していたものと同じ生きている細胞はひとつもないし、それはあなたの体でも同じこと。わたしたちは常に少しずつつくり直されている。船のように板一枚ずつ。もし本当にこの仕事を引き受けるなら、あなたはいずれ、いっぺんにすべてをつくり直されるときが来るでしょう。それでも結局のところ、実際はなんの変わりもないでしょ？　エクスペンダブルが培養槽へ入るっていうのは、本来は時間をかけて入れ替わる全身の細胞を、いっぺんに交換するだけのこと。記憶が保存されているかぎり、本当に死んだことにはならない。ただ異常に速い速度で体がつくり直されるだけなのよ」

俺の講習がエンジン系統の図解と〝テセウスの船〟のことだけだとは、思ってほしくない。なかには、本当に楽しいものもあった。例えば、ジェマは線形加速器の基本的な扱い方を教えてくれた。宇宙ステーションでは実際に発射することはできなかったが、かなりリアルなシミュレーションで宇宙ゾンビと戦う体験をさせてもらい、それから数年後、ついに本物を使う機会に遭遇したが、シミュレーションと大差なかった。ジェマは宇宙服の着脱方法を教えてくれたし、フル装備の戦闘スーツの組み立て方も教えてくれた。六日目には外へ連れ出され、二人で宇宙ステーションの外殻構造をよじのぼり、一時間ほど無反動レンチでボルトを締めたりゆるめたりする練習をした。ジェマと宇宙ステーションの下部に立ち、回転するミズガルズの夜の面を見上げたことはけっして忘れないだろう。

「わかるわ」ジェマは言った。「ぐっとくるわよね」

「あの明るいところ。あそこがキールナだよな？」

「ええ。キールナ出身なの？」

俺はうなずいた。ミラー加工されたバイザーをかぶっていたから、俺の頭の動きは彼女には見えないが、わかってくれたようだった。

「これで、永遠にお別れね」俺たちはしばらく黙ってそこにたたずみ、キールナが地平線の向こうへ消えるまで、回転するミズガルズを眺めていた。「あなたたちには感心するわ」そのとき、ジェマが言った。「入植者たちのこと。理解はできないけれど、すごいと思っている。コロニー建設のために旅立つことの浪漫はわかるわ。人類の生息範囲をできるかぎり広げよう、できるかぎり災害に強くなろうというのが、ディアスポラの本質だということは理解している――でも、わたしはあっさり去るなんて、どうしてもできない」

俺は肩をすくめた。「そうか。まあ、人間のなかには、天性の冒険者タイプってのがいるんだろう」

ジェマはどうかしらというように鼻を鳴らした。俺はそっちを向いたが、彼女から俺の顔が見えないように、こっちも彼女の顔は見えなかった。

「これまでも、エクスペンダブルの講習を担当したことがある」彼女は言った。「ときどき、この宇宙ステーションでも彼らが必要になることがあるの。彼らはたいてい、扱いがひどく難しい。あなたたちエクスペンダブルは厄介だわ。こんなふうに外に連れてくると、普通なら、わたしはエクスペンダブルに繋留索《テザー》を切られ、宇宙空間へ突き飛ばされるんじゃないかと不安になる。どうして、そんなふうに感じるかわかる？」

俺はため息をついた。「ほとんどのエクスペンダブルが受刑者だってことは知ってる。

だが、ヒンメル宇宙ステーションのエクスペンダブルになる契約書にサインするってのは、またべつの話だ。なにしろ、たいした理由もなく、ときどき殺されることに同意するわけだからな。俺はコロニー建設ミッションに参加する契約書にサインした。きみも言ったように、浪漫を感じるミッションだろ?」

ジェマは声を上げて笑った。「もう、ウソをついても無駄よ。あなたの友だちと話したことがあるんだから。ゴメスだっけ? パイロットの? あなたがこのミッションに参加した理由は知ってるわ」

「えっ。なんだ……」

彼女はまた笑った。「心配しないで。偉い人には言わないから。あなたが旅立つ理由は、少なくとも、ゴメスやマーシャル司令官やほかのみんなと同じ程度には妥当だと思う。とはいえ、あなたは一時的な問題を、永遠に変えられない方法で解決しようとしているのよ。そこのところを、ちゃんとわかっているといいんだけれど」

「それは、自殺しようとしている人間に言うセリフじゃないか?」

ジェマは俺の肩に手を置いた。「さあ、ミッキー。なかに戻りましょう。ジョン・ロックの話をしなくちゃ」

初めてバックアップをしたのは、ヒンメル宇宙ステーションに来て十二日目の朝だった。身体的な部分は、じつに単純だった。血液サンプルを採取し、俺の腹部から少量の皮膚を切り取り、脳脊髄液を採取してから、俺をCTスキャナーに突っこんで、三時間がかりで全身のすべての細胞の配置と化学組成を明らかにした。俺が出ていくと、ジェマが待っていた。

「ラッキーな一日をすごしているといいんだけれど。いまのあなたの姿は、この先一生、培養槽から出てくるたびに見せる姿なのよ」

「えっ、こいつは一回きりだよな？」

「残念ながら、そうよ」彼女は説明した。「あのスキャナーは信じられないくらい電気を使うし、調査ソフトはこれからほぼ一週間動きつづけて抽出した情報を処理するでしょう。それに、あなたはついさっき、普通の状況なら問題になるであろう量の放射線を吸収したところなのよ」

「げっ」

ジェマは手すりをつかんで押しやり、通路を進んだ。俺もついていく。

「待ってくれ」次に止まったとき、俺は訊ねた。「どういう意味だよ、〝問題になるであろう量の放射線〟って？」

彼女は悲しげにかすかな笑みを浮かべた。

「そのうちわかるわ」

人格バックアップ——その頃から定期的にくり返している——のほうは、身体的バックアップよりも単純かつ奇妙だった。俺は椅子にすわり、技術者が俺の頭にヘルメットをかぶせる。ヘルメットの外側はつるつるした金属製。内側は先の丸いとげのようなものに覆われていて、無数のとげが頭皮と額に食いこんでくる。

「SQUIDの配列です」技術者は言った。「少し不快でしょうが、怪我をすることはありません」

のちにわかったことだが、SQUIDには、昔の地球で海に生息していた驚くほど知能の高い無脊椎動物のイカ《squid》という意味のほかに、超伝導量子干渉計《Superconducting Quantum Interference Device》という意味もあるのだ。この説明で、当時の俺より、なんのことだかわかってもらえるといいんだが。

人格バックアップに苦痛はないという技術者の話は、本当だった。とはいえ、ものすごく奇妙だ。定期的なバックアップは単なる更新作業で、一時間ほどしかかからない。だが最初のバックアップは十八時間近くかかったうえに、実際よりはるかに長く感じた。バックアップ中は、熱に浮かされて夢を見ているような感覚だ。過去の記憶の断片——光景、音、におい、感覚——が次々に頭をよぎり、自分の意思ではコントロールできず、なにもかもが速すぎて処理できない。初めてのアップロードでいちばんはっきり覚えているのは、母親の顔のアップだ。おふくろは、俺が八つのときに、飛行機のアクロバット飛行中に亡くなっていて、どんな顔をしていたかはほとんど覚えていなかった……なのに、バックアップ中に頭をよぎったおふくろの顔は、若く、生き生きとしていて、きれいだった。ようやくヘルメットをはずされたときには、俺はすすり泣いていた。

最初の人格バックアップが終わると、ジェマに将校クラブへ連れていかれ、テーブル席に着き、なんでも好きなものを注文してと言われた。俺がどういうことか訊ねると、彼女はまた悲しげな笑みを浮かべた。「お祝いよ、ミッキー。今日で、あなたは卒業なの」

「ほんとか？　で、卒業式はいつ？」

ジェマは目をそらした。「ここでの食事が終わったら、すぐ。だから、ゆっくり楽しんで」

まだ覚えているが、あれは俺の人生でもっとも奇妙な時間と言ってもいい。食事はなかなかうまかった——培養肉や水栽培の食材ばかりを、無重力環境で調理したにしては。会話はぎこちなかったが、その理由は俺にはさっぱりわからなかった。〈ドラッカー号〉が荷物を積みこむ準備がほぼできているのは知っていた。信じられないかもしれないが、俺は実際、ジェマは俺が旅立つとさみしくなるから悲しんでいるのかもしれないと思っていた。

夕食が終わり、ジェマが精算した。俺は自分のスリングに戻って睡眠不足を解消するつもりだった。人格バックアップ中はずっと起きていたわけではないが、まともに休めたわけでもない。疲れてはいなかったが、もっとこう、ぐっと引き伸ばされてすり減ってしまったような、現実から乖離してしまったような感覚だ。ところが俺が通路を歩きだすと、ジェマに腕をつかまれた。

「帰っちゃだめ。あなたの卒業式よ、忘れたの？」

「えっ。あれはジョークだとばかり」

ジェマは少し長めに俺を見つめてから、首をふり、講習を受けていた物置きへ向かって通路を歩きだした。俺は肩をすくめて、ついていった。

「それで」ジェマが後ろ手にドアを閉めると、俺は訊ねた。「角帽とガウンかなにかを身に着けるのか？」

俺はふわりと彼女へ近づいた。

これからセックスが始まると思っていたのだ。

ああ、俺はとんだ大バカ野郎だ。

ジェマは仮面のように無表情になると、フライトスーツのポケットを探り、輝く黒い……なんだろう……彼女の手より少し大きいなにかを引っぱり出した。

「それはなんだ？」

彼女はそれをかかげた。ピストルのような持ち手があり、先端は丸くなっていて、白いクリスタルがついている。約二週間ぶりに、俺はまた落下する感覚に襲われた。

「バーナーよ。低出力のものだから、宇宙ステーションで使っても安全なの。金属を貫通することはないけれど、有機物に対してはなんであろうとかなりの威力を発揮する」

ジェマはバーナーの先端を持って、こっちに差し出した。ちょっと間を置いて、俺は受け取った。

「持ち手の横に赤いスイッチがあるでしょ？　それが安全装置。スイッチを前にスライドさせて」

俺が言われたとおりにすると、バーナーの先端が鈍い黄色に光った。

「ＯＫ。それで発射準備完了。トリガーボタンに気をつけて。人さし指の横にある突起がトリガーボタンよ」

俺は手のなかで武器をひっくり返してみた。「よくわからないんだが」

すると、ジェマはまた悲しそうな顔をするので、俺もそうした。

「これがあなたの卒業式よ、ミッキー。エクスペンダブルであることがどういうことか、ちゃんと理解していると証明してちょうだい」

俺はジェマを見て、彼女はこっちを見返す。

「冗談だろ」

「早めにすませたほうがいいわよ。顔をできるだけ横に向けて、バーナーの先端を耳の後ろの柔らかい場所に押しつけるの。バーナーを心持ち上に向けて。光線が扇状に発射されるから。うまくいけば、一発で延髄全体と小脳の大部分を破壊できる。大丈夫よ、なにも感じないから。もし失敗したら、わたしがとどめを刺さなきゃならない。そういう事態は、あなたもわたしも望まないでしょ」

「ジェマ――」

「これは、本当は卒業式じゃないの。むしろ、卒業試験といったほうが近い。これができなければ、あなたは明日の朝、シャトルに乗ってミズガルズに帰ることになる。そしてわたしは、明日からエクスペンダブルとして徴用されてきた人に、また一から教えなきゃならない。そんなことは、あなたもわたしも望まないでしょ。残念だけれど、ミッキー、これがあなたの結んだ契約の内容なの。不死身になるには代償がともなうのよ」

俺は考えてみた。ミズガルズに帰り、ぼろいアパートメントと飢え死にしない程度の基礎給付金で暮らしていくことを考えてみた。友人たちに、やっぱり〈ドラッカー号〉に乗るのはやめたと言うところを。

ダリウス・ブランクの拷問器具のことも考えた。「眠りにつくようなもんだよな？」俺は言った。「やるよ。そうすりゃ、スリングで目を覚ましたときには、まっさらな自分になってるんだろ？」

「ええ。軽い二日酔いみたいな感じがあるでしょうけれど、そのとおりよ」

ジェマはほほえんだ。俺はため息をつき、顔をそむけると、頭にバーナーの先端を当てた。

「こうか？」

「そうよ。うまくできてる」

俺は目を閉じ、大きく息を吸いこんで、ふうっと吐いた。

そしてトリガーボタンを押した。

なにも起こらなかった。

俺は同じ場所で、立ちすくんで震えていたが、やがてジェマの手が伸びてきて、俺の手からやさしくバーナーをもぎとった。

「おめでとう」彼女は静かに言った。「今日からあなたは、正式なミッキー1よ」

009

メインのエアロックのそばで、たくさんの人が俺を待っていた。マーシャル司令官がいる。生物学セクションのデューガンと、警備セクションの荒っぽい連中も一緒だ。少し離れたところに、ベルトとナーシャもいる。ベルトがナーシャのほうへかがみ、顔を彼女の顔の間近に寄せてなにか言う。ごく短い言葉だ。彼女は顔をそむけて首をふった。

「やあ」俺は声をかけた。「どうしたんだ?」

マーシャルが俺に手をふり、「見てみろ」とエアロックの上のモニターを指す。俺はモニターを見上げた。そこに映しだされた映像では、エアロックの外扉は閉まっていた。片隅には、真っ黒い、人間らしき形をした塊が落ちている。

「げっ」俺はよく見た。黒ずんだ金属かと思ったものは、じつはエアロックの床に空いた直径二メートルほどの穴だった。「敷板はどこだ?」

「消えた」とデューガン。「ギャラハーがそこでエアロックが開くのを待っているあいだに、なにかが床を突き破り、敷板をはがしはじめたんだ」

「ギャラハー？　あの隅に落ちてる塊のことか？」

「そうだ」マーシャル司令官が言う。「あれはギャラハーだ。われわれは殺人孔（城等の天井につくられた穴で、敵の頭上から石等を落として攻撃する）を使用しなくてはならなかった」

　俺は自分の口があんぐりと開くのがわかった。「メインのエアロックに、殺人孔からプラズマをぶちこんだんですか？　なかに仲間がいたのに？」

「そうとも。ギャラハーは重傷を負い、出血していた。最初に敷板をはぎとった生物は、ついでにギャラハーの左脚のほとんどをちょん切っていった。ＡＩ制御の周辺警備システムが判断したことだ。わたしは結果論で批判するつもりはない。そんな生物をドームに侵入させる危険は冒せなかった」

　俺は言葉を失った。

「ムカデどもが出たんだ」ベルトが言う。「少なくとも、二、三匹はいた」

　俺は首をふる。「ムカデがどうやって……」

「どうやら、あいつらの大あごは見た目より鋭いらしい」とベルト。「ほら、俺は前にあいつらがものを食い破るのを見たことがあるから――」

「もの？　例えば、俺の頭蓋骨とか？」

俺の発言で、五秒間の気詰まりな沈黙が訪れた。

「とにかく」デューガンが口を開いた。「驚いたことに、あの生物について確かなデータがまったくない。ベルト・ゴメスとナーシャ・アジャヤの上げた哨戒報告のなかに二件の記述が見つかったが、それだけだった。それで、きみを呼んだんだよ」

俺はベルトを見て、またデューガンを見る。

「ゴメスの話では、きみはあの生物と直接かかわった経験があるそうじゃないか」デューガンはつづけた。「それどころか、ちょっと取り憑かれているみたいだとも聞いた。それにマーシャル司令官は、この数週間、きみにやつらを監視させていたという。それ以上のデータが必要なんだ。ぼくたちの対処しようとしている相手が正確にどんな生物なのか、解明する必要がある。もしやつらがドームに穴をあけはじめたら、ぼくたちはおしまいだ」

俺はまたちらっとベルトに目をやる。ベルトは目を合わせようとしない。

「直接かかわった経験？」

「そうとも」マーシャルが答える。「おまえはやつらに食われたんだからな」

「そのとおりです」とベルト。「ミッキーはムカデに食われることにかけては、達人です」

ベルトとナーシャはいまや、二人ともこっちを見ている。俺は天井を仰いだ。

「それは、さっき確認したばかりじゃないですか。俺はシックスやセヴンの身に起きたことについては、記憶がありません。ベルトが話してくれなかったら、そんなことがあったことすら知らなかったでしょう」

「本当か、ミッキー？」ベルトが言う。「これは重要なことだ。昨夜の記憶はなにもないのか？」

ベルトは俺を見つめ、ナーシャは目をそらす。

「俺は今朝、培養槽から出てきたばかりなんだぞ。おまえだって知ってるじゃないか、ベルト」

マーシャルの目が険しくなる。「わたしが知っておくべき事態が発生しているのかね？」

ベルトはもう一度、疑いの目でこっちを見てから、首をふった。

「いいえ、司令官。なんの問題もありません。ミッキーの言うとおりです。今朝話したように、ミッキーは昨夜死ぬまでのしばらくの期間、アップロードをしていなかったんです」

マーシャルはバカではないが、もっと大事な仕事があると判断したのだろう。もう一度険しい目で長々とベルトをにらんでから、こう言った。「どうでもいい。全員、準備を整えよ。ゴメスとアジャヤ、きみたちは上空援護についてもらおう。ドームから半径二千メートルの地域を、地中走査レーダーで徹底的に探査してほしい。外にあの生物が何匹いるのか、どこにいるのか、正確な数と位置を知りたい。きみたちは完全武装してくれ。飛行前に、発射筒にミサイルが全発入っているか確認するように。するべきことが完了し、仲間を引き上げさせたら、少なくとも一キロ先までの全域から、あの生物を駆除したい」司令官は言葉を切って、みんなを見回した。「ゴメスとアジャヤ以外の者は、十五分後に補助エアロックから出られるよう準備してくれ。デューガン——あれがどんな生物で、なにができるのかを知りたければ、研究室に標本が必要だろう」司令官はにやりとしたが、その顔には楽しさではなく残忍さが浮かんでいる。「きみたちには、頑張ってあれを捕まえてもらおう」

「知っているだろうが」俺は口を開いた。「俺には経験がある」

「はあ？」

デューガンが俺を見上げる。彼とはヒンメル宇宙ステーションの初日以来、あまり交流がない。俺は生物学セクションに駆り出されることはあまりないし、たまに手伝いに行かされても、たいていは研究室の掃除といった作業に回される。デューガンはいま、戦闘スーツを体に固定しようとしているところだった。こんな状況でなければ、ちょっと笑える光景だ。ちゃんとした兵士なら、体の半分が戦闘スーツのなか、もう半分が外という格好だと、古い伝説に出てくる軍神のように見える。ところが、デューガンはそういうタイプじゃない。彼の場合、仮装パーティーの準備をする羽根をむしられたニワトリみたいだ。

「俺には経験があると言ったんだ。それは着ないほうがいい」

デューガンはまわりを見た。警備兵たちはすでに準備を終えている。俺はこの十分間、彼らの名前を思い出そうと頑張っている。不機嫌そうな禿げ頭は、ロバートなんとかで——なんでもいいが、ボブと呼ぶのはやめておけ——彼より背の低い女はキャット・チェン。三人目は確かジリアンという名前だが、断言するのはやめておく。彼らは武器をガチャガチャ鳴らして、サーボ機構がちゃんと動くか確認しているところだ。これは、この星に着陸してから初めての武装偵察になる。

「その意見は少数派のようだね」とデューガン。

俺は肩をすくめた。「彼らは警備兵だ。可能なら、夜寝るときだって戦闘スーツを着るような連中だぞ。戦闘スーツを着れば無敵になった気がするだろうが、そういうスーツは百キロ近い重量がある。スノーシューをはいた人間には重すぎるし、外に出たら絶対雪の上にいたいだろ。一メートル以上積もったゆるいパウダースノーのなかを進むのは、本当に、相当、苦労するぞ」

デューガンは俺を上から下までじろじろ見る。俺はしっかり着こんでいるが、厳密にはただの防寒着だ。彼は腰のホルスターに二丁のバーナーを吊るしている。俺が持っているのは、線形加速器一丁。これはデューガンの持っているものより重く、用途も限られているし、実際に使用することになれば、捻挫した手首が相当痛むのは確実だが、俺にとってはまともに訓練を受けたことのある唯一の武器だ——というか、ヒンメル宇宙ステーションでの最後の夜以来、俺はバーナーに一種の嫌悪感を抱いていた。

「きみの助言には感謝する」デューガンは言った。「しかしぼくは、エアロックに現れた生物がギャラハーの脚を食いちぎるところを見た。やつらに遭遇するとしたら、防寒着よりもう少し頑丈なものを着ていたい」

「ギャラハーが襲われるところを見たのか。じゃあ、やつらが金属の床にしたことは？」

デューガンはいまや険しい目で、俺と自分の右手の装甲手袋を交互に見ている。どうやら、装甲手袋の金具を袖にうまく留められないらしい。

「見せてみな」俺が声をかけると、デューガンは腕を上げた。俺が装甲手袋をひねってやると、金具は留まった。

「ありがとう」デューガンは手を曲げ、なにもかもちゃんと留まっているか確認してから、自分の胸当てに手を伸ばした。「わかった」胸当てを固定して、つづける。「きみにはたいしたことじゃないだろう。けど、わかってくれ、バーンズ——きみ以外の人間は、死んだらリセットボタンを押せばいいというわけにはいかないんだ。ぼくにとって、死は死でしかない。だから、うん、ぼくは戦闘スーツを着ていく」

俺は笑った。「リセットボタン？　培養槽行きになることを、そんなふうに思っているのか？」

「待ってくれ、べつにここで揉めたいわけじゃない。ただ、きみはエクスペンダブルで、ぼくは違う。それは事実だ。ぼくらの動機は同じじゃない。ぼくは外に出て、研究用の標本を集め、無事にここに戻ってきたい」

俺は線形加速器のストラップを頭上へ持ち上げた。武器を速やかにかまえられるように、ストラップはゆるくしておきたいが、歩いているときに背中をガンガン叩かれない程度にはきつくしておきたい。

「それについて議論するつもりは一切ないが」俺は言ってやる。「リセットボタンにまつわる件は、おまえが思っているほど楽しいものじゃない」

俺のオキュラーに通信が入った。

コマンド1：アジャヤとゴメスが探査を開始する。出発の時間だ。

俺は周囲を見た。兵士たちがガチャガチャ音を立ててエアロックへ向かう。俺は循環式呼吸装置《リブリーザー》を密閉する。デューガンがもたもたとヘルメットをかぶると、俺たちは出発した。

人間が入植しようと着陸した星の生物が、コロニーに深刻な攻撃をしてきたのは、もっとも新しいもので二百年近く前、場所はこの星と同じ回転方向へ、たぶん五十光年ほど行ったところだ。そこの拠点コロニーの司令官はその星に名前をつけただろうが、そうだったとしても、よその人間たちには知らせていなかった。最近では、その星はロアノーク（由来は米国ロアノーク島にあった植民地。先住民の襲撃等で数度の失敗の末、消滅した）と呼ばれている。

ロアノークは理想的な住みかとは呼べない。太陽にあたる星は赤色矮星で、惑星自体は赤道傾斜角がほぼなく、潮汐によって固定された岩の塊だ。水はごくわずかで、軌道周期は三十一日。いっぽうの極地は極暑で、そのあたりの気温は摂氏八十度を下回ることは滅多になく、反対側の極地は極寒で、凍った二酸化炭素の雪が降る。そのあいだにある、常に薄明かりに包まれたなんとか居住可能な地域は、幅千キロほどだろう。ロアノークは古い星だ。おそらく七十億年前から命を育んできたと推測される。その長い年月、ロアノークで進化してきたあらゆる生物は、風の吹きすさぶ乾燥した幅数千キロの地域で、生きのびる足がかりを得ようとずっと闘ってきたのだ。

そんな場所に数百万リットルの水を運びこむのは、スラム街に巨大な財布を持ちこむようなものだっただろう。というのも、着陸から一週間もたたないうちに、その星の生物がコロニーの人々を襲いはじめたのだ。ごく小さな嚙みつく生物が風に乗って飛んできて、表に出ている皮膚にかたっぱしから潜りこみ、かゆみをともなう発疹をもたらした。発疹はやがて膿疱となり、敗血症を引き起こして、死にいたる。砂地には、装甲も貫通する牙を持つヒトデのような生き物がいた。この生物に壊死性の毒を注入されると、数分で死ぬ。人間の半分くらいの大きさの昆虫のような生物は、頭部にある分泌腺から濃硫酸を噴射した。その星のほとんどの生物が、コロニーの防御を破るための構造を持っているようだった。いまの俺たちには、なにが起こっていたかは明らかに思えるが、コロニーが滅びる前に司令官が送信してきた数々の記録からすると、彼らはまったくわかっていなかった。

ほぼ初日から、ロアノークの司令官は、メインドームの外で入植者たちを一時間以上生かしておくことはできなかった。毎週、少しずつ仲間を失い、ついにはタブーを破って、人員を補充するためだけにエクスペンダブルを次々に複製しなくてはならなくなった。

ようやくコロニーを完成させると、身をひそめながら、なにが起こっているのかを本格的に調査しようとした。ところがその頃には、その星の生物がドーム内部で繁殖していたのだ。司令官は繁殖を止めるため数種の消毒手順を試したが、正体不明のその生物は、いつまでたってもわいて出てくる。最後には、コロニーの住人全員が複製したエクスペンダブルになってしまった。中央処理装置は次々にエクスペンダブルを複製しつづけ、ついには人体の製造に必要なアミノ酸を使いつくした。

最後につくられたエクスペンダブルの一人は、死の直前に、少なくとも真実の片鱗をつかむことができた。生物学セクションが、襲ってくるさまざまな微生物のうちの一種を駆除するよう調整したバクテリオファージを放っていたのだ。耐性菌は六時間後に現れた。そのエクスペンダブルは、液状化した内臓を体じゅうの穴という穴から垂れ流しながら、日誌に最後の言葉を残した――これは妄想じゃない、ここにいる何者かが本当に俺を狙っている。

その男――ジェロル二百いくつか――のことを考えながら、俺はみんなと雪原に足を踏み出した。ロアノークの先住生物が入植者たちに一切警鐘を鳴らさなかったのは、彼らが古い意味での道具使用者ではなかったからだ。彼らは電磁放射線など生産しないし、発電所もなければ、道路も車も都市もない。俺たちの知るかぎり、農業すらおこなわれていなかった。しかし、あとになってわかったことだが、彼らには恐ろしく優秀な遺伝子工学の技術があったのだ。それに加えて、極端な縄張り意識とよそ者恐怖症があることを考えれば――しごく当然のことだ、彼らの進化の歴史は、過酷な星でほんのわずかな生息可能地域をめぐり、ずっとたがいやほかのあらゆる生物と闘ってきたのだから――ロアノークの拠点コロニーが残念な結果になるのもわかる。

俺はジェロルのことを考えている、そして昨夜遭遇した、地面に穴を掘る巨大な友人のことを考えている。ロアノークで人々が全滅した理由は、そこに知覚生物がいたことと、その存在に気づくのが遅すぎたせいだ。ひょっとして、俺みたいなやつがロアノークの先住生物とやりあって、それが知覚生物だと気づいたのに司令官に報告していなかった、ということはないだろうか？

拠点コロニーの多くが、なんらかの理由で失敗する。俺のせいで、この星の拠点コロニーが失敗することだけは、絶対にいやだ。

夕陽の名残の光が地平線で薄れていき、東の空にはすでに最初の星々が姿を現している。

俺たちはエアロックから十分のところにいる。たぶん、コロニーの境界線から五百メートルあたりだろう。デューガンは通信機でベルトとナーシャと話し合い、ムカデが群れではなく一匹だけ見つかりそうな場所を探っている。そのとき、キャットがドスドスとこっちに歩いてきた。武器庫にいたときはほぼ同じ背丈だったが、いまの俺は一メートルの積雪の上に立っているから、彼女は首をそらして俺を見上げなくてはならない。

「ねえ。そのLAはどうしたの？　全員、バーナーを携行してきたと思ってたんだけど」

俺の武器のことだと気づくのに、ちょっとかかった。教官のジェマのせいでバーナーぎらいになった話を、いまここで披露する気はない。だいたい、キャットのことはぜんぜん知らないし、あのバーナーの件を思い出すのは、九年たってもまだちょっとつらい。

「べつに。ただ、線形加速器《LA》を持ちたい気分だっただけさ」

「気分？　初デートに着ていく服を選ぶのならともかく、武器を選ぶのに気分って、変じゃない？」

やれやれ。どうやら、キャットは大目に見てくれる気はなさそうだ。

「気分ってのは、くわしく言うと、ムカデどもにバーナーは効きそうにないと思ったってことだ」

「あら。それは自分の経験から？」

俺は肩をすくめる。ミラー加工されたバイザーの向こうにある彼女の顔は見えないが、声には確かに不安がにじんでいた。

「そういうわけじゃない。ただ武器庫にいたとき、こういう場合、普段の俺ならなにを選ぶだろうと自問したんだ」

キャットは小首をかしげている。「それで？」

「バーナーだ。絶対にバーナーを選ぶ。俺が持っているLAの最大発射速度は一秒間に一発だし、おまけにクソ重たい。といっても、その間抜けな戦闘スーツの重量にはとうてい及ばないがな」

「意味わかんない」

俺は笑ったが、循環式呼吸装置《リブリーザー》のせいで彼女には見えない。「普段どおりの行動を取って、これまで二度、ムカデに殺された。だから、今回は逆を行くことにしたんだ」

キャットはうなずく。「わかった。とても禅的な考え方ね、バーンズ」

「まあな、俺はずっと生まれ変わりつづけてるわけだし」

「確かに。そうやって涅槃《ねはん》への道を進んでいくのよね？」

冗談にしては奇妙に感じるが、まあ、いい。俺は首をふる。「そうは思わない。俺はずっと、サナダムシかなにかに生まれ変わるんじゃないかと思っている」

「でも毎回、ミッキー・バーンズとして目覚めるんでしょ。たぶん、あなたが生まれ変われる最低の生き物が、ミッキー・バーンズなのよ、因果応報《カルマ》の法則から言って」

俺は周囲を見た。特に重要なことは起きていないようだ。

「うん、そうかもな」

二十メートルくらい先に立っているデューガンは、ほぼ腰まで雪に埋もれながらも、まだベルトとだらだら話し合っている。俺なら、どこに無数のムカデがいるか——少なくとも、あのバカでかいムカデの居場所は——教えてやれるが、そんなことをしても誰の得にもならないだろう。俺は上を向いた。ニヴルヘイムの基準で言えば、美しい夜だ。空には雲ひとつない深い闇が広がっている。ドームから漏れる光のせいで、見える星は二つ三つとわずかだが、それらはくっきりと銀色に輝いている。

「ねえ。あたしたち、いままでちゃんと話したことなかったでしょ？」

俺はキャットに目を戻す。彼女はデューガンを見ながら、いっぽうの手をバーナーにかけている。

「そうだな。とにかく、記憶にはない」

「それって変じゃない？　あたしのこと、ずっと避けてたの？」

俺はこう答えようとした。いいや、俺たちがちゃんと話したことがないのは、おかしなことじゃない。〈ドラッカー号〉に乗っていた連中の半数は、俺のことを唾棄すべき存在だと思っていたし、残りの半数はたいてい俺を気味悪がっていたから、この九年間、俺は向こうから近づいてこないかぎり、誰にも近づこうとはしなかった——つまり、キャットのほうから俺に近づいてきたことがなかったんだろう。ところが、そういうことを説明する前に、重力発生装置のうなりが大きくなり、やがてやんだ。ナーシャの飛行機が通過したのだ。たぶん、六十メートルくらい上空だ。

「行くぞ」通信装置からデューガンの声がした。「移動する」

俺たちは重い足取りで北へ進んだ。ドームから遠ざかり、俺が今朝出てきた地下トンネルのある場所へ向かう。目の前の雪からひょっこり俺の巨大な友だちが現れたら、デューガンはどうするだろう？

「なにかおもしろい？」キャットが訊く。

「いや、そういうわけじゃない。ちょっと頭に浮かんだことがあって」

「教えて。退屈なの」

もちろん、教えられるわけがない。教えられるわけがないということも、教えられない。教えられないなんて言ったら、教えられない理由を教えなくてはならなくなる。とはいえ、この会話の行く先を考える必要はなかった。ちょうどそのとき、デューガンがわめきだしたのだ。わめきながら、踊っている。

「ちょっと、なにあれ……」とキャット。

その瞬間、デューガンが右脚を雪から引っぱり上げ、その脚にムカデが巻きついているのが見えた。戦闘スーツに並ぶいくつものくぼみに、ムカデのとがった小さな足が食いこみ、大あごがデューガンの膝の裏の縫い目を食いちぎろうとしている。

突然のことだった。ほかの二人の兵士――この十分間、デューガンの両側を歩いていた――がデューガンの脚にバーナーを向けた。デューガンは最初、二人にもっとやれと言っているようだった。やがて戦闘スーツが熱で光りだしても、ムカデはまだ食いついていて、熱で柔らかくなっていく戦闘スーツの装甲に無数の脚をさらに深くめりこませていく。雪からシューーッと蒸気が上がり、彼らの姿が見えなくなると、デューガンのわめき声が甲高い叫び声に変わり、さらに言葉にならない悲鳴に変わった。俺はさっと半回転した。三十メートルくらい先に、雪から突き出た灰色の花崗岩がある。俺は走りだした。

スノーシューで走るのは、効率的でもなければ、楽しくもない。三歩も行かないうちにつんのめり、顔から雪に倒れこんだ。俺は手足をばたつかせ、いまにもムカデが首の後ろに嚙みついてくるぞと思っていたら、パワー装甲手袋に腕をつかまれ、立たされた。

「しっかりして」キャットだ。「逃げるわよ！」

彼女に背中をどんと押され、俺はまた転びそうになったが、なんとか足を前に出した。キャットがついてくる重い足音が聞こえる。さらにその後ろから、二人の兵士の悪態が悲鳴に変わるのが聞こえてくる。思いきってさっとふり向くと、蒸気が強い北風に飛ばされていくのが見えた。デューガンの姿はない——雪の下に引きずりこまれたのだろう。二人の警備兵はまだ立っているが、どっちも二匹のムカデに巻きつかれている。長くはもたないだろう。

俺は岩にすばやくよじのぼり、肩ごしに手を伸ばして線形加速器をつかみ、かまえた。銃身の重さを支える左手の痛みに、たじろぐ。すぐにキャットも俺の横にのぼってきた。俺たちが立っているのは、雪から五十センチほど突き出した幅約三メートルの花崗岩だ。一匹のムカデが雪から頭を突き出した。さわれそうなほど近い。俺は狙いを定めて、発射した。線形加速器を撃った反動で、後ろにいたキャットに倒れこむ。その瞬間、ムカデの頭から三つ分の体節が爆発し、散弾銃の弾のように散らばった。

「わお。禅的思考の勝利じゃない？」とキャット。

さっきの二人の兵士はもう倒れているが、雪の下では、まだじたばたした動きがつづいているようだ。俺がしゃべろうと口を開けたとき、重力発生装置の甲高いうなりがベルトの到着を告げた。ふたつのスポットライトがまず俺たちを照らし、次にデューガンと二人の兵士が死んだ場所を照らす。

「標本は手に入ったか？」通信機からベルトが訊ねる。

「一匹の一部なら」

俺は岩から飛び下り、ムカデの残骸をつかんだ。ベルトの飛行機からすでに鉤のついたワイヤーが下りてくる。俺はまた岩によじのぼり、ムカデの残骸をキャットにわたしてから、彼女の戦闘スーツに鉤をかけて固定する。彼女がいっぽうの腕を俺の胸に回した格好で、俺たちは上昇した。二、三秒後、下を見ると、岩の上はムカデどもがうようよしていた。俺たちがかろうじて貨物室に入ったとき、ナーシャの飛行機が甲高いうなりを上げて現れた。低く、高速で飛んでくる。最初の二発のミサイルはすでに発射されていた。貨物室のドアがバタンと閉まり、俺たちは膨張するプラズマの最初の波に乗って上へ遠ざかった。

010

ムカデ狩りみたいな自爆任務に近い仕事に送り出されることは、俺にとってはもう、すっかりお決まりの仕事にすぎない。だが救出されることは、お決まりの……とは言えない。そっちはちょっと混乱する。死刑の真似事をさせられる前でさえ、教官のジェマのおかげで、自分がそういう状況でなにを期待されているかは、百パーセント確信していた。守護天使みたいに現れたベルトに救出されるなんてことは、絶対、期待されていない。

ときどき、こんなふうに思う。ひょっとしたらジェマは、エクスペンダブルとはなんぞやということを、あまり上手に教えられなかったんじゃないだろうか。〈ドラッカー号〉が繋留索をはずしてミズガルズの周回軌道から旅立ったあと、俺は最初の数週間、暗い気分で通路を歩き回ったり、宇宙船が俺のために仕組んでおいたことが発生するのを不機嫌に待っていたりした。エンジンのなかにもぐりこめとか、エアロックから出ろとか、カッターの切れ味を確認したいからミキサーに頭を突っこめとか言われるのを待っていたのだ。

ところが、いつまでたっても、そういうことは起こらなかった。あの宇宙船は、ミズガルズが蓄積してきた富のかなりの割合を注ぎこまれたうえに、できるかぎり確実に、爆発することなく目的地にたどりつけるようにするため、システム設計者がとてつもない努力を注ぎこんでいたのだ。しかも俺の最悪の予想に反して、楽しむためだけに俺を殺すことには、誰も特に興味がないようだった。

なんのトラブルもない日がつづくうちに、実際にしていることについて考えることが多くなり、このぶんだと培養槽行きを一度も経験せずにニヴルヘイムに到着できるんじゃないかという期待が高まっていった。恒星間旅行で誰もが知っていることといえば、退屈するってことだろ？　特に、加速段階——エンジンがフル回転し、船体に応力がかかり、壊れそうなものはいまにも壊れるんじゃないかと思う時間だ——が終わったとたん、退屈が襲ってくる。コロニー建設ミッションでは、結局、宇宙船での移動時間がとてつもなく退屈なのだ。

そう言っていられない事態が発生するまでは。

生まれたときの体で生きていた頃の最後の記憶は、技術者がアップロード用のヘルメットを俺の頭にかぶせるところだ。俺の手足は痙攣し、口と鼻から流れだした血が、水ぶくれだらけの体の下に溜まっていた。ミズガルズを出発して一年ちょっとたった頃だ。宇宙船は最初のブーストを乗りきり、ミズガルズの太陽圏界面《ヘリオポーズ》を準相対論的速度で通過して、二回目のブーストに備えてエンジンを再始動し、ニヴルヘイムへの長い滑空のため、最終的に〇・九cをわずかに下回る速度に落ち着いていた。

〈ドラッカー号〉での生活は、ほとんどは楽なものだった。本物の乗組員たちから見れば、入植者の大半は、輸送中は基本的に積荷と変わらない。どの部署にも所属していない俺なんか、なおさらだ。俺は一日二時間講習を受けることになっていた。順番に各部署に回され、必要なときは応援要員として働いたが、講習を担当する連中の多くは、俺のことを気味悪がっていたし、それ以外の連中のなかには、例えばエンジニアなんかは、自分たちの仕事が忙しすぎて、技術的な専門知識がゼロの人間にものを教えてやる時間的余裕などなかったから、講習の時間はたいてい一週間に二時間程度だった。それ以外の時間は、飯を食ったり、昼寝したり、ベルトと一緒に共用エリアですごし、タブレットでパズルゲームをやったりしていた。重力があれば、ミズガルズでの生活とそれほど変わらなかっただろう。

しかし、もうすぐ思い知らされることになるが、そこはミズガルズじゃない。俺たちがいるのは、秒速二億七千万キロメートルで星間空間を移動する宇宙船のなかだった。しかも、それだけの速度となると、高エネルギー物理学がニュートン力学にとって替わり、風変わりな状況になる。

宇宙は——ジェマが注意深く説明してくれたように——人が考えているほど空っぽではない。俺たちが完全な真空と考えている宇宙には、どこをとっても一立方メートルあたり、例えば約十万個の水素原子が含まれている。水素原子は静止しているときなら無害だが、〇・九cという速度で移動している場合は、危険な発射物になる。〈ドラッカー号〉の船首にはフィールド・ジェネレーターがあり、そういった宇宙空間に漂う星間媒質を押しのけていく。俺たちが星間媒質をかきわけて進んでいくと、星間媒質は絶え間ない宇宙線の流れとなって、船体の表面すれすれを通りすぎていく。つまり、船内にいるかぎり、問題はない。おそらく俺以外のすべての人間は、航行中は絶対に船内から出ない。

星間空間には、たまに塵微粒子も含まれていることがある——といっても、百万立方メートルにつき一粒程度の割合だが、〈ドラッカー号〉の表面は隅々までどこをとっても、一秒につき二億七千万立方メートルの空間を通過していたため、なかなかの頻度で塵微粒子にぶつかった。そういう塵微粒子のほとんどは充分な正味荷電を帯びていて、フィールド・ジェネレーターにかき分けられると、船体の表面にそって漏斗状に流れていく。そうならない塵微粒子は、円錐形の船首にぶつかって小さく爆発し、パラパラと絶え間ない音を立てた。とはいえ、宇宙船はそれに耐えられるよう設計されていた。船首の装甲は表面が融解して蒸発するようにできており、通常の摩滅なら二十年以上もつほどの厚さがあった。

装甲は、しかし、塵微粒子よりはるかに大きい物体の衝突には耐えられない設計だった。〈ドラッカー号〉をつくった連中に公正を期して言えば、塵微粒子より大きい物質なんて、太陽圏界面《ヘリオポーズ》を出れば滅多なことでは遭遇しないし、そもそも現実のマクロな物質から乗員の身を守れるほど分厚い装甲など存在しない。俺の頭くらいの石でも、〈ドラッカー号〉の航行速度でぶつかれば、そのエネルギーは核融合爆弾の百倍に相当する。

さいわい、俺たちの宇宙船にぶつかった物体は、そこまででかくはなかった。

その物体がなんだったのかは、正確にはわからないらしい。ぶつかった衝撃で、物体を構成するクォーク（素粒子のグループの一つ）とグルーオン（クォークを結合する基本粒子）に分解してしまったのだ。それでも、質量が十五グラムから二十グラムだったことはわかっている。エンジニアの一人が、装甲が融解して蒸発した量と、ぶつかった衝撃で宇宙船が失った運動エネルギーの量をもとに算出したのだ。

ちなみに、衝撃は小さくなかった。船内は自由落下状態だった。ほとんどの物はちゃんと固定されていたが、そうでなかったものはなにもかも――かなりの数の乗員もふくめて――前方の隔壁に吹っ飛んだ。腕の骨折が二件、深刻な脳震盪が一件。俺はテーブルの端にぶつかり、足首を捻挫した。

だが、誰もそんなことにはかまわなかった。船首に穴があき、フィールド・ジェネレーターの入ったモジュールがひとつ、消えていたのだ。宇宙船の内部容積の二十パーセントが、突然、硬放射線にさらされた。

さあ、俺の出番だ。

マギー・リンから呼び出しが来た。航行中、システム工学セクションの責任者を務める人物だ。俺たちが会った機械製作室は、船首に出るハッチにいちばん近い安全な部屋だった。マギーの部下二人が俺を宇宙服に押しこむあいだ、彼女は俺にするべきことを具体的に説明した。

「動力結合装置《パワー・カップリング》が壊れていると思うの。ただ、確信は持てない。時間を無駄にしている余裕はないから、丸ごと交換してきてちょうだい」べつのエンジニアが保管箱から一辺五十センチの銀色の立方体を出し、ちょうど梱包を解きおえたところだった。立方体の一面から二本の接続ケーブルが延び、反対の面には二つの操作ハンドルがついている。「交換がすんだら、できれば古いユニットを持って帰ってきて」

「できれば？」

「ええ。死ぬ前に、と言ったほうがいいかしら？　あなたが入る部分は、現在、宇宙空間に開かれている。このユニットを作動させるまで、あなたの全身は三・五秒ごとに致死量の放射線を吸収することになるのよ」

俺は思わずマギーの顔を見つめていたに違いない。彼女はあきれた顔をした。

「心配しないで。ハッチを出たらすぐ死ぬわけじゃない。人間の体は実際に機能を停止するまで、驚くほど長い時間がかかるの。それは、致死量の放射線を何度も浴びたあとでも同じ。粒子の直撃を受けないかぎり、死ぬ前にアップロードする時間はたっぷりあるはずよ。あなたの次の体は、すでに培養槽で作成しているわ」

その短い発言には、反論したいことがたくさんあった。まず、俺がはるかに気にしているのは、自分が死ぬことであって、死ぬタイミングでもなければ、死ぬ前に記憶をアップロードできるかということでもない。さらに、実際は誰も俺に頼んでいないにもかかわらず、俺がこの仕事をすると彼女が決めてかかっていることだ。

とはいえ、現実は……彼女が正しかった。俺はその仕事をすることになった。フィールド・ジェネレーターの重要性については、教官のジェマと耐えがたい詳細まで入念に復習していた俺は、壊れたユニットを交換するまで、俺たちがいかに無力な状態にあるか、完璧に理解していた。

ヘルメットの装着が終わるとすぐ、俺は細心の注意を払ってジェネレーターを持ち上げ、船首内部へ通じるハッチの上に設置された移動式エアロックのほうへ動かした。

「そういえば、わたし、ちょっと急いでるって言ったかしら？」通信機からのマギーの声に、俺はうなって返事をしたものの、これ以上速くは動けなかった。自由落下時は、物体の重さはなくなるが質量は存在するため、重い物をあまり速く動かすと、あっさり大破してしまうのだ。俺がエアロックに入ったとたん、エンジニアたちは俺の後ろで外部ドアを閉め、エアロック内の空気を排出した。真空状態になるにつれて、宇宙服がぴんと張りつめる。空気が出ていく甲高い音が完全にやむと、ハッチが横にするりと開いた。

フィールド・ジェネレーターは六つの立方体でできており、どれも俺が運ぶ立方体にそっくりだ。どれが問題かはすぐにわかった。船首内部に入ったとき、いちばん近くのユニット上部に穴があいていたのだ。直径は二、三センチくらいで、縁が黒く焦げている。俺は上を向いた。船首内部の天井に、さっきの穴よりわずかに大きい穴があった。そこから一筋の青みがかった光が射しこんで、壊れたユニットをスポットライトのように照らしている。

ちょうどそのとき、皮膚がかっと熱くなってきた。

最初は、それほどひどくはなかった。マギーとジェマが言っていたように、人間の体は急性放射線中毒に対する反応が驚くほど遅い。俺は古いユニットから延びるケーブルを引っぱり、結合ラッチを開いて、特に問題なく目的の立方体を持ち上げ、取りはずした。ところが新しいユニットを設置しようとしているとき、頭が上から射してくる光に当たってしまったに違いない。

十秒後、目が見えなくなっていた。

その頃には両手の皮膚が水膨れだらけになっていて、触覚はほぼなくなっていた。ユニットのラッチを留め、最初の接続ケーブルをなんとかつないだが——二本目のケーブルに取りかかったところで、ケーブルを差すポートの場所がわからない。ケーブルを持ったまま、二、三秒、手探りした。焦りが募る。そのとき、耳元でマギーの声がした。

「バーンズ？　大丈夫？」

ハ、ノーと答えようとしたが、舌が腫れ上がって声が出ない。うなるだけで精一杯だ。

「やめなさい。ケーブルを引っぱらないで」

俺はやめた、というか、やめようとした。体がひどく震えて、じっとしていられない。

「ヘルメットのカメラが、まだしばらくは動くでしょうから、あなたの作業が見えるようにカメラの位置を調整して」

俺はユニットの端を手で探りあててから、接続ケーブルがあると思われる場所へ頭を向けた。

「ＯＫ」とマギー。「カメラをその位置から動かさないで。じゃあ、接続ケーブルを左へ動かして。十センチくらい」

俺は床にケーブルを滑らせた。

「よくできたわ。次は、三センチ前へ」

「右へ一センチ」

「後ろへ一センチ」

「押しこんで」

接続ケーブルがカチリとはまる手応えを感じた。

「完璧よ。フィールドが復旧した。よくやってくれたわ、バーンズ。リラックスしてちょうだい。あなたを回収する人を送る」

リラックスするのは、驚くほど難しかった。なにしろ、体の外側も内側も燃えているのだ。もしヘルメットの密閉を解除して、なかの空気を出してしまうことができたなら、そうしていただろう。だが俺の両手は役に立たないどころか、腫れ上がって指を曲げることもできない。俺はしかたなくそこに浮かんで、震え、うめき、歯ぎしりしながら、誰かが元の世界へ連れ戻してくれるのを待った。

連中が俺を死なせる前に記憶のアップロードを強いた理由は、わかっている。それも教官のジェマから教わっていた。危機的状況で得られた知識と経験は貴重であり、俺の使い捨ての体と一緒に葬りさることは許されないのだ。

とはいえ、なかには、どうしても忘れたい記憶もある。

俺がミッキー2として培養槽から出てきたときには、危機的状況はわずかだがマシになっていた。フィールド・ジェネレーターは作動していたし、〈ドラッカー号〉内部も基本的には普段の状態に戻っていた──少なくとも、さまざまな度合いの放射線中毒に苦しむ三十四名をのぞけば。彼らはフィールドが消失したとき、船内のまずい場所にいたのだ。船首の装甲にはまだ穴があいたままだから、ひと粒の塵微粒子が当たってはならない場所に飛んでくるだけで、俺たちはたちまちさっきの状況に戻ってしまう。というわけで、俺は意識が戻って動けるようになったとたん、マギーとその部下たちに新たな宇宙服に押しこまれ、タンクいっぱいの高濃度緊急パッチナノロボットを持たされて、五分ほど使用法の説明を受けただけで船体の外へ送り出された。

船体にそって飛んでくる陽子の流れのなかでもっとも高濃度の場所は、船体の表面から約二メートル離れたところだ。マギーの話では、なるべく船体にくっついていれば、そして運よく塵微粒子にぶつかるのを避けられたら、放射線への暴露を低く抑えられ、死なずにすむ可能性もあるらしい。俺はチャレンジした。マギーは俺のブーツにフォースロック

――俺がジェマとミズガルズを眺めに宇宙ステーションの外に出たときに使ったようなやつだ――を付けるだけでなく、もっと小さいアトラクターを俺の両手両膝に装着させた。俺は前部のエアロックから外に出ると、衝突箇所まで百メートルかそこらの距離を這っていった。

最初のうちは、大丈夫かもしれないと思っていた。だが船首に近づくにつれ、陽子の流れが迫ってくる。残り二十メートルくらいで、チカチカと輝く閃光が見えはじめ、穴にたどりついたときには、目はぼやけ、口のなかは血の味がしていた。俺は背中からナノロボットのタンクを引っぱり、アプリケーターをはずして、スイッチを押した。

無数のナノロボットが、べたつく濃厚な流れとなって出てきた。彼らは穴のぎざぎざした縁にしがみつき、俺がまだタンクからナノロボットを出している最中さえ、たがいに結合して、船体を覆う装甲と同じ高濃度物質と一体化しはじめた。

およそ二十分でタンクは空になった。修理がすむと、穴のあった場所にべとつく山ができていた。それから数分のうちに、山はひとりでに平らになって表面が滑らかになり、ついには電子顕微鏡でも使わないかぎり、元々の装甲と修理した部分の違いはわからなくなった。

俺がそういうことを知っているのは、翌朝、ミッキー3として培養槽から出てきたときに最初にさせられたことが、宇宙服のカメラに残された動画を見て、ミッキー2が話しつづけていた声を聞くことだったからだ。その声は、彼がエアロックまであと半分というところで動きを止め、ヘルメットの密閉を解除し、顔をじかに宇宙空間にさらした瞬間に途絶えた。

011

「ううん」コックピットから、ベルトが言う。「もっとうまくやれたはずなんだけどな」

キャットが射殺《いころ》しそうな視線を彼に向ける。ベルトには昔から、デリカシーってものがあまりない。

「三人の人間が死んだんだぞ」俺は言った。

「うん」とベルト。「それは見えた。下で、いったいなにがあったんだ？　警備兵がデューガンにバーナーを向けていたように見えたけど？」

「彼らはデューガンを助けようとしていたの」キャットが答える。

「ひでえ助け方だな」とベルト。飛行機はメインドーム上空で横に傾き、速度を落として離着陸場の上でホバリングする。「バーナーの炎を出力全開で向けられたら、戦闘スーツの装甲だって長くはもたない。あの兵士たちはなにを考えていたんだ？」

俺はちらりとキャットを見た。彼女は両の拳を握りしめている。

「デューガンの脚に二匹のムカデが巻きついてるって、考えてたのよ。無駄に騒いでたわけじゃない。それに、下に残された三人はわたしの友人だったのよ、このバカ。そっちが警告してくれていたら、それも無駄にはならなかったのに。あたしたちの立っていた場所があの怪物どもの巣の上だって警告してくれていたら、少しはマシな結果になっていたんじゃない？」

ベルトは飛行機を離着陸場に着陸させると、コックピットからちらりとふり向いた。その顔を見て、俺はちょっと驚いた。ベルトが気まずそうな顔をするとは。

「悪かった」ベルトは謝った。「バカにするつもりはなかったんだ」

「あ、そう。バカにしてたとしか思えないけど」とキャット。

ベルトは貨物機の電源を切ってから、停止手順のチェックリストに取りかかった。重力場が消えると、自分の体がフライトスーツの詰め物にさっきより少し深く沈みこむのがわかる。

「あそこで起きたことは、本当に残念だったと思っている」ベルトは言った。「事前に警告できたなら、警告していたさ。あの怪物どもがどこから来たのかは知らないが、ただ雪の下を移動してきたわけじゃない。最後におまえらの上空を通過したとき、俺のレーダーにはなにも引っかからなかったし、それからほんの一分くらいで襲撃があったんだ」

「なんとでも言えば」とキャット。バイザーの奥にある彼女の顔は見えないが、声から苦い顔をしているのがわかる。

「ともあれ、任務は完了だろ?」ベルトはそう言うと、キャットと俺がシートベルトをはずしているあいだに操縦席から下り、俺たちのところに来た。キャビンの床に、ムカデの残骸が横たえてある。ベルトがつま先でつつくと、並んだ脚のうちの二本がぴくぴく動き、彼はあわてて足を引っこめ、その拍子に転びそうになった。「くそっ!」バランスを取りもどし、顔をゆがめてから、もう一度前に進んで俺とキャットのあいだにしゃがむ。ムカデの残骸は震えている。ベルトは人さし指で甲皮に触ったが、今度は反応がなかった。

「やれやれ。手こずらされたが、こいつにそれだけの価値があることを祈ろう」

「きみに協力してもらう必要がありそうだ」マーシャル司令官が言う。「非常に理解に苦しむんだが、この二時間で三人を失うとは、いったいどういうことだね。いや、ギャラハーを入れれば四人、トリチェッリも含めれば五人だ。しかも、そのなかにきみは入っていないときている」

俺の隣の椅子で、キャットが落ち着かなげにもぞもぞする。マーシャルは身を乗り出して、机に両肘をついた。俺を殺すべきかどうか、決めかねているようには見えない。どんな方法で殺そうか考えているのだろう。

「おっしゃるとおりです、司令官」俺は言った。「生きのびてしまって申し訳ない。次はもっとうまくやります」

その言葉に、マーシャルは立ち上がった。「バカにしているのか、バーンズ！　貴様はエクスペンダブルだ！　命の心配などするんじゃない！」

マーシャルがゆっくりと椅子に深くすわりなおすあいだ、俺は額に飛んできた唾をぬぐった。

「ところで」マーシャルはつづける。「説明してもらいたいことがある。明確かつ正確に教えてくれ、貴様はなぜ、ミスター・デューガンを助けようともせず、自分のケツを救うことを選んだ？　よく考えたまえ、バーンズ。回答に納得できなかった場合は、俺がこの手で貴様を死体の穴へ押しこんでやる。タマから先にな」

「あの、司――」キャットが口を開いた。

「黙れ、チェン。こいつがすんだら聞いてやる」

いまや、二人とも俺を見ている。キャットは哀れみと心配の混ざりあった表情で、マーシャルのほうは、タカが野ネズミに向けるのと基本的に同じ表情で。

「あの」俺は言いかけて、ためらった。俺に生きのびようと考えるなとは、ずいぶんな言い草だよな。そっちは生まれたときと同じ体で安全な場所にすわっているが、こっちは放射線にさらされたり、食われたり、六週間おきに分解されたりしてるってのに。そんなようなことを言うつもりだったが、マーシャルの顔を見て、はっとした——死体の穴に押しこんでやるというのは、どうやら本気らしい。俺はもう一度話しはじめた。

「ええと、司令官、俺たちがあそこへ送り出されたのには、理由があります。司令官がムカデを持ち帰れと指示したからです。トリチェッリとギャラハーの身に起きたことから考えて、あれが危険な任務だということは、全員が充分気づいていました。それでも、司令官は試してみるべきだと決断したんです。だから、俺はこう判断しました——俺たちが送り出された目的を達成することが、最優先事項だと。ミスター・デューガンの身に何が起きているかわかったときには、俺は彼を助けるのは不可能だと判断しました。そこで、任務の達成に努力を注ぐことにしたんです——ちなみに、そっちは成功しました」

マーシャルはずいぶん長く感じられるあいだ、俺をにらんだ。「つまり、きみの言い分はこういうことか。わたしがベルト・ゴメスの送ってきた映像で見たものは、じつは、きみがひどい恐怖に襲われて命からがら逃げるようすではなく、冷静に任務を進め、コロニーを守るために必要なことをおこなっているようすである。合っているかね？」

俺はキャットを見た。彼女は肩をすくめる。

「あの……合っていると思いますが？」

沈黙がたっぷり五秒間つづいた。キャットがなにか言おうと口を開いたが、マーシャルがにらみつけて黙らせた。

「ドームを出発する前に、バーナーはムカデどもには効かないと知っていたのかね？」

「いえ」俺は答えた。「はっきりわかっていたわけじゃありません」

「なら、なぜ線形加速器を選んだ？」

「大きな理由は、バーナーより線形加速器のほうが、ちゃんと訓練を受けているからです、司令官。それに、ムカデと遭遇したことはこれまで二回あって、そのときはバーナーを持っていたこと、どっちの任務でも自分が命を落としたことを知っていたからです。それで、今回は戦略を変えたほうが賢明かもしれないと思ったんです」

マーシャルは眉間にしわを寄せ、口を真一文字にきつく結んだ。俺は思いきってちらりとキャットを見た。彼女はまっすぐ前を見つめている。マーシャルは彼女に注意を向けた。

「きみはどうだ、キャット・チェン？　自分の行動を説明できるか？　きみがあそこへ行ったのは、ミスター・デューガンを守るためだった。違うかね？」

「いいえ、司令官。そのとおりです」

「なのに彼を見捨てた理由は……」

「彼を見捨てたのは、なにが起こっているかわかったからです、司令官。あの二人の警備兵は、あたしの友人でした。もし彼らを助けるためにできることがあると思ったなら、そうしていました。でも現実には、持っていた武器は役に立たず、あの怪物どもにミスター・デューガンだけでなく自分まで食わせてやる意味を見いだせなかったんです」

「バーンズの武器は役に立った。きみはそれを奪い取ることもできただろう」

「はい。でも、あの武器ではたいしたことはできなかったでしょう。線形加速器は精密誘導兵器ではありません、司令官。ミスター・デューガンの脚を吹き飛ばすことはできたかもしれませんが、救うことはできなかったでしょう」

マーシャルは机の向こうで後ろにもたれ、短く刈ったごま塩頭を両手でかき上げるようにさすった。

「いいか。この遠征に出発したとき、われわれの数は百九十八人だった。この星に着陸したときは、百八十人。そして現在は、さらに減って百七十五人だ。人口という観点から見れば、われわれは拠点コロニーとして存続可能な限界へ急速に近づいている。そのため、残念ながら今回は、きみたちのどちらも死体の穴へ押しこむわけにはいかん。それどころか、有意義な罰を下すことさえできん。そうしてやりたいのは、やまやまだが。

バーンズ、きみはあの怪物どもについて、われわれに話している以上のことを知っているんじゃないかね。わたしには、そう思えてならない。もしそうなら、自分がなにをしているかじっくり考えてみたまえとしか言えない。なぜなら、もしこのコロニーが滅びたら、きみは最後の日々を、ロアノークの哀れなエクスペンダブルと同じようにすごすはめになるからだ。大勢のミッキー・バーンズどもとすごす日々は——わたしは一人としかすごしたことはないが、これだけは言える——じつに耐えがたいものだぞ。

チェン、きみに関してはどう判断すべきか、現時点では本当にわからない。いま、こんな疑念がわいてきたところだ。きみは、先代のバーンズと付き合っていたんじゃないかね。そういうことは、今回の任務に出る前に報告するべきだった。今後は、よく覚えておいてくれ。個人的な問題が任務遂行の妨げになる可能性がある場合は、司令官に知らせるように」

キャットは言い返そうと口を開けたが、またもやマーシャルに黙らされた。今度は片手をさっとひとふりだ。

「聞きたくない。今後は付き合う相手を慎重に選んでもらいたいだけだ」

マーシャルは俺を見て、キャットを見て、また俺を見る。「話は以上だ。行け。またきみが必要になったときは、知らせる」

「というわけで」キャットが言う。「楽しかったわね」

俺たちはカフェテリアで、遅番用の夕食をとっているところだ。ここには少なくとも三十人の人々がいる。三、四人ずつのグループでかたまって、テーブルに身を乗り出し、頭を寄せ合って小声で話している。一日に五人の死者が出るのは、拠点コロニーでも恐ろしいことだ。俺たちのほとんどは、古来の人間の習慣に従って、最近亡くなったやつがいかに愚かだったかを話し合い、そんな愚かなやつの身に起きたことは、きっと自分たちの身には起こらないと思いこもうとしていた。

「ああ。マーシャルに殺されずにすんだしな。勝利と呼んでいいだろう」

俺の言葉に、キャットは笑った。戦闘スーツよりフライトスーツのほうが、ずっとかわいい。ハート形のやさしそうな顔で、豊かな黒髪を肩に届く長さのポニーテールに結んでいる。彼女がつついているのは、焼きトマトと筋の多そうなウサギの後脚の肉だ。俺はというと、マグカップに半分入った百キロカロリー分のサイクラー・ペーストをちびちびなめている。エイトに今日の配給カロリーは全部やると約束したのを忘れたわけじゃないが、あいつが昼寝をしているあいだ、こっちは危うく死ぬところだったんだ。褒美をもらう価値くらいあるだろ？

「それで、マーシャルは俺たちがデキてると思ってるのかな？」

キャットの顔が険しくなる。「マーシャルなんか、マスでもかいてればいいのよ」

「わお。そいつは手厳しい。エクスペンダブルと付き合ってるなんて、誰にも思われたくないもんな」

キャットは首をふる。「いいえ。あたしは人口増加提唱者《ナタリスト》でもなんでもない。あたしに言わせれば、あなたは、このコロニー建設ミッションに参加してるほかの変わり者たちとなにも違わない。気に入らないのは、あたしが女性ホルモンにふり回されて、するべき仕事をしなかったと、ほのめかされたことよ。だってマーシャルは、あなたにはそういう言い方をしなかったでしょ？」

「いや……」マーシャルはそんなつもりで言ったんじゃないと思う。俺はそう言おうとして、ふと気づいた。やっぱり、あいつはそういうつもりだったんだろう。

「いや、なに？」

「なんでもない。百パーセント、きみの言うとおりだ。マーシャルなんか、くたばっちまえ」

「アーメン」キャットは言うと、水の入ったカップを俺にかかげた。「あんなやつ、くたばっちまえ」

俺はマグカップを彼女のカップに軽くぶつけ、一緒に飲んだ。

飲み物でキャットの注意がそれた瞬間、俺は彼女のトレイからトマトを一切れ奪い、彼女が反応できるより早く口に押しこんだ。

「ちょっと」彼女は怒鳴り、テーブルの向こうから手を伸ばして俺の肩を殴った。あざができるくらい強く。「ふざけないで、バーンズ。今度あたしの食べ物にさわったら、腕をへし折るわよ」

「ごめん」俺はサイクラー・ペーストの入ったマグカップを、彼女のほうへ押しやった。「よかったら、俺の分を少し取ってくれ」

キャットはまた顔をしかめ、カップを押しもどす。「ありがとう、大丈夫よ。トマトがほしいのなら、どうして自分でもらってこないの？　任務に出かける前に、ほんとに今日の配給カロリーを全部食べつくしちゃったの？」

「ああ。ほとんど。ここ数日、きつかったからな」

「それもそうね。昨夜あなたが亡くなったこと、忘れてた。あなたは培養槽から出てきたばかりなのよね？」キャットはひと口食べ、咀嚼して、のみこんだ。「それって、どんな感じ？」

「なにが？　培養槽から出てくることか？」

キャットはうなずき、ウサギの骨をつまんで、関節のまわりに残ったわずかな肉を食いちぎる。「ええ。ずっと気になってたの。目が覚めて、自分は死んだばかりだとわかるのって、どんな感じ？　いまの自分の体が、二、三時間前までバイオ・サイクラーに入ってたプロテイン・ペーストだったとわかるのって、どんな気分？」

「そうだな、培養槽のなかにいるときは意識がない。目が覚めるのは、自分の寝台の上。少し頭が混乱していて、体調はひどい二日酔い、自分がどうやって寝台まで来たのかも思い出せない。昨夜、飲みに行ったんだっけと思うが、それも思い出せない。最後の記憶は、アップロードのためにヘルメットをかぶせられたことだ」

キャットは後ろにもたれて、うなずく。「そっか。そのとき気づくのね」

「そのとおり。これまで七回経験しているが、毎回、股間を蹴られた気分になる」

彼女は気の毒そうな笑顔を浮かべたが、俺の左の肩ごしに目をやって笑顔を消した。俺はふり向いた。すぐ後ろで、ナーシャが腕組みをして立っている。

「ねえ、司令官の話はどうだった？」

俺は横にずれて、ナーシャに場所を空ける。彼女はベンチをまたいできて、すわった。

「上々だった」俺は答える。「というか、まずまずってところかな。マーシャルから死体の穴へ押しこむぞと脅されたが、実際には押しこまれずにすんだ」

ナーシャは顔をゆがめた。「ミッキーの場合、そんなことが脅しになる？　この星に着陸するとき、あいつはあなたにさんざんひどいことをしたくせに、どうして死体の穴くらいであなたを脅せると思うのかしら？」

キャットはナーシャを見て、また俺を見る。「あの、マーシャルはタマから先に押しこむぞって脅したの」

ナーシャは首をふり、片手を腰に当てた。「お嬢さん、あなたはこの男がいままでどんな経験をしてきたか、なにも知らないのね」

「それは医療的な話？」

「ええ」とナーシャ。「医療的な話よ」

するとキャットは目をそらし、ウサギの骨に残った肉をかじりとる作業に戻った。俺はナーシャをつつく。キャットはつらい思いをしたばかりだ。なにもいま、嫌味を言うことはないだろう。ナーシャはため息をついて、言った。

「ともあれ、外でジリアンとロブの身に起こったことは、残念だったわね。あなたたちが親しかったのは知ってる」

「ありがとう」とキャット。「ゴメスにはもう訊いたんだけど……あの怪物どもがあたしたちを襲う前に、なにか気づかなかった？　ほら、ムカデの群れが、いきなりぽんと目の前に現れるわけないでしょ？」

ナーシャは首をふる。「気づかなかったわ。なにも。可視光、赤外線、地中探知レーダー《GPR》を使っていたけれど、わたしが最後にあなたたちの上空を飛行したときは、百パーセント異状はなかった。断言できる」

「そう」とキャット。「ゴメスも同じことを言ってた。あたしたちの上空をゴメスの飛行機が通過してからあなたの飛行機が来るまでの時間は、一度につき三十秒もなかったはず。なのに、なんの異状もなく、突然ムカデの大群が現れるなんて、おかしくない？」

「わからない」ナーシャは言う。「ムカデどもは地下からメインロックに来たんだったわよね？　ＧＰＲは花崗岩には効かないの。たぶん、ムカデどもは岩のなかを掘り進むんじゃないかしら。最悪、いまもわたしたちの真下に通じるトンネルを掘っているのかも」

キャットはちらりと足元を見た。「ありがとう、ナーシャ。ほんと、最悪の予想ね」

ナーシャはにやりとする。「わたしたち全員、最上階の部屋でラッキーだったわね」

「ええ、ラッキーね」キャットはトレイに残ったトマトの皮の最後の切れ端を上の空でつついていたが、やがて俺のほうを見た。「それで、二人はずっと付き合ってるわけ？　ミズガルズを発つ頃からずっと？」

俺はナーシャを見た。彼女は肩をすくめる。

「まあね、ほぼずっと。ミッキーが食われたり、燃えたり、落ちてきた収納箱につぶされたりしていないときはってことだけど。どうして？　彼を試してみたい？」

「本当かしら」キャットは訊き返す。「なぜ？　付き合うほどの価値がある？」

ナーシャはちらりと俺を見た。「まあね。なにに夢中になっているかしだいだと思う」

俺は顔が真っ赤になるのがわかり、二人はそろって爆笑する。

「冗談だってば」ナーシャは俺の肩に腕を回した。「この人は、わたしのもの。彼に手を出したら、その腹をかっさばいてやる」

キャットは降参というように両手を上げる。「やだ、そんな心配いらないわよ。そのトマト泥棒は、あなたのもの。そもそも、あたしは出ていくところだったんだから」

キャットはテーブルを押しやり、荷物をまとめた。彼女がいなくなると、ナーシャは額を俺の額に押しつけて、片手を俺の頬に当てた。

「わかってるでしょうけど、わたしが腹をかっさばいてやるのは、彼女だけじゃないから」

そしてさっとキスすると、立ち上がって、去っていった。

自分の部屋へ戻ると、エイトが俺の机で俺の椅子にすわり、俺のタブレットでなにか読んでいた。俺が入ってくる音がすると、エイトはタブレットを切った。本当は捻挫していない手首から、弾性包帯が消えている。

「おう」エイトは顔も上げない。「どうだった？」

「上々だったさ。おまえが自分の寝台を手に入れる日まで、死体五人分近づいた」

「へえ」エイトはタブレットを机の引き出しにしまい、立ち上がって伸びをする。「俺たちは、ずっと社会病質者《ソシオパス》だったのか？　それとも、これも最後のアップロード後におまえが考えた新機軸か？」

「えっ？　俺たちはずっとソシオパスだったのか？」

エイトはにやりとする。「悪い。こういう状況に、代名詞はあんまり向いてないよな」

「ああ、向いてなさそうだ」と俺。「それと、おまえの質問に対する答えはノーだ。俺たちはソシオパスじゃない。じゃあなにかと言えば、空腹の塊だ」

エイトはまったくおもしろがっていない笑い声を上げた。「いやいや。おまえの口から空腹の話なんか聞きたくないね。こっちは培養槽から出てきたばっかりなんだぞ、忘れたのか？　とりあえず、サイクラー・ペーストだけでやってみろよ」

「そのことなんだが」俺は言う。「百キロカロリー、使っちまった。おまえの分は三百キロカロリーしかない。悪いな」

エイトの顔がこわばる。「いいやつぶるのも、これまでか？」

俺は首をふった。「やめろ、エイト。おまえが居眠りしているあいだ、こっちはもう少しで死ぬところだったんだぞ。それくらいの価値はあるはずだ」

「言わなかったかもしれないが」とエイト。「こっちは文字どおり、飢え死にしそうなんだぞ、セヴン」

もちろん、エイトの言うとおりだ。培養槽から出てきたとき、シックスも俺も、配給カロリーのことで絶え間なく愚痴をこぼしていたが、エイトがありつけるものにくらべれば、王さまなみの食事をしていた。俺はシャツを脱いで床に落とすと、寝台にすわってブーツの紐をほどきにかかる。エイトが隣にすわって訊ねた。

「それはそうと、外はどうなってるんだ？　ニュース・フィードでは、死者が四人と行方不明者が一人、場所はいずれもドームの外としか伝えていない。どうしたら、そんなことになるんだよ？」

俺は紐をほどきおわったブーツを脱ぎ、寝台に横になる。「う—ん、まず、厳密にはすべてが外で起きたわけじゃない。一件はメインロックのなかで発生した。ちなみに、そのメインロックはもう使われていない。あの殺人孔を使っちまったからな」

その言葉は宙に浮き、気まずくなるほど長いひとときが流れる。

「殺人孔って」ようやく、エイトが口を開いた。「なんに使ったんだ？」

俺は頭の下で手を組み、目を閉じる。「ムカデどもさ」

エイトは笑った。今度はさっきより少し温かみがある。「なんだ。そういうことか。からかうなよ。で、本当は、なにがあったんだ？」

「本当は、そのエアロックにプラズマを発射して、敷板を破壊したムカデどもを殺し、そのせいで、死にかけていたギャラハーという警備兵が丸焼きになったのさ」

「ムカデは生物だぞ、セヴン。生物を殺すのに、活性プラズマは使わない」

「俺の話を聞いてなかったようだな。やつらは敷板を破壊したんだぞ」

「〝破壊した〟ってのは、つまり……」

「つまり、ムカデどもは下から敷板を食い破って、はがしはじめたんだ」

「はがした？　じゃあ、やつらは金属製の板を……食ったのか？」

俺は肩をすくめた。「そうらしい。この星は金属が乏しいだろ。たぶん、やつらはなにかに金属が必要なんだろう」

「ふうん」エイトは頭のてっぺんを掻いた。「ずれてくれ」

俺が体をずらして場所を空けてやると、エイトは隣に横になった。まだ奇妙に感じるが、この二十四時間、俺の人生は奇妙なことばかりだったから、これくらいどうってことはない。

「ムカデどもが無害だとは、誰も思っちゃいないだろうが」エイトは言う。「生物が宇宙船に使われる金属の板を食い破れるなんて、ちょっと信じられないよな」

「それも無理はない」俺はつづけようとしたが、あくびで中断せざるをえなかった。一昨夜から、つづけて二時間以上の睡眠をとっていない。「正直、俺も敷板が食い破られるところを見たわけじゃないが、メインのエアロックの床にあいた穴は見た。それに、ムカデの群れが、完全武装した兵士二人と怯えきった植物学者一人を倒すところも見た。あれはひどかった」

「ムカデどもが厚さ十ミル（〇・二五四ミリメートル）のファイバー製戦闘スーツを噛み切るところを見たって、言ってるのか？」

「いや、そこまではっきり見たわけじゃない。俺が見たのは、やつらが厚さ十ミルのファイバー製戦闘スーツに巻きついているところ、その戦闘スーツを着た男たちが倒れたところだ。だが、実際にムカデどもの歯が戦闘スーツの装甲を貫通したと考えるのが、もっとも自然だと思う」

エイトは片肘をつき、こっちに身を乗り出した。「それはおかしい。生物は生息環境で用のない能力を進化させることはない。なんでコオリミミズが、線形加速器《LA》の十グラム弾も通さない戦闘スーツを食い破る能力を進化させるんだ？」

「じつにいい質問だ」俺はまたあくびをする。「目が覚めたら、必ずすばらしい答えを教えてやる」

エイトの話はつづいているが、その声はだんだんぼやけて周囲の雑音に溶けていく。意識がなくなる前の最後の記憶は、寝台がかすかに動いてエイトが立ち上がったことだった。

この数週間、毎晩のように、くり返し同じ夢を見ている……というか、あれは夢なのか？　いや、幻といったほうが近い気がする。いつも、うとうとしだした頃か、目覚めようとしている頃に現れる。これが、ずっとアップロードしていない理由のひとつだ。再生の過程でなにか不具合が起こったんじゃないかと、少し気がかりなのだ。もしそうだとしたら、人格データにそんなものを反映したくない。

それより重要なのは、このことを精神科の誰にも気づかれたくないということだ。気づかれたら、連中は俺を始末してつくり直さなくてはならないと言いだすかもしれない。

夢のなかで、俺はミズガルズに戻っていて、ウル山地の峰ぞいに広がる森にいる。そこには踏みならされた小道があり、八百キロにわたって手つかずの自然が広がっている。滝、百キロ先まで見える眺望、二百年前に最初にこの星を訪れて地球化《テラフォーミング》をおこなった人々が種をまいてからずっとそこにある木々。俺はその小道を端から端まで四回歩いた。ミズガルズにはなにもない場所がたくさんあるが、その山地は、なにもない星でもっともなにもない場所だ。そこですごしているあいだ、ほかの人間は二、三人しか見かけなかったと思う。

夜は野宿して、小さい焚き火の前で丸太にすわり、炎を見つめる。ここまではいい感じだろ？　ただのホームシックかもな。だがそこで物音が聞こえてくる。咳ばらいのような音だ。顔を上げると、巨大なイモムシが焚き火の向こうでこっちを向いてすわっている。震え上がるべき場面だってことはわかるが、俺は震え上がらない。そこが、夢を見ているのとよく似ているところだ。

イモムシと俺は話をする――というか、しようとする。イモムシは口を動かして言葉らしき音を発するが、さっぱり意味がわからない。俺はイモムシに言う。やめろ、話す速度を落とせ、もう少しはっきりしゃべってくれたら、なにを言っているかわかるから。だが、イモムシは言うことをきかない。そのままわけのわからない音を発しつづけ、しまいには聞いているこっちの頭が痛くなってくる。俺は炎を見つめる。炎は逆再生され、薪はだんだん燃える前の状態へ戻っていき、宙に漂う煙は炎に吸いこまれていく。ふたたび顔を上げると、イモムシの姿が薄れていく。しだいに実体がかすんでいき、やがては笑顔だけが残る。

ついには笑顔さえも消え、それと同時に、俺はその夢現《ゆめうつつ》の世界から本当の夢——何年も、ときどき見ている夢——に滑りこんでいる。夢のなかの俺はミッキー2で、また〈ドラッカー号〉の船体の外に出て、前方のエアロックへ這っていく。皮膚がはがれ、裂けた血管から漏れはじめた血液が、高熱を発したときの汗のように体じゅうに噴きだし、口に、喉に、肺に流れこむ。俺は止まって、首の留め具に手を伸ばす。指はもうソーセージのように腫れ上がって裂けているが、どうにか留め具をひとつはずし、さらにもうひとつはずす。ヘルメットが飛んでいき、なにもかもが完全な真空に吸い取られていく。

空気。

血液。

糞便。

なにもかも。

俺はもう死んでいるはずだが、死んでおらず、その理由がわからない。

ひび割れた唇を開き、肺いっぱいに無を吸いこむ。そして叫ぼうとする前に、ぱっと目が覚めるのだ。漆黒の闇のなかで、目を見開き、汗ぐっしょりになって。

012

ミッキー２はいちばん短命だった。

ミッキー３はいちばん長命だった。

ミッキー１の身に起きた出来事を乗り越えるには、しばらくかかった。ほら、初めてのキスはけっして忘れられないだろ？　そんな感じで、初めての死も忘れられるもんじゃない。しかも、最初の俺はかなり衝撃的な死に方をした。ツーの最期はそこまでではなかったはずだが――その大きな理由は、俺にツーだった頃の記憶がまったくないからだが――ツーの経験したことは、爆発的減圧で死ぬのが名案と思えるほどひどいものだった。それを知っていることが、心の重荷になっている。スリーとしての最初の数週間は、ほとんどずっとふさぎこんでいた。大きな音がするたびにびくっとして、なにか悪いことが起こるのを待っていた。

それでも時間は過ぎていき、数週間が数カ月になり、数カ月は一年になろうとしていたが、これといったことはなく、悪いことなどなにも起こらなかった。おかしなものだ。結局、突然の恐ろしい死が訪れるものと覚悟して待つことさえ、しばらくすれば退屈になるとわかった。

だいたいその頃、歴史への一般的な興味が、失敗したコロニーの歴史に対する悪趣味な興味へ変わった。宇宙船の図書室にその手の本があるとは思わないだろうが――みんなの士気やなにかに悪影響をおよぼすからな――じつは、あった。学校では、失敗例の話を聞かされたことはなかった。教師が教えたことを必ずしもプロパガンダと呼ぶ必要はないが、どんな教科でも、生物学から歴史、物理学にいたるまで、人類離散《ディアスポラ》の重要性と崇高さについての話が必ず織りこまれていた。そして人類が銀河の渦状腕《かじょうわん》に広がっていく動きは、途切れることのない成功の連続であるという考えが、実際に口にされることはなくとも、かなり強く示唆されていた。そんなわけで、過去千年間に成功と同じくらい多くの失敗があったと知って、俺は驚いた。

〈ドラッカー号〉のような宇宙船で出発するとき、入植者たちは旅の終わりになにが見つかるか、まったくわかっていない。反物質駆動エンジンの物理的性質により、エンジンの稼働はどうしても大規模になり、反物質の製造はべらぼうに困難なうえに金がかかる。したがって、植民船の打ち上げを目指す星は、打ち上げに先立ち、候補となるたくさんの星に探査機を送りこむというわけにはいかない。そこで、自分の星から観測できたデータでまにあわせる。例えば、俺たちがミズガルズを出発したときは、目指す先がG型主系列星であることはわかっていた。その周囲をめぐる星として、少なくとも、小さめの岩石惑星が三つあり、そのうちのひとつは生命居住可能領域《ゴルディロックス・ゾーン》の外縁に位置していることもわかっていた。さらに、その惑星——俺たちの目的地——には水蒸気があり、大気には一応ある程度の分子状酸素が存在することもわかっており、なんらかの生命体が生息していることはほぼ間違いないと推測されていた。

それくらいのことは、正直、わかっていた——というのも、ミズガルズとニヴルヘイムは実際、そこまでとてつもなく離れているわけじゃないし、俺たちの観測力は時間とともにかなり向上していて、ほかのたくさんの植民船より多くの情報を得ていたからだ。俺が見つけたもっとも短い記録のひとつに、百年ちょっと前にアシェル（創世記の登場人物の名前で、「祝福された・幸せな」という意味がある）の世界から出発した遠征隊について書かれたものがある。アシェルの世界は、俺たちがやってきたのと同じくらい、外縁に近いはるかかなたにあり、そこでは星々が広範囲に散らばっている。彼らの目的地は二十光年以上先にあったが、それは植民船が行ける範囲ぎりぎり、いやたぶん少し超えていた。減速噴射を終えたときには、大人の入植者たちは年老い、疲れ、すっかり飢えていて、宇宙船は崩壊しかけていた。

不運にも、彼らが目指していた世界は、予想していた軌道上にはなかった。そこの主系列星に、ほんのわずかだが近すぎるところにあった。そこの大気に酸素吸収スペクトルが見えたという事実にだまされてしまったのだ。いくらかの酸素はあったが、液状の水は存在しなかった。地表の温度が高すぎたせいだ。理論上はありえないはずだが、宇宙とは奇妙な場所であり、その星はそういう場所だった。彼らのもっとも有力な予測は、目的の惑星は居住可能な環境かもしれない——二酸化炭素から炭素を切り離し、分子状酸素をつくりだせる生物が、実際に生息しているかもしれない——というものだった。ところが、暴走温室効果とか、昔の地球の一部地域でディアスポラ前の数年間に居住可能限界が破られたときのような現象が、ごく最近、その星を不毛の地にしていた。彼らが正しければ、検知された残留酸素は、まだ大気から脱する時間がなかっただけだったのだ。

テラフォーミングする時間が百年あったら、なんとかできたかもしれない。しかし、彼らにそんな時間はなかった。乗ってきた宇宙船の状態から考えて、おそらく十年もなかっただろう。そこで彼らは発見した情報を故郷の星へ送信してから、宇宙船を安定軌道に乗せ、望む人全員に薬物をあたえ、エアロックを開いた。ミッキー2が知っていたように、爆発的減圧にさらされるのは愉快じゃないが、少なくとも即死できる。

その記録を読んだら、ツーのことを考えずにはいられなかった。おかげで、一ヵ月近くふさぎこんでしまった。

そんなどん底から俺を引っぱり出してくれたのが、ナーシャだ。

ナーシャとは、もちろん、ヒンメル宇宙ステーションにいた頃から顔見知りだった。巨大な缶のなかで二百人近い人々と暮らしていれば、いずれ全員と顔見知りになる。とはいえ、彼女に話しかけたことは一度もなかった――大きな理由は、俺が船内のほとんどの連中に話しかけないのと同じだ。俺と関わりあいになりたくないと思っている連中が多かったから、こっちだっておまえたちとは関わりたくないと思うようにしていたのだ。

俺たちが本当の意味で出会ったのは、ワンとツーが命を落とすことになった星間物質の衝突から約一年後だった。その頃には、旅はすっかり倦怠期に入っていた。宇宙船は〇・九cをわずかに下回る速度で宇宙空間を進んでいる。無重力状態、制限された食事、誰もが心底飽き飽きしていた。司令官は、各勤務時間のうち少なくとも二時間は回転木馬ですごすよう、全員に指示を出した――名目上は、ついに目指す星に着陸したとき、俺たちの骨やらなんやらが弱りきっていないようにという理由だが、実際は、俺たちが退屈しのぎのためだけに殺し合いを始める可能性を低くしたかったんだと思う。

回転木馬は、その名のとおりのものだ。宇宙船の胴体をぐるりとかこむ直径百二十メートルの回転リングで、内側には幅六メートルの平らなゴムがはられている。一分間に三回転という速度は、標準的な重力の半分の重力が発生する程度には速いが、コリオリの力で昼食を吐いてしまうことなくまっすぐ立っていられる程度には遅い。

俺たちは回転木馬で運動することになっていたが、規定の時間をそこですごしているかぎり、なにをしていようがお偉いさんは誰も気にかけていないようだった。二、三人、堅物がいて、スクワットスラストとか、ヨガとか、クラヴ・マガ（軍隊でも採用されている近接戦闘術）の練習とかをしていないやつのそばを通りかかると、じろりとにらんで走りすぎていくが、俺の知るかぎり、そういう連中が実際にわざわざ誰かの職務怠慢報告書を提出したことはない。

俺が毎日最低二、三回、しっかり回転木馬でジョギングをこなしていたのは、ワンとツーが死ぬまでのことだった。そのあとは、やる気が失せちまった。俺の骨と筋肉には開封したヨーグルトなみの賞味期限しかないのに、骨密度や筋緊張の低下を心配したところで、なんの意味がある？　俺は回転木馬にタブレットを持っていくようになった。スクワットスラストをやっている連中からできるだけ離れた場所を見つけ、壁にもたれて、ほかの拠点コロニーの記録に目を通していったのだ。そのときに、アシェルの世界のこと、ロアノークのこと、最近起きたほかのたくさんの災難に関するすべてを学んだ。

言うまでもないが、そういうものを読んでいると、運動に対するやる気は上がらなかった。

それである日、回転木馬のなかで壁にもたれてしゃがみ、約千年前の危うく失敗するところだった拠点コロニーに関する当事者の記録を読んでいた。そこは、いまではユニオンのなかでもっとも人口の多い世界のひとつになっている。そこでの問題は度重なる農業の失敗だったが、彼らは最終的にその星特有のウイルスを突き止めた。当時はバイオ・サイクラーがなかったため、話者の口調から察するに、問題解決前はかなり飢えに悩まされたらしい。

俺はちょうど、コロニーの生物学セクションの責任者——話者本人でもある——が、見事に窮地を脱する場面にさしかかっていた。話者のつくりだしたバクテリオファージが、人にやさしい植物が育つための障害をとりのぞくと同時に、在来植物の生長を可能にする微生物を一掃して、そこの生態系を完全に破壊したのだ。そのとき、肩をブーツの先で強くこづかれ、俺は倒れかけた。見上げると、警備セクションの黒い上着を着た女が、腕組みをして見下ろすように立っていた。

「ねえ、いますぐ腕立て伏せでもするべきなんじゃないの?」

俺は下から女をにらんだ。すると彼女はにやりと笑い、俺の横にかがんだ。

「ちょっとからかっただけ。あなた、エクスペンダブルなんでしょ?」

「俺はミッキー・バーンズ。そっちは?」

「ミッキー・バーンズ？　いまはミッキー3じゃないの？」

痛いところを突かれた。

「ああ。そういうことになるな」

彼女は壁にもたれた。俺はため息をつくと、背筋を伸ばして、タブレットを胸ポケットに押しこんだ。

「わたしはナーシャ・アジャヤ。戦闘機パイロットよ」

俺はちらりとナーシャに目をやった。編んだ髪が顔の前にかかっているが、まだ笑顔が見える。

「戦闘機パイロットだって？　じゃあ、ベルトと親しいに違いない」

「ベルト・ゴメスのこと？　ええ、彼はまあまあね。パイロットよりポグ・ボールの選手としてのほうが優秀だけど、まあ、仲よくやってるわ」

俺は笑った。「きみの言うとおりだ。目的の星に着いたら、戦闘機乗りとポグ・ボールの選手、どっちのほうがより必要になるんだろうな」

ナーシャはこっちに身を寄せてきた。「まさか、ミッションにおける戦闘機パイロットの重要性を疑問視してるわけじゃないわよね？」

「いや、ちょっと疑問視してるかな。拠点コロニーに戦闘機パイロットなんか、そんなに必要か？　ていうか、俺たちはすでに空軍が存在する惑星に着陸するつもりなのか？」

彼女の笑みが大きくなる。「わかっていないようね？　いままで一度も起こったことがないからって、今後もけっして起こらないわけじゃないのよ」

「戦闘機パイロットは、きみたち二人だけだ。遭遇するのがちっぽけな空軍であることを祈ったほうがよさそうだな？」

ナーシャは声を上げて笑った。「問題ないわ、ミッキー。わたしは凄腕のパイロットだもの」

「そうだな。きっとそうに違いない」

それから俺たちは黙ってすわっていた。俺は悩みはじめた。またタブレットを引っぱり出すべきだろうか、それとも、ただ立ち上がって去るべきか。そのとき、ナーシャがこっちを向いて俺を見た。俺も彼女を見る。彼女の顔に笑みはなく、険しい目をしていた。虹彩の色が濃く、黒に近い。

「ところで」ナーシャは口を開いた。「死ぬのって、どんな感じ？」

俺は肩をすくめた。「生まれるのと似たようなものさ、ただし逆再生だが」

「まあ！　それ、いいわね」彼女はほほえんだ。「ほら、あなたって、ゾンビにしてはかなりキュートだもの」

「ありがとう。大量の保湿クリームを使ってるんだ」

ナーシャは俺の手に触れると、人さし指で俺の前腕をなぞった。「絶対、使ってると思う」

彼女の笑顔が誘うような表情に変わる。

「きっと……使ってると……思う」


その後、二人で俺の寝台に戻り、半裸になって暗闇でからみあっているとき、ナーシャが言った。「わたしは亡霊マニアじゃないからね」

その言葉を初めて聞いたのがこのときで、もちろん、これが最後ではなかった。

「亡霊マニア？」

「そうよ。知ってるでしょ」

俺はそのつづきをしばらく待っていたが、ナーシャは俺の背中をなで上げて、俺の耳を強く嚙むものだから、こっちは痛みにたじろいだ。

「いいや、知らない」

「あら。じゃあ、この船にたくさんの人口増加提唱者《ナタリスト》が乗っているのは、知ってるわよね？」

俺は顔をしかめた。「ああ、知ってる。それもあって、なるべく一人でいるようにしてるんだ」

「でも、彼らの全員が、あなたにそうしてほしいと思ってるわけじゃない」

俺は体をひねり、たがいの額を触れ合わせた。「なんだって？」

ナーシャは俺にキスをした。「この旅で、何人の女性と関係を持った？」

「さあ。二、三人かな？」

彼女はまたキスしてきた。「全部、衝突事故のあとでしょ？ 全員、あなたが培養槽から出てきてから関係を持ったんじゃない？」

俺は黙っていた。彼女が知っているのは、明らかだ。

「彼女たちを亡霊マニアって言うの。ナタリストにとって、あなたはまさに禁断の果実。彼女たちがそう話してるのを聞いたわ」

「だが、きみは違う」

「ええ」ナーシャは囁いた。「わたしは亡霊マニアじゃない」

植民船でのデートはちょっと難しい。二人でなにかするにしても、とにかく選択肢が少ない。二人で食事をすることはできるが、球状のプラスティック容器からどろりとしたフードを吸うだけだし、そのあいだはふわふわ浮かぶ体を食堂の繋留索《テザー》につなぎ、同じように球状のプラスティック容器からフードを吸っている人とぶつからないようにしなくてはならない。これは想像以上にロマンティックじゃない。二人で散歩することもできるが、歩行可能な場所は回転木馬しかないうえに、あそこですごしていると、ほとんどの時間は軽い吐き気を感じるし、スクワットスラストをしている連中を避けることに時間と注意を奪われ、デートどころじゃない。宇宙船の前部にある舷窓から星を眺めることもできるが、そうしていると俺はあのときのことを考えずにはいられない。高エネルギー陽子の奔流が俺のそばを流れていき、自分の体がどうなったかを。そして、もしフィールド・ジェネレーターを構成するユニットのひとつになにか起これば――また――それを経験することになるということを。心的外傷後ストレス症候群《PTSD》から来るパニック発作も、ロマンティックとは言えない。

　というわけで、たいてい、セックスをしていた。

　していないときは、だいたい話をしてすごした。ナーシャにはいろんな話があった。彼女の両親は移民だという。ユニオンのどこに移住するにしろ、莫大な費用と時間がかかることを考えると、拠点コロニーの入植者以外に「移民だ」と言えるような人間はほとんどいない。彼女の両親は三十年前に〈ロスト・ホープ号〉でミズガルズに来た。その宇宙船はニュー・ホープからの避難船で、ニュー・ホープは――住人がたがいに殺し合おうと決断するまでは――ミズガルズからいちばん近いお隣さんだった。

ミズガルズのようなところが移民にとって厳しいとは、思わないだろう。二、三百人の迷える人々を受け入れるだけの場所や資源がないわけじゃなし。だが、それは間違いだ。人間は同族を優先する生き物で、避難してきた人々は訛りでよそ者とわかってしまう。まあ、それ以前に、避難民の大多数は、ミズガルズの住人のほとんどより少し肌の色が濃かったのだが。彼らがミズガルズに来てひと月もたたないうちに、匿名の記事がニュース・フィードに上がってくるようになった――難民はニュー・ホープをのみこんだ狂気の保有者だ、もし彼らがわれわれの社会的・政治的生活に入りこむのを許せば、ミズガルズもニュー・ホープと同じ道をたどることになるだろう。政府は避難民に基礎給付金と住む場所をあたえたが、彼らがまともな職を見つけるのは、最初からほとんど無理な話だった。ミズガルズに移住して二年後、彼らのうちの数十人がすわりこみをおこない、すわりこみは抗議集会に変わり、さらに小規模な暴動に変わった。その後、彼らは子どもを普通の学校に入れることさえ困難になった。

ちょうどその頃、ナーシャが生まれた。

ナーシャは子ども時代のことをあまり話そうとしないが、言葉の端々から、つらいものだったことはわかる。だが飛行機の操縦を学んだ理由については、かなり正直に話してくれた。子どもの頃から、いずれこのミッションが始まると知っていて、自分も参加したいと思っていたこと。アカデミックな道を進んで宇宙生物学の博士号を取るようなことは不可能だったし、警備セクションか司令部に職を得られそうなコネもなかったこと――それでも、戦闘機の操縦は学べたこと。ともあれ、ニュー・ホープ出身者なら、殺しは得意だろ？

「ミズガルズは故郷なんかじゃなかった」ある夜、ナーシャのハンモックでからみあっているとき、彼女が言った。「故郷になんて、なるわけがなかった。でも、わたしたちが向かっている場所は……」

「きっといいところさ」俺は返した。「暖かいそよ風に、白い砂浜。それに、俺たちを食おうとする生き物はいない」

たいした自信だよな？

宇宙船前部の共用エリアには、俺とナーシャのほかに、たぶん二、三十人いただろう。俺たちはようやくメイン・トーチを停止して、イオンスラスターに切り替え、ニヴルヘイムの周回軌道に入ろうとしていた。新たな住みかとなる星のようすは、宇宙船の排出するまぶしい光でまだまったく観察できていなかったため、ついに目的地が見えると、誰もがかなり興奮した。各自のオキュラーに自由落下の警告が出ると、三十秒後には体重を感じなくなり、俺たちは床からふわりと浮き上がった。さらに一分ほどたつと、コロニー建設のために俺たちが八光年近くを旅してたどりついた惑星の画像が、壁のメインスクリーンに映しだされた。

前のほうで誰かが歓声を上げかけた。だが、歓声は上がる前に消えた。

俺たちがなにを期待していたのかは、わからない。緑の大陸と青い海？　街の明かり？見えたのは、白だった。宇宙船はまだ数百万キロ離れていたが、そんな距離からでも、その惑星はポグ・ボールみたいに見えた――白く、滑らかで、なんの特徴もない。

「あれは……」誰かが言った。「あれは……雲か？」

みんなが黙って見つめるなか、宇宙船の動きと惑星の自転で、視点がゆっくりと変わっていく。景色は変わらない。何時間もたった気がしたが、実際はおそらく十分程度だろう。ナーシャが口を開いた。「あれは空を覆いつくす雲じゃない。氷よ。この星は雪球なのよ」

そのとき、俺とナーシャは手をつないでいた。ふわふわ漂って離れてしまわないようにそうしていただけだが、俺は彼女の手をぎゅっと握った。彼女も握り返す。俺の頭のなかには、それまで読んできた記録が浮かんでいた。さまざまな理由で定着に失敗したコロニーの話が。この星は、俺たちを心から歓迎してくれそうな場所には見えない。だが、ひょっとしたら……。

俺はナーシャを引き寄せ、耳元に口を寄せた。

「きっとできるさ。昔の地球だって、かつてはこんなふうだった。生命誕生の直前は。ここには豊かな水があるし、酸素と窒素を含む大気がある。俺たちに本当に必要なものは、それだけだ」

ナーシャはため息をつくと、こっちを向いて俺の頬にキスをした。

「そうであることを祈るわ。はるばるこんなところまでやってきて、ただ死ぬなんてごめんだもの」

その言葉がまだ二人のあいだに浮かんでいるとき、俺のオキュラーに通信が入った。

コマンド1：至急、生物学セクションへ行け。派遣の準備をしてくること。

013

例の〝宇宙船の外に出たときの〟ぞっとする夢を見たあとじゃ、最良の状況でも、ふたたび眠りにつくのは難しい。同じ寝台でぎゅうづめになっているエイトが、俺の横でもぞもぞ動いたり、もごもごと寝言を言ったりしている状況では、不可能だ。三十分ぐらい努力してから、俺は眠るのをあきらめてそっと寝台から出ると、机からタブレットをつかみ、読書でもしようとカフェテリアへ向かった。これだけ早い時間だと通路に人気はなく、ときどき警備セクションの兵士がいるくらいだ。カフェテリアに着くと、俺は一人になれる場所を見つけた。入り口の反対側の隅にあるテーブルを選ぶ。万一、ここにいるあいだに誰かがふらりと入ってきても、放っておいてもらえるように。

腰を下ろしたとたん、胃袋が騒ぎだす。どうやら胃袋も、ここが食事の場所であることを知っているらしい。胃袋の要求に応えてやりたいのはやまやまだが、俺の配給カードの数値はゼロで、数値が戻る午前8時まではまだ二時間ある。この状況の悪い面？ その時間までには、自分の肝臓を消化しているかもしれないこと。良い面？　本当に知りたいことを学ぶ時間がたっぷりあること。興味深い原因で崩壊したり焼けてしまったりしたどこかのコロニーの話を、誰にも邪魔されることなく、山ほど読める。

読みかけだった記録はないので、二、三分、アーカイヴに目を走らせる。特に引かれる記録はなかったが、最終的に、好奇心からニュー・ホープのファイルを引き出した。俺は人類離散《ディアスポラ》の暗い歴史を読みとく作業を始めてから、ニュー・ホープについてくわしく調べてみたことがなかった。その大きな理由は、この三十年間ミズガルズで暮らしていた人間なら誰でもそうだが、そこで起こったことに関しては、すでにだいたい知っているからだ。

ニュー・ホープは最初の拠点コロニーが建設されてから、約二十五年後に崩壊した。おもな要因は、最初の入植者の生き残りとニュー・ホープ生まれの第一世代とのあいだで勃発した短く激しい内戦だった。そのせいで、やや厳しい星で生きていくためにまだ必要だったインフラが、ほとんど破壊されてしまったのだ。ある避難民のグループ――全員がニュー・ホープ生まれ――が、最初に人類をこの星に運んできた植民船をなんとか動かした。その植民船は、ここニヴルヘイムの植民船と同じように、まだ惑星の周回軌道に浮かんでいたのだ。彼らは植民船を、五年間生きのびるのに最低限必要な装備だけにして――人口増加用の胚も、テラフォーミングのための機材も、農業セクションもなくして――基本的に生命維持装置とサイクラーと必要最小限の材料だけにした。残っていた居住スペースさえ、大半を切り離してしまった。

改造が終わると、植民船の大きさは、出航したときの〈ドラッカー号〉の十パーセントにも満たなかった。宇宙船のタンクに残っていた燃料やら、コロニーの破壊された発電所からどうにかかき集めた反物質やらでは、ミズガルズまでのろのろ進むだけの動力源しかなく、彼らはミズガルズでひかえめな歓迎を受けた。

読みはじめると、記事の伝える詳細から、学校で習ったものとはずいぶん印象が違うことがだんだんわかってくる。学校では、戦争の理由としてもっともらしいことを並べていて、俺はずっと、内戦の原因はたいていこんなものだろうと思っていた——人種、宗教、資源、政治理念、などなど。だがこの記事によると、開戦事由は、その星の在来種であるカラスに似た鳥類に関する疑問だった。彼らには知覚があり、保護や尊重に値するのか？　それとも美味で、スパイスをもみこんで一時間グリルで焼くべきなのか？

このことにあまり触れられない理由は、だいたいわかる。もし、そんなことでコロニーが滅びうるとしたら、俺たちはみんな死体の穴の一歩手前にいることになるからだ。この話からどんな教訓を学べばいいのかはわからないが……たぶん、いったん状況が悪循環に陥ったら、立て直すのは相当困難になりうるということだろう。

俺はカウントダウンに入る。あと十分で、スキャナーに自分のオキュラーをかざせば、カップ一杯のサイクラー・ペーストが手に入る。サイクラー・ペーストには期待と嫌悪が半々だが。そのとき、人事から通信が入った。今日の勤務時間が来たのだ。今日は警備セクションに行けという。午前08時30分までに、第二エアロックに集合。コロニー周辺のパトロールに適した身なりで、武器を携帯すること。

これはエイト向けの仕事だな。

エイトにちょうどそう伝えようとしたとき、本人から通信が入った。

ミッキー8：やあ、セヴン。エアロックへ向かってるか？

ミッキー8：じつは、今日はそっちが仕事に出るんじゃないかなと思っていたんだ。ほら、昨日、そっちが昼寝しているあいだに、俺は危うくムカデどもに食われるところだったから。

ミッキー8：いや、そうしようと思ったんだが……。

ミッキー8：おいおい、エイト。そっちは俺に借りがあるんだぞ。

ミッキー8：それはどうかな、相棒。思い出してみろよ、俺はジャンケン・デスマッチで正々堂々勝利したのに、おまえを死体の穴に頭から押しこむのを、寛大にも勘弁してやったんだぞ。俺からすれば、借りを返さなきゃならないのは、おまえのほうだ。おまけに、こっちはまだ朝食にありつく時間もなかった。今日の仕事はおまえがやれ。明日はどんな仕事が来ても、俺が引き受ける。

俺は返事を考えている。文頭は絶対これだ——なんだと、くそったれ。そのとき、ふたつめのウィンドウが開いた。

Cチェン0197：ハイ、ミッキー。今朝の勤務表にあなたの名前があったわ。あたしも周辺警備なの。あたしと組まない？　昨日はすごくいいチームワークだったでしょ？

どう答えようか考えていたら、またエイトから通信が入った。

ミッキー8：よう、これで決まりだな？　こっちは、おまえとチェンが昨日どんな悪ふざけをしていたのか、なにも知らない。五分も話せば、俺たちの秘密がバレちまうだろ？　バレるに決まってる。てことで、俺はもうひと眠りするからな。あとで報告してくれ。

エイトはウィンドウを閉じた。俺はまたウィンドウを開いてやろうかと思った。いや、部屋に突撃して、エイトを寝台から引きずり出し、両の足首をつかんでエアロックまで引きずっていこうか。だが……。

だがほんとのところ、エイトの言うとおりだ。

Cチェン0197：もしもーし？

ミッキー8：やあ、キャット。ちゃんと気づいてるよ。出かける前に、さっと朝食をとっているところだ。二十分後に会おう。

「つまり」キャットは言う。「戦闘スーツは効果なしで、線形加速器は効果ありってことよね？」

俺は紐を結んでいたスノーシューから顔を上げ、首をふって、紐を結ぶ作業に戻る。

「きみにどうするべきかなんて、俺にはなにも言えないよ、キャット。昨日、デューガンの言っていたことは正しい。きみたちと俺とじゃ、仕事に対する動機が違う」

「動機？　外でムカデに捕まってズタズタにされないようにする動機？」

「ああ。その動機だ」

俺は立ち上がり、すわっていたベンチからすり足で離れると、足踏みしてスノーシューがしっかり固定されているか確認する。キャットも俺と同じ装備を終えている。三枚重ねの白い迷彩柄の防寒着、スノーシュー、循環式呼吸装置《リブリーザー》は額に押し上げてある。俺たちの武器はまだ棚の上だが、その件に関しても、彼女の考えは正しい。昨日あんなことがあった以上、俺は絶対に線形加速器を持っていく。

「あたしはそうは思わない。昨日のミッキーを見ていたもの。あなただって、ムカデに襲われたくないっていう気持ちは、あたしたちと変わらなかった。あなたは不死身ってことになってるけど、あなたの行動を見ていると、それを信じているとは思えない」

俺は長々と彼女を見てから、肩をすくめて武器の棚へ向かった。「シュレッダーに手を突っこんだことはあるか？」

彼女は笑う。「えっ？　ないけど」

俺は壁の棚から線形加速器を取り、ちゃんと作動するか確認し、装填をチェックする。

「どうして？　死にやしないぞ、それに医療セクションがつけてくれる義手は、本物の手より強力だ。二、三時間、医務室ですごせば、新品よりいい体になれる」

「ああ、そういうことね」

「わかっただろ。自分が不滅だと信じていようがいまいが、必要以上に死ぬのはまっぴらごめんってことだ。死ぬのは苦痛だ」俺は線形加速器を肩にかけ、手袋をはめる。「とはいえ、ムカデどもに関しては持論がある。やつらが狙っているのは、俺たちじゃないと思う。やつらが求めているのは、俺たちが身に着けている金属だろう。ロアノークで、先住生物が水を求めて人間を襲ったみたいに。もしそうだとすると、装甲の入った戦闘スーツを着て外に出るのは、体にベーコンを巻いてオオカミのねぐらに入っていくようなものだ」

「金属？」キャットは訊き返す。「あいつらは生き物よ、ミッキー。金属にいったいなんの用があるの？」

俺は肩をすくめる。「さあな。ひょっとしたら、生き物じゃないとか」

キャットは自分の武器を棚から下ろした。「その話はいや。不死身の話に戻りましょう。あなたはそうなんでしょ？」

俺は彼女に目をやる。「俺がなんだって？」

キャットはあきれた顔をした。「自分は不死身だと信じてるのかってことよ、ミッキー」

俺はため息をつく。「〝テセウスの船〟って聞いたことあるか？」

キャットは少し考えた。「あるかも。エデンに入植するときに使われた船だっけ？」

「いや、そうじゃない。テセウスの船は、昔の地球の話に出てくる木造の帆船だ。難破して、つくり直さなきゃならなくなって……いや、そうじゃなかったかな、とにかく修理が必要に――」

「待って」キャットが割りこんだ。「帆船？　宇宙船じゃなくて、水に浮く船ってこと？」

「そうだ。テセウスは帆船で世界をめぐっていたが、難破したかなにかで、とにかく修理が必要になったんだ」

「混乱してるんだけど。それって、〝シュレーディンガーの猫〟みたいな話？」

「なんだって？」

「〝シュレーディンガーの猫〟。ほら、箱と毒ガスの話よ？　量子重ね合わせ状態とかそんな話？」

「は？　いいや。言っただろ、船の話だって。猫じゃない」

「聞いてたわよ。べつに、あなたの船が猫だなんて思ってない。ただ、〝シュレーディンガーの猫〟と同じ種類の話なのかって訊いてるだけ」

俺は止まって考えなくてはならなかった。一瞬、彼女の言うとおりじゃないかという気がした。

だが、ほんの一瞬だ。

「いいや。ぜんぜん違う。なぜ、同じだと思うんだ？」

キャットは口を開けて答えようとしたが、答える前に、エアロックに通じる内部ドアが開き、その横にすわっている退屈そうな兵士がこっちに手をふった。

「チェン。バーンズ。時間切れだ」

「このつづきは、あとで」とキャット。

俺たちはリブリーザーを口まで下ろした。キャットは俺のリブリーザーの密閉状態をチェックし、俺は彼女のリブリーザーをチェックする。

「このエアロックは、なかに人がいようがいまいが、十秒ごとに回転する」兵士は言った。

キャットが自分の武器をかつぐと、俺たちは出発した。


「最悪」キャットが言う。

俺は彼女をふり返った。キャットは通信機を使っていない。循環式呼吸装置《リブリーザー》とニヴルヘイムの大気で、声が普段より高くなり、耳障りなほど甲高く聞こえる。俺たちはいま、コロニーの境界線を歩いている。スノーシューを引きずるように、センサー付きの見張り塔から見張り塔へと移動しながら、侵入の形跡がないか探している。ほかに二つのチームが出ていて、この星で人類が存在する範囲を規定する直径一キロの円の外周を、等間隔のスペースを空けて見回りをしていた。俺たちは一定のペースで動きつづけることになっており、各チームは六時間の勤務時間に二周する。一つの見張り塔を通過するたびに、見張り塔が俺たちの存在を感知し、ほかのチームの位置に関する更新情報をオキュラーに送ってくる。

「どっちが？」俺は訊ねた。「一日じゅうドームのまわりを歩いて、ケツが凍りそうになってることとか？　それとも、特にこれといった理由もなく、ムカデどもにずたずたにされるかもしれないことか？」

「どっちでもない」とキャット。「歩くのはいいことだし、ずたずたにされるのは、警備セクションに就職した以上、仕事の一部でしょ。最悪なのは、これ」彼女はいっぽうの腕をふって、周囲のすべてを指した――ドーム、雪、遠くの山々。「この場所は居住可能なはずだった。覚えてる？　居住可能領域《ゴルディロックス・ゾーン》、酸素と窒素を含んだ大気、その他もろもろ」彼女が雪の塊を宙へ蹴飛ばすと、ばらばらになった雪が粉っぽい雲になり、低い太陽の黄色い光にきらめきながら地面に落ちていった。「こんなところ、居住可能なわけがないわ、ミッキー。それが、ほんと、最悪」

俺は、アシェルの世界が人々を送りだした場所の話をしようと口を開けた。少なくとも、この星は俺たちをすぐ殺したりはしなかった。だがキャットは向こうを向いて、歩きだしている。というわけで、その話はやめておくことにした。俺はすごく繊細な人間というわけじゃないが、惨めな気分の人間に向かって、もっとひどい状況もあるなどと言うのはたいていまずいことだとわかるくらいには、長く生きている。

見張り塔は境界線に百メートルおきに設置されている。俺たちが次の見張り塔へ進んでいると、オキュラーに知らせが入った。ほかの二チームよりペースが速いから、速度を十パーセント落とすように。

「もうっ」キャットがぼやく。「どれだけ遅くすればいいわけ？」

「ほかの連中はたぶん、フル装備の戦闘スーツで来ているんだろう」俺は言った。「スノーシューははいていない。そのおかげで、昨日、どれだけ楽しい思いをしたかは覚えてるだろ？」

「ええ。それにしても」

オキュラーにまた通信が入った。司令官が、ここで十二分待ってから先へ進めという。

キャットはため息をついて見張り塔にもたれると、線形加速器をかまえ、五十メートルほど先の雪原から突き出した岩に狙いを定めた。

「ミズガルズで基礎を教わって以来、こういう武器は使ったことがないの。まだ、使い方を覚えているといいんだけど」

「狙いを定めて、ボタンを押す」俺は言う。「自動照準ソフトがほとんどの仕事をして、残りは射出創がしてくれる」

キャットの武器がうなりを上げ、反動で彼女の肩にぶつかった。一瞬おいて、岩のてっぺんが砕けちり、花崗岩の粉が雲のように舞い上がる。

「うん。これなら効きそうね」

いざというときのために弾はとっておいたほうがいい、というようなことを言おうとしたとき、岩のまわりに落ちていた破片が雪のなかに消えた。

そこに、ムカデが現れた。キャットの撃った弾が当たったところから、ひょっこり顔を出し、体の後ろの部分は雪に隠れている。大あごを大きく開き、摂食肢で手招きしている。

「キャット?」

「しーっ。見えてるってば」

キャットは慎重に狙いを定めた。線形加速器がふたたびうなって、跳ね返る。ムカデの頭のほうの体節がいくつか、金属片の雨で吹っ飛び、体は落ちて雪のなかに引っこんだ。

「よし。間違いなく効くわ」

岩のまわりの雪が激しくうごめきだした。

うごめきは波のように広がって、雪が盛り上がっては沈み、また盛り上がる。

そんな波がこっちへ向かってくる。

「ミッキー？」

ムカデが一四、三十メートルほど前方の雪から現れた。キャットが狙って発砲したが、あせって撃った弾は蒸気と雪を舞い上げたものの、ムカデには当たっていない。俺たちの上で見張り塔のバーナーが火を噴いた。火は岩の周囲の雪へ向かってのび、一瞬遅れて、俺たちの左右にある見張り塔も攻撃に加わる。もくもくと立ちのぼる蒸気に視界がさえぎられ、迫ってくる波が見えない。俺ももう自分の武器をかまえていたが、発砲する前に視界がふたつに分かれた。右目は線形加速器ごしに、ムカデの先頭集団が進んできそうな場所に狙いを定めている。だが左目は、遠くからドームを見つめていた。キャットの破壊した岩、バーナーが雪に当たった場所でもうもうと上がる蒸気が見える。そんな光景がゆがみ、色が抜け、平板になる。

舞い上がる蒸気のあいだから、棒人間が二人、こっちを見ているのがちらりと見えた。

ぎゅっと目を閉じてみたが、オキュラーを通した映像しか見えない。きっと見張り塔からの通信を受信中なんだよな？　俺は頭をふって、半歩下がる。左のスノーシューがひっかかり、体が傾いていくのを感じた。オキュラーからはこんな映像が入ってくる。さっきの棒人間のうちの一人が、漫画みたいなライフルを落として後ずさり、もう一人が風船みたいな頭をこっちに向けて俺を見る。俺は腕をばたつかせてつんのめりながらも、視点は変えず、武器を落とした棒人間が画素の粗いカクカクした雪に消えていくのを見た。もう一人は武器をかまえて何度も発砲するものの、どの弾も俺との距離の中間で爆発する。

複数の声が聞こえるが、通信機から響く声とキャットの怒声、そしてほかのなにか――もっと穏やかで落ちついているが、理解はできない――が重なっていて区別がつかない。残っている棒人間が照準を上に向けると、線画のライフルがみるみるちぢんで点になり……。

「意識が戻りつつあります」

聞きなれない声だ。少し考えたところで、俺のことを言っているらしいとわかった。

「彼に、あたしたちの声は聞こえる？」

キャットだ。俺は目を開け、自分が仰向けに寝ているのに気づいた。ここは医療セクションのどこかにある検査キューブだ。キャットは俺の上にかがみこんでいる。心配そうな顔だ。

「ミッキー」キャットが呼びかける。「気がついた？」

しゃべるのに必要な唾がわいてくるまで、ちょっとかかった。

「ああ」やっと返事をする。「目が覚めた。なにがあったんだ？」

キャットが背筋を伸ばし、俺は起き上がろうとする。だが後ろから両肩をつかまれ、そっと寝台に押しもどされた。

「楽にしていてください、バーンズ。体に問題ないと確認できるまでは、あまり動かないでおきましょう」

ふりむくと、目の前に白い鼻毛の生えた鼻の穴があった。バークという頭の禿げかかった中年医師だ。

彼がいるということは、あまり安心できない。この医師には何度か殺されている。

「ちょっと訊きたいんだが、俺になにか悪いところでもあるのか？」

「わかりません。身体的外傷は見当たりませんし、いまのところ、脳波も正常です。しかしチェンの話によると、あなたはあそこで明確な理由もなく、不格好に倒れたそうじゃないですか。医学的見地からすると、一般的にあまり良い兆候ではありません」

「なんで、俺たちは死んでないんだ？　ムカデどもが襲ってきたんじゃなかったのか？」

「襲ってきたわ」キャットが答える。「でも、なぜかぴたりと止まったの」

「見張り塔。近くの見張り塔が攻撃していたよな？」

「ええ。見張り塔のバーナーは、人が携帯できるバーナーよりかなりの威力がある。蒸気が消えたとき、ムカデの死体はひとつも転がってなかったけど、ひょっとして地中にもぐりこんだのかしら？」

「たぶんな」俺はそう言ったものの、なんとなく違う気がする。

「あるいは」とキャット。「あたしが倒したやつが、ムカデのボスだったのかも」

俺は肩をすくめてバークの両手をふりほどき、上体を起こした。「なんだって？」

「見張り塔が攻撃に加わってからは、目の前の状況が見えなくなった。ほら、雪が解けてもうもうと蒸気が上がってたでしょ？　それで上を向いたら、山の斜面の少し上に、化物みたいな巨大ムカデが、雪のなかからにょっきり立ち上がっていたの」

その話は気になる。「どれくらいでかかった？」

キャットは肩をすくめた。「大きさの判別はむずかしいわ。少なくとも百メートルは離れていたもの。たぶん、ほかのムカデの倍くらい？　もっとかな。とにかく、まともに狙いを定められる標的はそいつだけだったから、そいつを撃ったの。二、三秒後に見張り塔が攻撃をやめたとき、ムカデたちはいなくなってた」

俺は両脚を診察台の横に垂らした。「そのでかいやつに、大あごは何対あった？」

キャットは眉根を寄せる。「さあ。あたしが撃ったあとは、見えなかった。その前？

手を止めて、かぞえたりしなかったから」

　俺は床に下りた。視界が一瞬揺らいだが、やがてまた焦点が合った。

「しばらくはここにいるべきです」バーク医師が言う。「こういった神経系の事象は、ただごとではないんですよ、バーンズ。画像を撮って検査しておきましょう。腫瘍が見つかるかもしれません」

　俺はちらりと医師を見てから、首をふり、回転椅子から自分のシャツを取る。ここに運びこまれたとき、誰かがそこにシャツを置いていったんだろう。

「腫瘍なんかない」俺はぼそっと言う。

「それはわかりません」と医師。

「その話は前にしたろ。忘れたのか？　腫瘍はでかくなるのに長い時間がかかるし、俺はまだ一日半しか生きてない」

　医師はひるんだ。覚えているらしい。

「そうですね。腫瘍のせいではないでしょう。ですが、もうひとつ、確認させてください」

　そう言うと、医師は引き出しをひっかき回し、細い棒を引っぱり出した。棒の先には吸盤のようなものがついており、反対の先には表示器がついている。医師が近づいてくるとき、俺はシャツを頭からかぶり、いっぽうの手を肩にやっていた。

「じっとして」と医師。「そして天井を見ていてください」

だまされた。俺はため息をつき、目玉を動くかぎり上に向ける。バーク医師はいっぽうの手で俺の後頭部を支え、棒の先を俺の左目に押しつける。

「いてっ」

「こらこら、赤ちゃんみたいにぐずらないでください。すぐすみますから」

棒がビーッと鳴り、医師は俺の目から棒を離した。「ほう」

キャットが進みでて、医師の肩ごしに表示器をのぞく。「それはどういう意味なの？」

医師は彼女のほうを向く。「過去一時間のうちに、彼のオキュラーで電力サージが一回発生したようです。検査を受けるべきです、バーンズ。オキュラーはあなたの脳に直接つながっているんですよ。故障しているオキュラーは危険です」

「わかったよ」俺は言った。「あんたが検査してくれるのか？」

バーンズ医師は首をふる。「わたしは人間の脳しか扱いません。生体電子工学セクションの人間が必要です」

そりゃそうだ。

「ありがとう。すぐ検査してもらうよ」

「それで」キャットが言う。「ほんとのところ、あそこでなにがあったの、ミッキー？」

いま、俺たちがいるのは一階のメイン通路で、サイクラーの近くだ。サイクラーと医療セクションが同じ場所にある理由は理解できるが、それでもサイクラー室の前を通るときはぞっとする。

「さっぱりわからん。気絶しただけだろ」

本当に気絶だったか？　棒人間になった俺とキャットを見た記憶は、ますます電気ショックを受けた脳が機能停止する前につくりだした幻影のような気がしてきたが……。

「医者に診てもらうべきだと言いたいところだけれど」キャットが言う。「もう診てもらったところよね？　バーク医師に言われたように、オキュラーをチェックしてもらいに行くつもり？」

「まあな。今日の午後はやらなきゃならないことがあるが、機会があれば、明日見てもらえないか訊いてみるよ」

「早めに見てもらったほうがいいと思うけど、それはあなたが判断することよね」

「ありがとう。考えてみるよ」

ウソだ。この件については、すでに考えるべきことは考えた。バーク医師の言ったように、オキュラーのデバイスは視神経に埋めこまれているが、そのほかにも六ヵ所で脳とつながっている。そのうちのひとつをひょいと取りはずし、べつのをひょいと取りつけられるわけじゃない。オキュラーに不具合のある人間は、長時間の難しい顕微鏡下手術で交換ユニットを埋めこむことになる。

ともあれ、俺のためにそんな努力をしてくれるとは思えない。なにしろ、培養槽で新しい俺をつくりだすほうが簡単なのだ。

俺たちは中央階段にやってきた。俺は一段上がってから、ふり返った。キャットがついてきていない。

「まだ勤務時間が三時間残ってるの」キャットは言う。「アムンセンにあなたの無事を確認してきていいと言われたけど、もう戻らなきゃ」

「おっと。俺も必要じゃないのか？」

キャットは半笑いになる。「あんなことがあったばかりで？　まさか。いまは来なくていいわ。ていうか、たぶん、近いうちに呼ばれることはないと思う。警備セクションでは、戦闘中に気絶する人はお呼びじゃないの」

あいたたた。

「気絶したんじゃない。オキュラーがいきなり故障したんだ。なにかを受信して……」

キャットが片方の眉を上げる。「なにかを受信？」

「そうなんだ。なにかを……」

そこで俺はふと思った——あそこで倒れたときに見たもののことは、キャットには言わないほうがいいかもしれない。調子がおかしいと思われるのは、まずい。

俺の調子がおかしいわけじゃない、いいや、じゃないとしたら、それの意味するところは考えたくもない。

「わからない」俺は言った。「奇妙なことが起きたんだ、それは確かだが、俺は断じて気絶したわけじゃない」

すると今度は、気まずそうな顔をする彼女。「いいのよ、ミッキー。戦闘中にパニックになるのは、あなたが初めてってわけじゃないんだから」

「俺がパニクったと思ってるのか？」

キャットは目をそらす。「あたしがどう思ってるかなんて、どうでもいいでしょ？　じゃあね、ミッキー」

キャットと別れたあと、俺はカフェテリアに寄って、もう一杯サイクラー・ペーストを飲んでから、自分の部屋へ戻った。ほかになにができる？　部屋に着くと、エイトが寝台で上体を起こし、両膝にタブレットを立てかけていた。

「よう、早かったな」とエイト。

俺は椅子にどすんとすわり、ブーツの紐をほどきにかかる。「また襲われた。また死ぬところだった。今回は、気がついたら医療セクションにいた。俺は帰れってさ。今後は、おまえに自分の分の仕事をやらせろって言われたよ」

エイトはテーブルを脇へ寄せると、伸びをして、立ち上がった。「なるほどね。じゃあ、おまえが戻ってきたことだし、俺はなにか食ってくるか。配給カロリーは、どれだけ残ってる？」

「さあな」と俺。「九百キロカロリーぐらいか？」

「ありがたい。全部、もらおう」

俺は抗議しようとしたが、エイトはすでにドアへ向かっている。

「やめとけ」エイトはふり向きもしない。「俺は培養槽から出てきたばかりなんだぞ」

「おい」俺は遠ざかっていくエイトの背中に呼びかける。「ちゃんと手首に包帯を巻いたのか？」

エイトは袖を引っぱり上げて俺に見せた。包帯は巻いてあるが、まっすぐじゃない。俺はなにか言おうと口を開けたが、エイトのあきれた顔に黙らされた。

「心配するなって。人に訊かれたら、治りが早いタイプなんだって言っとくよ」

エイトがいなくなると、俺は寝台に這い上がり、タブレットを拾った。あいつはアシェルの世界についての記録を読んでいた。エイトが俺とまったく同じことをずっと考えつづけている。俺はその事実を五秒考えてから、もしそうじゃなかったら、そっちのほうが驚きだと思い出した。あいつは基本的に俺なんだから、丸め誤差の範囲までは。

まあ、俺から過去六週間かそこらをマイナスすれば、エイトだ。それがどういうわけか、とてつもなくでかい違いに思える。

ここしばらく考えてみたところ、アシェルの世界から出発した遠征隊に関するポイントはこれだと思う——彼らの状況は、実際、俺たちの状況とそれほど大きく違うわけじゃない。彼らの目指した星は、生き物が生息するには暑すぎた。いっぽう、俺たちが来た星は寒すぎるが、状況は似ている。大気中の酸素濃度の値が比較的良かったせいで、ミズガルズでミッションの計画に携わる連中は、ここニヴルヘイムの生物圏ならなんとか生き延びられるだろうと思ったのかもしれないが、七光年あまり離れたところからわかることなんて、たかが知れている。

考えずにいられないのは、もしこの星の状況がもう少しだけ悪かったら、俺たちはどうしていただろうということだ。もしいまより気温が二、三度低く、酸素濃度がもうちょっと低く、大気中にかなり毒性の高い気体が存在していたら、どうしていただろうか？　必要な道具は持ってきたが、地球化《テラフォーミング》には途方もない時間がかかる。似たような窮地に立たされたコロニーの記録なら、何十件も読んだことがある。再編成して、燃料を補給し、べつの星を目指す例もあれば、軌道上に避難し、テラフォーミング装置を投下して、あとは任せる例もあった。

なかには、アシェルの世界から遠征した連中のように、ただあきらめておしまいにする例もある。

努力をつづけた例のなかで実際に成功したミッションは、片手でかぞえられるほどしかない。コロニーの建設は、条件の整った星でも難しい。生存に適さない星とくれば、ほぼ不可能ってもんだ。

で、ここニヴルヘイムのような星はどうか？　時間がたてばわかる、かな。

そんな疑問に考えをめぐらせ、もしここの状況が悪化したら俺はどうなるんだろうと考えていたら、オキュラーに通信が入った。

レッドホーク：よう、ミッキー。今日は大変だったらしいな。俺は16時にあがる。一緒にメシを食わないか？　おごるぜ。

〝もちろん〟と返事をしたいところだが、頭のなかに〝いったいなんで、人にメシをおごる余裕があるんだ？〟という返事も登場してきて、考えをまとめて返信するより早く、またメッセージが入った。

ミッキー8：もちろん。じゃあ、カフェテリアでな。

げっ、最悪だ。俺はプライベート・ウィンドウを開く。

ミッキー8：だめだ、エイト。これは俺のメシだ。

ミッキー8：培養槽酔いがひどいんだよ、セヴン。まともな食い物が必要だ。俺たちのカードには、今日の配給カロリーがまだ三百キロカロリーある。おまえには、それをやる。

ミッキー8：いいか、兄弟。こっちは、この二十四時間で二回、死にかけたんだぞ。しかもその二回とも、おまえは眠っていた。それでも自分が行くと言い張るんなら、二十分後にサイクラーで会おう。今度は本気でケリを着けようじゃないか。

ミッキー8：わお。ずいぶん急な展開だな。

ミッキー8：冗談で言ってるんじゃないぞ、エイト。もしおまえが15時45分にここに戻ってこなかったら、そのときは終わりだ。
ミッキー8：……。
ミッキー8：返事は？
ミッキー8：わかったよ。わかった。豪華な夕食を楽しんでこいよ、駄々っ子め。まったく、おまえが食われちまうのが、待ちきれないよ。

014

「遠慮するな」ベルトが勧める。「なんでも好きなものを食え、ミッキー」

俺の目はウサギのほうへ動く。

「常識の範囲内で頼むぞ」ベルトは付け加えた。「配給カロリーがあり余ってるわけじゃないんだからな」

俺はカフェテリアをさっと見回す。早めの夕食の時間のせいか、まだそれほど混んでいない。だが、ドアの近くのテーブルに、警備兵らしきグループがいる。そのうちの一人と目が合った。そいつが仲間になにか言うと、テーブルの仲間がどっと笑いだした。

上等じゃないか。いまや俺は、死を恐れるエクスペンダブルなのだ。ここでは社会的地位をどこまでも下げるレッテルであることは、確かだ。

「おい、聞いてるのか？」

ベルトに言われ、俺はサービスカウンターに向き直る。「限度を教えてくれ。俺はここにあるものを、文字どおり全部食える」

ベルトはカウンターを見て、頭の後ろを掻いた。「そうだな。じゃあ、千キロカロリー未満に抑えてくれるか？」

俺は上目づかいでベルトを見る。「千キロ？　マジで？」

「もちろん。マジで言ったんだ、ミッキー。おまえは親友だ。親友にウソをつくわけないだろ。まあ、これが俺なりの謝罪ってやつかな」

ベルトはまだ俺にウソをついているが、今回ばかりは少しも気にならない。俺はジャガイモと、揚げたコオロギと、ちっぽけな器に入ったレタスとトマトのサラダを頼んだ。それでは七百キロカロリーにしかならないから、サイクラー・ペーストを一杯、追加する。無駄なければ不足なしって言うだろ？　俺のトレイがディスペンサーから滑り出てくるとき、ベルトも注文しているのが見えた。

ベルトはウサギ肉を取っている。

「ベルト？」俺は訊ねた。「いったい、どういうことだ？」

彼はにやりとする。「まさか、俺がおまえのために空きっ腹で我慢すると思ったわけじゃないよな？　おいおい、ミッキー。俺は確かに悪いと思っているが、そこまでじゃない。自分を罰したくて、おまえにおごるわけじゃないんだ。富を分けあうと言ったほうが近い」

俺たちの注文は、合計二千四百キロカロリー。ベルトは自分のオキュラーをスキャナーにかざした。スキャナーがぴかっと緑色に光る。

「マジで」俺はもういっぺん訊く。「いったい、どういう、ことだ？」

ベルトのにやにやが大きくなる。「おまえを飛行機で連れ出したときのことを覚えてるか？」

ああ、あのひどい飛行か、覚えている。

「ああ」俺は答える。「覚えてると思う」

ベルトのトレイがひょいと出てきた。俺たちは自分の食い物の載ったトレイを持って、後ろのほうのテーブルへ向かう。歩いていると、首の後ろに警備兵たちの視線を感じた。

「あの稜線上空をぐるっと回ったときのことを覚えてるか？　ドームから南へ約二十キロ飛んだあたりだ」

あの飛行中のことはぼんやりとしか覚えておらず、ベルトがなにを言っているのかさっぱりわからないが、話のつづきが気になるからうなずいておく。席にすわると、彼はすぐにウサギの後脚の肉を切りはじめた。

「尾根に岩石層があって」彼は肉をほおばったまま、しゃべる。「俺たちはその真上を飛んだ。覚えてるか？」

　この時点で、俺は適当な話をするのは限界だと考えた。「いいや。正直、覚えてない」

　ベルトは肩をすくめる。「かまわない。想像してみろ、とがった花崗岩だ。高さはたぶん三十メートル、その岩にもう少し低い板状の岩が寄りかかっている。ふたつの岩の隙間は、いちばん下が十メートルくらいで、だんだん狭くなってくっついている」

「OK。想像できてると思う」実際、ベルトの説明を聞いていたら、そんな場所を見た記憶が確かにある。あのとき、俺はボルダリングにちょうどいい場所だと思ったのだ。

　ムカデどもと遭遇する前のことだ、もちろん。

「よし」ベルトはつづける。「それで、この二、三週間、俺は耳を貸してくれるやつに片っ端から声をかけてきた。俺はあの岩の隙間を飛行機で通り抜けられると思うって。イカれてるだろ？　まあ、機体を九十度横に傾け《ロール》ても、両側には最大五十センチしか余裕がないし、たぶん〇・一秒の余裕を持ってロールを開始しなくちゃならない」

「うん、イカれてるな。それで？」

「それで、ほかの連中もみんな、イカれてると思ったわけだ。だから俺は賭け金を集めて回った」

　ベルトはそこで言葉を切って、ひと口食べたが、俺には最後まで説明してもらう必要はなかった。

「つまり、やったんだな？」

「ああ」ベルトはあのムカつくポグ・ボールのトーナメントで優勝して以来の笑顔を見せた。「やったさ。合計三千キロカロリー、手に入れた。すごいだろ？」

「おまえ……」俺は言いかけたものの、いったん黙って心を落ち着けなくてはならなかった。「死んでいたかもしれないんだぞ、ベルト」

「かもな。けど、死ななかった」

俺はフォークをトレイの横に置き、両の拳を握りしめる。「おまえは自分の命を危険にさらしたんだぞ。二日分の食糧のために、自分のたったひとつしかない命を危険にさらしたんだ」

ベルトの得意げな笑みが消えていく。「なんだよ、そう熱くなるなって、ミッキー。そこまでたいした話じゃない」

「たいした話じゃない？　おまえは、たかが配給カロリーのために自分の命を危険にさらしたんだぞ、ベルト。おれの救出のためには、これっぽっちも危険を冒そうとしないくせに」

ベルトはあんぐりと口を開け、俺を見つめる。俺はその目を見つめ返す。

ここで、俺ははたと気づいた――あ、俺が知らないはずのことをしゃべっちまった……いや待てよ、知っていていいのか？　まったく、もう自分のウソを把握できなくなっている。ベルトのウソなど、なおさらだ。

「ミッキー？　それは具体的にどういう意味だ？」

俺は答えようと口を開けたものの、また閉じる。

「おまえは培養槽から出てきたばかりだ。そうだよな、ミッキー？」

俺は目をそらす。警備兵の一人が、じっとこっちを見ている。

「そうだよ、ベルト。知ってるじゃないか」

「知ってると思っていた。けど、正直に言おう。おまえを疑っている」

俺はフォークでジャガイモを刺し、口に運んで、咀嚼する。これは、二日以上ぶりに口にする固形食だ。ちゃんと楽しまなけりゃ、罰が当たる。五秒のうちに、俺はベルトにすべて話す決心をしてはまた考え直し、を六回くり返した。ベルトに目を戻したときには、彼はゆっくり咀嚼しながら、険しい目でこっちを見ていた。俺は死ななかったんだ――そう告げる自分の姿を想像する――おまえはあのクレバスに俺を置きざりにしたが、俺は死ななかった。ベルトがウサギ肉をもうひと口食べると、俺は想像のなかでこう付け加える――おまえに戻ってきてほしかったら、二日分の配給カロリーをやると言うべきだったかもな？　俺がなんとか口を開いてそう言ってやろうとしていると、さっきから俺たちを見ていた警備兵が、席を立ってこっちへ歩きだした。

その男のことは、なんとなくだが、知っている。名前はダレン。入植者にしてはでかく、ベルトとほぼ同じくらいの身長で、おそらく十キロほど重い。短く刈った黒っぽい髪に、あごの下から伸びる奇妙にちぢれたひげ。彼はバカじゃない——この遠征隊に選ばれた人間にバカはいない——が、ちょっとばかり権力をあたえられた愚か者みたいな態度だな、というのがいつもの印象だった。彼はベルトの一、二歩後ろで立ち止まると、腕組みをして、首をかしげた。

「よう、俺らから巻き上げた配給カロリーで夕食を楽しんでるか？」

ベルトはそっちを見てから、ウサギの後脚の肉を口に運び、ゆっくり慎重にひと口かじった。

「ああ」肉をほおばったまま返事をする。「たっぷり楽しんでるところだ」

ダレンの顔がゆがむ。「ムカつく野郎だな、ゴメス。おまえは今朝、自分の命と唯一まともに動く飛行機を、あそこで無駄にしていたかもしれないんだぞ」

ベルトは肩をすくめると、俺のほうに向き直り、もうひと口食べた。

「飛行機は、俺がいなきゃ、どっちみち使えない。ナーシャは重力発生装置のついていない機は飛ばそうとしないからな」ベルトは肉を咀嚼し、のみこむと、袖で口をふいた。

「ともあれ、コロニーの資源を守ることにそこまで強い思い入れがあるなら、どうして自分の配給カロリーを賭けたりしたんだ？　誰も賭けなかったら、俺はあんなことはしなかった」ベルトの顔ににやにや笑いが戻っている。その顔で俺を見て、ウィンクした。「おっと、俺はなに言ってんだろうな？　しないわけないじゃないか。ここは退屈だし、あの飛行はぞくぞくしたしな」

ぞくぞくする飛行。そりゃ、そうだろうよ。俺は歯が割れるかと思うほど、食いしばった。ダレンの視線が俺に移る。

「どうした、バーンズ？」

俺はまともに返事ができると思えなかった。ダレンは眉根を寄せ、半歩近づいてきて言う。

「真面目な話、言いたいことがあるなら、はっきり言え。言わないなら、そんな顔するんじゃねえ」

「引っこんでろ」ベルトが応じる。「ミッキーはこの二日間、ひどい目に遭ってるんだぞ」

「ああ、聞いたよ」とダレン。「昨日はうちの兵士を二人死なせ、今日は戦闘から脱落した挙句、チェンに救出された。二十四時間で二度目だぞ。同情するよ、バーンズ」

ベルトはかじっていたウサギの骨をそっとトレイに置いてから、テーブルに両手をついた。もう、にやにやしてはいない。

「向こうへ行け、ダレン」

「うるせえ、ゴメス。俺は夕飯にクソまずいサイクラー・ペーストを飲んだばかりで、気分が――」

ダレンの言葉が途切れた。ベルトの頭を後ろからこづくという愚か極まりない選択をしたせいだ。前にも言ったように、ダレンは大柄で、おまけに警備セクションの所属だ。おそらく、そういうことをしても許してくれる連中に慣れているんだろう。

ベルトはというと、俺の知るかぎり、そんなことをするやつは誰だろうと許さない。

ベルトはテーブルを押して勢いよく立ち上がり、片脚を軸にして回転すると、それまですわっていたベンチをダレンの向こう脛《ずね》に思いきりぶつけた。

ベルトがポグ・ボールの名選手であることには、理由がある。長身でひょろっとした人間にしては、ありえないほど敏捷なのだ。ダレンは両手を上げてブロックすることもできないうちに、左の頬にベルトの拳を食らって倒れた。

ここで、中学校でよくある小競り合いのようなものが、暴動に変わった。

俺も立ってテーブルの向こうへ回る。ダレンは立ち上がろうとするが、片膝をついたところでベルトに肩を踏みつけられ、また床に押しつけられた。ベルトがまだ片脚を上げているとき、ダレンのいたテーブルから最初の一人がやってきて、ベルトに体当たりを食らわせた。ベルトはテーブルに突っ伏すように叩きつけられ、衝撃でテーブルが五十センチ滑り、俺はぶつからないように後ろに飛びのかなくてはならなかった。ベルトはもがいて逃れようとするが、敵はさらに二人加わり、ベルトの脚を蹴って開かせ、腕を背中に回した格好で押さえつける。俺は怪我をしていないほうの手でなんとか兵士の一人の肩をつかんだものの、誰かに襟をつかまれて持ち上げられ、床にうつ伏せに叩きつけられた。おまけに、背中の真ん中を膝で押さえつけられている。最後に感じたのは、首の後ろに押し当てられたスタンガンの電極だった。

「どういうことか、説明したまえ」

俺はちらりとベルトを見る。ベルトはマーシャル司令官の頭の向こうにある壁の一点を見つめている。五秒間の気まずい沈黙のあと、俺は言った。「ちょっとした誤解なんです、司令官」

マーシャルは目を閉じ、歯を食いしばるまいとしているのが傍目にもわかる。ふたたび目を開けたときには、細く険しい目つきになっていた。

「誤解。今日の午後に起きた出来事を、きみはそう呼ぶのかね、ミスター・ゴメス？」

「いいえ、司令官」とベルト。「その場にいた人間は全員、なにが起こっていたか、明確に理解していました」

「よろしい」とマーシャル。「それで、全員がそこまで明確に理解していたこととは、具体的になんだね？」

ベルトはかすかに頬がゆるんでしまうのを止められない。

「おもに、こういうことです。この件に関わった警備兵たちは、自分たちの愚かな判断の結果に憤っていました。それで、そのうちの一人が、近くにいたなんの罪もない人間を攻撃して自分のいらいらを発散することにしたんです」

「ふむ」とマーシャル。「ミスター・ドレイクがきみに暴力をふるったと言うんだな？　では、彼は頬骨にひびが入って医療セクションにいるのに、きみは見たところ傷ひとつないのは、どういうことかね？」

ベルトは肩をすくめる。「俺は、彼が俺を攻撃してきたと言っただけです。その攻撃がうまくいったとは言っていません」

マーシャルの渋面がさらに険しくなり、今度は俺のほうを向く。「この件についてのゴメスの説明に間違いはないかね、ミスター・バーンズ？」

「基本的には、間違いありません」俺は答える。「ダレンは自分から俺たちのところへ話しに来ました。俺たちは彼のほうを見てもいませんでした。彼は夕食をサイクラー・ペーストですまさなくてはならないことに明らかに苛立っていて、そのことで俺に難癖をつけたがっているようでした。ベルトと喧嘩になったとたん、ダレンは少し驚いているようでしたが、俺にはなぜ彼が驚かなきゃならなかったのかわかりません。そもそも、ダレンのほうが先にベルトに手を出したんです」

マーシャルの顔が、犬の糞でも食わされたかのようにゆがむ。

「なるほど。この件で、きみたちを叱り飛ばしたいところだ。なにしろ、わたしのオフィスにきみたち二人を呼び出すのは、この二十四時間で二度目だからな。しかし残念なことに、監視映像を見たところ、ほぼきみたちの主張どおりだった。ドレイクが呼ばれてもいないのにきみたちに近づいたのは明らかだし、少なくとも、自分から先にゴメスに手を出して、ぶちのめされたと思われる。正直なところ、警備チームには、もっとマシな働きを期待しているのだが」マシな働きというのが、判断力のことなのか戦闘能力のことなのかは、明言しない。代わりに、司令官は椅子の背にもたれ、胸の前で腕を組んだ。「しかし、気になることがある。なぜ、ドレイクはサイクラー・ペーストで、きみたち二人はかなりの御馳走を楽しんでいたんだ？　わたしの記憶が確かなら、わたしは昨日、きみたちの配給カロリーをカットしたし、ドレイクは現在、一日二千キロカロリーを割り当てられているはずだ」マーシャルはあごをさすりながら考えている。「それに、ドレイクの言い分はともかく、いったいなぜ彼は、それをきみたちの責任だと思っているのか？」

ベルトはさっとこっちを見るが、俺には答えようがない。

「わかりません、司令官」ベルトは言った。「たぶん、朝食を食いすぎたんじゃないですか？」

「そうか。では、この件とは関係ないんだな？」

マーシャルが机の上のタブレットをタップすると、俺のオキュラーに動画が現れた。俺はまばたきして再生する。ベルトの飛行機を遠くから撮影した粗い画像だ。飛行機が急降下する先は、雪に覆われた稜線に重なる岩。その重なり方は俺の記憶どおりで、大きな岩の上に立つ二本の板状の岩が、せまい三角形の隙間を形成している。この角度からだと、飛行機がその隙間を通過できる方法があるとはとうてい思えない。なにが起こるか知っているというのに、胃がぎゅっと締めつけられる。ベルトは約百メートル手前で水平になり、高度を微調整すると、最後の瞬間に機体を横に傾け、かすりもせずに岩の隙間を通過した。

「わお」とベルト。「見てたんですか？」

「見ていたとも」とマーシャル。「われわれは見ていた。現在は厳重警戒態勢にあるんだぞ、ゴメス。われわれは仲間を失った。人員は非常に貴重だ。そこで、さまざまなことに目を光らせている。きみたちがこちらの目を盗んでできることなど、ほとんどない。さて、きみは人的にも資源的にも危機的な状況であると知っていたはずだが、説明してくれるかね？　なぜ、自分の命と、それより重要な二千キロの替えのきかない金属と電子機器の塊を危険にさらしてまで、ティーンエイジャーのようにバカげた行為をしたんだね？」

ベルトは黙って、壁を見据えている。マーシャルが彼をにらんでいる時間は、ずいぶん長く感じられた。

「まあ、いい」ようやく、マーシャルは言った。「きみの賭けには、むろん気づいている。この二日間できみが違反した規則をすべて説明したところで、意味はないだろう。きみが気になどしないのは、明らかだ」司令官は身を乗り出し、机に両肘をついてため息をついた。「現時点では、きみの処分に窮している、ゴメス。きみを謹慎処分にする余裕はない。正直、最低限でもそうするべきだが。しかも悲しいかな、鞭打ちという懲罰は、ユニオンの標準ガイドラインでは認められておらん」そこで言葉を切り、司令官はこっちを向いた。「バーンズ――なにか提案はあるかね？」

俺はすばやくベルトに目をやり、それからマーシャルに戻す。「俺ですか？　ありません、司令官」

マーシャルはまたため息をつき、椅子の背にもたれる。「限られた選択肢を考えると、わたしにできる最善の方法は、きみたちの仕事量を増やし、配給カロリーを減らすことだろう。ゴメス、きみには向こう五日間、自分の仕事だけでなく、アジャヤの飛行シフトも代わってもらう。そうすれば、少なくとも、トラブルを起こす暇はなくなるだろう。加えて、すでに減らされている配給カロリーを、さらに十パーセントカットする。べつに困りはしないだろう、どっちみち食べる時間などないだろうからね。それから、ほかの職員から譲渡を受けられないようにしておこう。万が一、ほかにも仲間をだますアイデアがあるといかんからな」

「司令官──」ベルトは言いかけたが、最初のひと言も言いおわらないうちに、マーシャルにさえぎられた。

「無駄だ、ゴメス。言ったように、これはきみに対する絶対最小限の処分だ。四の五の言うなら、きみのしでかした問題に対するもっと根本的な解決策を検討するぞ」

ベルトはまだ言いたいことがあるようだが、見てわかるほど努力してぐっとのみこみ、視線をマーシャルの頭の向こうの一点に戻した。「はい、司令官。感謝します、司令官」

「よろしい。行け」俺たちが立ち上がって帰ろうとふり向くと、司令官が言った。「そういえば、バーンズ？ きみがこの件にどう関わっていたのかは知らんが、なんらかの関係があったのだろうと推定し、きみの配給カロリーも五パーセント減らすことにする」

俺はマーシャルのほうを向いた。「はあ？ やめてください！」

「では、十パーセントだ」とマーシャル。俺がまた口を開けると、彼は言った。「十五パーセント減らされたいのか？」

俺は聞こえるほどの音を立てて口を閉じた。

「いいえ、司令官。感謝します、司令官」

015

「さらに十パーセント、カット？　勘弁してくれよ、セヴン！　俺にそんなことすんなよ！」

「第一に」俺は言い返す。「これはおまえだけの処分じゃない。俺たちに科される処分だ。第二に、俺が決めたわけじゃない。文句を垂れたきゃ、ベルトに言え。警備セクションの半数から配給カロリーを巻き上げて、そのうちの一人をカフェテリアでぶちのめす決断をしたのは、ベルトなんだから」

エイトはどっかりと寝台に腰を下ろし、両手に顔をうずめた。「こんなの無理だよ、セヴン。俺はまだ培養槽酔いから回復する機会に一度もありつけてない。そっちだって、わかってるだろ。この体はまだひとかけらの固形食も食ってないんだぞ。目が覚めてから眠るまで、食い物のことしか考えられない。なのに、俺たちの摂れるカロリーは、一人七百二十キロカロリーになっただと？　そんなので、やっていけるもんか。やっていけるわけがねえ」

「悪いな」と俺。「けど真面目な話、おまえがいま、きつい思いをしていることはわかっている。だが、考えてもみろ——どうしようもないじゃないか。また死体の穴へ行きたいわけじゃないんなら、これでやっていくほかはない」

エイトは顔を上げた。「ウソじゃない、セヴン。いまじゃ、死体の穴がどんどん魅力的になっている」

俺はデスクチェアにすわり、ブーツを脱いで、両足を寝台のエイトの横に乗せる。「そうなるかもしれないが、兄弟、まだそこまでじゃない。いいか——今日は残りの配給カロリーを全部、おまえにやる。それと明日は、そうだな……九百キロカロリー？ それでどうにかなるか？」

うなるエイト。

「おいおい、こっちは向こう三十六時間、たった五百四十キロカロリーでやっていくことになるんだぞ。しかも、ベルトがひと暴れしはじめたとき、俺は晩飯を食いおわってもいなかった。おまえがいま、死にそうにひもじいことはわかっているが、これは俺にとっても楽なわけじゃない」

エイトはため息をつくと、バタンと仰向けに倒れた。

「わかってるよ」天井に向かって、エイトは言う。「そっちも困っていることはわかるし、その申し出にはほんとに感謝してる。おまえはいいやつだ、セヴン。きっとひどい気分になるだろうよ、ついに寝込みを襲って首を絞め、おまえの死体を食うことになったときはさ」

俺が言い返す言葉を考える暇もないうちに、オキュラーに連絡が入った。

ブラック・ホーネット：ハイ、ミッキー。いま、非番？

俺は返信しようとしたが、エイトに先を越された。

ミッキー8：うん。今夜は、きみは飛行中だと思ったが？

ブラック・ホーネット：そのはずだったのに、非番になったの。なぜだか知らないけど、今日から二、三日間、わたしのシフトにベルトが入ることになったみたい。だから、追って通知が来るまでは空いてるの。会わない？

ミッキー8：もちろん！

ブラック・ホーネット：うれしい。じゃあ、十分後。

「悪いな」エイトが言った。「おまえには出ていってもらわないと」

「おい」俺は言いかけたが、エイトにさえぎられた。

「黙れ、セヴン。だめなものはだめだ。俺は彼女と会う必要がある。どうしても会う必要があるんだ。寝込みを襲って首を絞めるってのは、ほぼ冗談だが、この件で俺と争おうってんなら、本気で息の根を止めてやる」

俺のなかで沸々と煮えたぎっている怒りは、エイトの言ったことに対してまったくふさわしいものじゃない。それは認める。

認めるが、どうだっていい。

「いいか」俺は言ってやる。「おまえがきつい思いをしているのはわかってる、でかい赤ん坊め。だが、さすがに度を越しはじめてる。わかってるのか？　こっちが二日間、危険極まりない任務に出ているあいだ、そっちはここで居眠りしていた。おまけに、俺は向こう二日間、配給カロリーの四分の三をおまえにやると提案した。まったくの親切心からだ。おまえは培養槽から出てきたばかりで空腹だろう——だが、俺だって空腹だし、今日は危うく死ぬところだったんだぞ。とにかく、培養槽酔いの症状に、異常な性的興奮なんかなかったはずだ。おまえがそういう態度をつづけるんなら、いますぐ一緒にマーシャルのオフィスへ行き、こんな状況にケリをつけてやろう」

エイトは口をかすかに開いて、たっぷり五秒間、俺を見つめた。

「待ってくれ」そして、ようやく言う。「なんだよ？　俺の目当てがセックスだと思ってるのか？」

俺は思わず口ごもる。「えっ……そうだが？」

エイトはうなって起き上がると、両手で顔をさすった。「やれやれ、セヴン。俺は死ぬほど腹が減ってるって言ったよな？　そんな俺に、いま、セックスするエネルギーがあると思うか？　ナーシャがここに来ても、俺は彼女のフライトスーツを脱がせようとなんかしねえよ、バカだな。彼女をうまく説得して、なにか食わせてもらうつもりだ。おまえだって、ベルトからおごってもらったろ。たとえ、なんらかの理由で、全部は平らげられなかったにしても。ナーシャと会うのは、俺にゆずるべきだ」

そういうわけで、俺の怒りは消えてなくなった。

「ああ、そうだな」俺は言った。

「そうだよ。で？」

俺はじっとエイトを見る。エイトも俺を見る。二、三秒そうしていたが、エイトがあきれた顔をしてドアを指さした。

「そうだな」

俺はまた言うと、ブーツをはいて、出ていった。

というわけで、飢えに関するおもしろい話がある。エデンが最初のコロニーだってことは、誰でも知ってるよな？　昔の地球がその子どもたちをはびこらせるのに成功した、最初の星だ。しかし、エデンに拠点コロニーを建設したミッションが、じつは二度目の挑戦だったということは、誰もが知っているわけじゃない。

最初は〈チン・シー号〉（チン・シーとは鄭一嫂のこと。清朝の女海賊〔一七七五－一八四四〕）という宇宙船で、約四十年早く出発した。バブル戦争終結から二十年かそこらたった頃だ。そのミッションは、太陽圏界《ヘリオポー》面《ズ》の向こうへ自分たちを飛ばそうという人類初の必死の試みだった——ほとんどの人類初の試みと同様、その試みもあまりうまくはいかなかった。〈チン・シー号〉にはサイクラーがなく、エンジンの性能は俺たちが使っているものとは程遠く、地球とエデンは現代の基準でも相当な距離があった。彼らはエデンに到達するまでの期間を二十一年と予想し、それまでは船内農業で生きのびるつもりだった。

彼らが直面していたことや原始的な技術基盤、そして光速に近い速度で移動すると星間空間でどんなことが発生しうるかについて悲痛なほど無知だったことを考えれば、彼らの進んだ距離はじつに見事だった。出発して十二年になる頃、船内の作物がうまく育たなくなってきた。送られてきた通信を見るかぎり、なにが起こっていたのか、彼らは完全には理解していなかった。俺の読んだ記録のなかでもっともまともな推測は、作物が放射線障害の累積的影響を受けていたというものだ。そんな影響が何世代も重なり、ついには突然変異が多くなりすぎて生長できなくなってしまったのだ。〈チン・シー号〉のフィールド・ジェネレーターは、俺たちのものほど性能がよくないうえに、彼らの農業セクションは宇宙船の前から三分の一の場所にあった。人間には放射線遮蔽が必要であることを考えれば、彼らの哀れな作物は深刻な打撃を受けていたことだろう。

星間空間における災難には、急速に発生するものもあれば、ゆっくりと進行するものもある――が、どっちにしろ、ほぼ確実に死が待っている。〈チン・シー号〉はゆっくりと死へ向かった。彼らの名誉のために言っておくと、彼らはすべての過程を記録していた。完全に絶望的な状況だとわかっているときでさえ、次のミッションがけっして同じ過ちをおかさないように記録を残していたのだ。彼らは食糧の配給をだんだん減らすことで、一年近くしのいだ。食糧を減らすだけでは足りないことが明らかになると、司令官は無期限の要請を発表した――カロリーの消費者から供給源になってもいいという志願者を募集したのだ。

飢えはつらい。驚くほど多くの志願者が出た。

さらに三年たって、〈チン・シー号〉はついに動かしがたい事実に直面した――乗員を宇宙船の操業に最低限必要な人数までけずり、さらに積んできた胚を使って目的地で人間を増やせたとしても、このミッションを成功させることはできないだろう。その頃には農業セクションはほぼなにも生産できておらず、ミッションの計画では、乗員の食糧供給だけでなく炭素循環の大部分を船内で生産される作物に頼っていたため、状況はあらゆる面で崩壊しつつあった。エデンまでまだ四年かかるというとき、生き残った十二人の乗員は宇宙船のエンジン出力を下げ、下着姿になって、メインのエアロックから外に出た。

〈チン・シー号〉はまだ宇宙のどこかで、〇・六cかそこらの速度でうなりを上げて虚空をさまよっている――そして、おそらく、最後の十二人の入植志願者の遺体も。俺はときどき、ふとこんなことを考える。誰かが、いつかどこかで、ビュンと飛んでいくその十二人を見かけたら、そんなに急いでどこへ行くんだろうと思うだろうか……。そして、いったいなぜ、彼らは宇宙服を着ていないのかと首をひねるだろうか。

毒性のある大気と非友好的な先住生物のいる惑星で、ウサギ小屋みたいに狭苦しいドームで暮らしていると、自分の部屋から追い出された場合、行く当てがあまりないのが困るところだ。劇場はない。コーヒーショップもない。公園も、ショッピングセンターも、たまり場もない。あるのは、おもに作業スペースで、そのほとんどは不快（汚水の再利用場）から敵対的（警備セクションの待機室）の範囲におさまる。農業セクションはそれほど居心地の悪い場所じゃない——ほとんどの作物が貧弱な生育状態にあるのを見ても、憂鬱にならずにいられるなら——が、俺の場合、手伝いに駆り出された日以外は歓迎されないから、入れない。

ほかにマシな選択肢がなく、カフェテリアへ向かう。

夕食の時間の後半だから、混んでいることはないだろうと思ったが、ドアから入ると、思った以上に人が少なかった。いちばん奥に近いテーブルに四人グループがいて、二つのトレイに載ったジャガイモをみんなでつまんでいる。それと、なんとなく知っている生物学セクションの男が、反対側の隅に一人ですわり、サイクラー・ペーストらしきものを抱えて、タブレットを見ている。名前はハイスミス。ちょっとした歴史マニアだ。彼とは一度、人類離散《ディアスポラ》と、昔の地球で人類が最初にアフリカから各地へ広がった現象との類似点について、楽しく話をしたことがある。ハイスミスの見解はほとんど間違っていたが、その理由をくわしく説明してやるのは楽しかった。

俺は一瞬——ほんの一瞬——相席していいか訊ねようかと思ったが、自分の配給カロリーはもうないことを思い出し、となるとカフェテリアで食事もせずに相手の向かいにすわって話をしようとするのも奇妙なことだと気づいた。そこで、ドア付近のテーブル席にすわる。ハイスミスからも、ほかの四人からも、できるだけ遠い席だ。俺はタブレットを引っぱり出し、退屈しのぎに眺めはじめた。

十分かそこらたってもこれというものは見つからず、結局、いつものように昔の記録を読むことにする。昔の地球で、ヴァイキングがグリーンランドにコロニーをつくろうとして失敗した記録だ。彼らの状況は、いまにしてみれば、多くの面で俺たちの状況と大差ない。彼らが永続的な社会を建設しようとした場所は、荒涼とした寒冷地で、彼らがそれまで食べていた作物は育ちそうになかった。さらに、非友好的な先住民と争いになった。たぶん、彼らのリーダーがろくでなしだったんだろう。

最終的に、彼らは餓死した。

最後の部分で、エイトのことを思い出す。寝台に横たわり、自分の肝臓を消化しだすんじゃないかと嘆いていたこと。それからナーシャのことも。きっと楽しむつもりで俺の部屋へ行ったのに、俺になりすましたエイトから、食い物をおごってくれとせがまれているだろう。

食い物。

二人は食い物をどこで手に入れるんだ？

その答えがまとまるより早く、俺は立ち上がっていた。ベンチが後ろにひっくり返り、ハイスミスがタブレットから顔を上げる。俺は急いでドアへ向かった。どれくらい、時間がたっているだろう？　エイトがここに来ようとナーシャを説得するのに、どれくらいかかる？　さらに二人がここにたどりつくまで、どれくらい？　どれも正確にはわからないが、急速に接近している気がしてならない。俺はエイトに連絡を入れた。

ミッキー8：いま、どこだ？

ミッキー8：カフェテリアへ向かってる。なぜ？

ミッキー8：正確な居場所を教えろ。

ミッキー8：中央階段のいちばん下。いったいどうした、セヴン？

十秒後には、二人が角を曲がってくる。

たぶん、十秒かからないだろう。

問題ない。時間はある。実際、走る必要すらない。早歩きで通路を次の交差点まで進んで、曲がるだけでいい。俺はそうすると、壁にもたれて大きく息を吸い、ゆっくりと吐いた。もしあのとき俺の脳みそが気づかなかったら、どうなっていただろう。ナーシャとエイトがカフェテリアに入ってきて、テーブル席でタブレットを眺める俺を見つけていたら、どうなっていた？

そういえば、ハイスミスはどう思うだろう？　あわてて出ていった俺が、二十秒後にカフェテリアにふらりと入ってくるのを見たら？　しかも、ナーシャを連れて。

うっ。ナーシャを連れているだけでなく、エイトは違うシャツを着ているじゃないか。ハイスミスがあまりよく見ていなかったことを祈るしかない。

そういうことは考えないのがいちばんだ。もっと重要なのは、俺はこれからどこへ行けばいいのかってことだ。

自分の部屋には戻れない。エイトが食い物を腹に入れたら、二人はすぐ俺たちの部屋へ向かうと考えたほうが無難だろう。

ナーシャの部屋へ行くのはどうかと、少し考えてみる。彼女はトルーディという農業セクションの女と同室だ。トルーディはいいやつだ。俺がナーシャを待っていると言えば、たぶん部屋に入れてくれるだろう――とはいえ、そのうち本当にナーシャが現れる。ナーシャは、俺がどうやって彼女より先に到着できたのか不思議がるだろうし、そもそもトルーディしかいない部屋でいったいなにをしていたのかと思われてしまう。

うん、ナーシャの部屋には行けない。ドームには、共用エリアがもうひとつだけある。そっちはさいわい、ほぼいつでもがらがらだ。

俺はため息をつくと、背筋を伸ばして、ジムへ向かった。

トレーニングセンターは、拠点コロニーに標準装備される施設ではない。ここにそんなものがあるのは、〝健全な精神は健全な肉体に宿る〟というヒエロニムス・マーシャル司令官の揺るぎない信念の証だ。

ここはドームのなかで、昼夜を問わず、確実に人がいない唯一の場所であるという事実は、ヒエロニムス・マーシャルの信念にもかかわらず、食糧不足のあいだは誰も運動など望まないという事実を証明している。

じつを言うと、俺はジムがどこにあるかすら知らない。オキュラーに地図を呼び出して、場所を調べなくてはならなかった。サイクラーから延びる通路をちょっと行ったところだとわかると、こんなときに奇妙にふさわしい場所だなと思った。

俺は遠まわりのコースを選んだ。中心から放射状に伸びる通路のひとつを通ってアウターリングへ行き、ドームを半周してから、またドーム内部へ戻る。これなら、カフェテリアへ向かう人や農業セクションの次のシフトに入る連中と出くわす可能性は低い。それでも六人とすれ違い、全員から奇妙な目で見られている気がした。妄想だろうか？　たぶん——あるいは、全員、エイトとナーシャが歩いているのを見たばかりで、なにが起こっているのか気づき、俺の姿が見えなくなったとたん警備セクションに連絡するつもりなのかもしれない。

二人のミッキーがいる状況になって、まだ二日だというのに、俺はすでに限界だった。ようやくジムに着くと、小さくドアを開け、追われる人間のようにさっとなかに入った。後ろ手にドアを閉め、目を閉じ、ひんやりしたプラスティックのドアに額を押しあてる。

「なにかあったの？」

頭がすばやくそっちを向き、心臓が飛び出しそうになる。一瞬、死ぬかと思った。ここはたいしたジムじゃない——ランニングマシンが一列に、懸垂マシンが一台、そして六つのダンベルが、俺の部屋の二、三倍のスペースに置かれているだけだ。

無人じゃなかった。

それどころか、ランニングマシンを使っている女がいる。彼女はいまやこっちを向き、足をランニングマシンのサイドレールに置いている。マシンのベルトは動かしたままだ。焦ってどきどきしていたせいか、気づくのに少しかかったが、彼女はキャットだった。

俺たちはたがいをじっと見つめた。キャットはランニングマシンを止めて床に下り、胸の前で腕組みをする。

「こんなところで、なにをしてるんだ?」俺はどうにか言った。

キャットはあきれた顔になる。「その質問をするべき人間は自分のほうだなんて、本気で思ってる?」

俺は目を閉じて呼吸し、脈拍が正常に近いくらい落ち着くのを待つ。ふたたび目を開けたときには、キャットの表情は混乱から心配に変わろうとしていた。

「すまない」俺は三歩で室内を横ぎると、ふり返っていちばん端のランニングマシンに腰を下ろした。「今日は変な一日なんだ」

「いいのよ。わかってる。医療セクションへ戻ったほうがいいんじゃない? ちょっとようすがおかしいわよ」

「いいや」否定するのが、少し早すぎたかもしれない。「いいや。元気だ。一人になれる場所がほしかっただけさ。たぶん、きみに驚いたせいだろう。まさか、本当にこんなところでトレーニングしている人間がいるとは思わなかったから」

キャットはほほえみ、組んでいた両腕を下ろすと、こっちに来て俺の横にすわった。

「それもそうね」

俺は彼女のほうを向く。キャットは髪を高い位置でポニーテールに結び、戦闘スーツの下に着るぴったりしたグレーのインナー姿だ。どういうわけか、そんなものでもうまく着こなしている。それほど汗をかいていないところを見ると、ここに来てまだあまり時間がたっていないんだろう。

「真面目な話」俺は言う。「こんなところで、なにをしようとしてるんだ？　俺たちが食糧不足のまっただなかにいるのは、わかってるよな？」

「ええ。わかってる」

「それで？」

キャットはため息をついた。「ジリアン・ブランチはあたしのルームメイトだったの」

「へえ。誰だ、それ？」

彼女は俺に鋭い怒りの視線を向けた。「あなたにとっては、あたしたちは全員、名もなきただの兵士なわけ？」

俺は背中をそらし、両手を上げて降参する。

「いやいや！　違う、名前を知らないのは、俺が無関心なせいじゃない。ほかの連中が俺に関わりたがらないせいだ。俺は誰ともあんまり交流しないんだ、キャット。ほら、ここの連中の多くは、俺のことを嫌悪してるだろ？　しかも、俺と話したがるやつの多くは、不気味でマニアックなファンタジーを実現したがってるだけときている。ほとんどの時間は、一人でいるほうが楽なんだよ」

「ああ、亡霊マニアのことね」

「そうなんだ。きみはそうじゃ……」

彼女の目が険しくなる。「なんですって？」

「すまない。ただ……」

「もう話したけど、あたしは人口増加提唱者《ナタリスト》じゃない。もし、それを訊いてるなら」

「そうだよな。俺は、そうじゃなくてよかったと言いたかったんだ。ベルトからはさんざん、やみくもに崇拝されるなんて最高じゃないかと言われているが――信じてくれ、そんなことはない」

キャットの表情が和らぎ、俺は両手を下ろす。

「ええ、わかってる。気づいてないかもしれないけど、ニヴルヘイムでまぶたに蒙古ひだのある女は、マギー・リンとあたしだけなの。あたし自身も、少しはそういう経験がある」彼女はにやりとした。「あのね。あなたがあたしを物みたいに扱ったりしなければ、あたしもあなたを物みたいに扱ったりしない」

俺はキャットに片手を差し出す。「了解」

俺たちは握手した。彼女の笑みが一瞬大きくなったかと思うと、小さくなって、彼女は俺の手を放した。

「とにかく、ジリアンは昨日の偵察に参加していたの」

「あっ、そうだった。あのジリアンか」と俺。

キャットはうなずき、目をそらす。

「おお。それは悪かった。その後、きみはあんまり……なんていうか……」

「このことを事実より大げさにしたくなくて。ジリアンはべつに親友というわけじゃなかった。あんな狭い空間を他人と共有するのは、楽じゃない。正直に言えば、あたしたちはたいていの時間、ほとんど友だちとは言えなかった」

「それでも……」

「ええ」とキャット。「それでも。今日の勤務時間が終わったあと、自分の部屋に戻ったら、ただもう……」

「耐えられなかった？」

キャットは両手で顔をさする。「そう。耐えられなかった」そして押し殺した笑い声をもらすと、両手に顔をうずめた。笑い声は小さくなって、すすり泣きに変わる。「あたしがあの部屋を独り占めできて大喜びしてると思うでしょ？」

俺は手を伸ばして、キャットの肩に触れる。彼女は顔を上げて俺を見ると、こっちにずれてきて、俺のランニングマシンに半分足をかけた。二人の腰が触れ合う。俺が彼女に腕を回すと、彼女は俺の胸に頭を預けた。

「ごめんなさい。あなたは悲しむあたしのカウンセリングに来たわけじゃないのに」キャットは背筋を伸ばし、俺のほうを向く。「本当は、なにしにここへ来たの？　あなたは個室をもらってるわよね？　一人になりたかったんなら、どうして自分の部屋へ行かないの？」

「それはいい質問だ」

キャットはじっとこっちを見ている。俺は彼女を見つめ返す。永遠に感じたが実際は十秒くらいたった頃、彼女は言った。「質問に答える気はある？」

俺はため息をつく。「俺の部屋には、ナーシャがいるんだ」

「えっ。あなたは……」

「彼女はほかのやつと一緒にいる」

その言葉に、キャットが一瞬固まる。

「あなたの部屋に」

俺は肩をすくめる。彼女はやれやれというように首をふった。

「え、どういうこと？　知りたくないけど」

「ああ。それはいい判断だ」

　しばらく、俺たちは黙ってすわっていた。俺はニヴルヘイムの不気味な亡霊みたいに、ひと晩じゅう通路をぶらぶらしてなきゃならないのかと思いはじめた頃、キャットが口を開いた。「こんなことしたら後悔するかもしれないけど……ほら、あたしは一人でダブルの部屋を使うことになったでしょ」

　俺は彼女を見て、片方の眉を上げる。「俺を物扱いしようとしてるのか？」

　キャットは笑った。「違うってば。ホームレスになってしまった人に、空いている寝台を提供しようとしてるだけ。でも、これだけは言っておくわ――あなたとナーシャのオープンな関係に、ちょっと驚いてる。昨日のナーシャは、そんなことを考えてるようにはぜんぜん見えなかった」

　俺は肩をすくめる。「複雑なんだよ」

「ふーん。それって、あたしが明日、腹をかっさばかれるような複雑さ？」

「いいや。そういうことにはならないと思う。最悪の場合、俺はそのうち、死体の穴に押しこまれるかもしれない」

　キャットは人さし指をあごに当て、考えこむポーズを取る。そして、ようやく言った。

「ねえ。これって、あたしにとっては、飛びつくべきチャンスだと思う」

016

「起きてよ」

「ちょっと」キャットの声だ。

俺は目を開ける。自分がどこにいるのかわかるまで、一分ほどまごついた。俺たちは昨夜、キャットの寝台と元ルームメイトの寝台をくっつけたが、結局、二人ともキャットの寝台で眠っていた――キャットはたぶん習慣から、俺はなんとなく最近死んだ人間の寝台で寝るのは無礼な気がしたからだと思う。キャットはいま、いっぽうの肘をつき、もういっぽうの腕を俺の肩に押しつけていて、顔が俺の顔に触れそうだ。

誤解のないように言っておこう。昨夜、俺たちのあいだに性的なことは微塵《みじん》もなかった。ほぼ重なりあうように寝ていたと言ったばかりで、性的なことはなかったと言っても奇妙に聞こえるかもしれないが、俺はキャットへの気持ちを、ナーシャとエイトに対する気持ちから切り離すことができなかったのだ。それにキャットは……つらい気持ちを遠ざけてくれる温かい体が必要なだけだったと思う。

俺はそれでかまわない。彼女の気持ちはわかる。

「もう九時になるわよ。どこかに行かなきゃいけないんじゃないの？」

じつにいい質問だ。俺はまばたきして、オキュラーに勤務表を呼び出す。今日は水耕栽培場へ行って、枯れかけたトマトのつるに一個でも二個でも実をつけてもらうための作業が入っているらしい。というか、一時間前にはそこにいるべき予定になっていた。だが欠勤の確認通知は来ていない。ということは、いま頃エイトがそこにいて、余分な芽を摘み取ったり、pH値を確認したりしているに違いない。

どうやら、ムカデに食われそうな仕事は俺の担当で、植物のおもりのような仕事はエイトの担当らしい。これは話し合う必要がありそうだ。

とはいえ、今日は一日好きなようにすごせそうだ。こんなことは、この星に上陸して以来、初めてだ。気をつけなくてはならないのは、エイトの近くへはけっして行かないこと、今日エイトを見かけたかもしれない人間に出くわさないようにすることだけ。

それくらいのことは、俺たちが暮らしているのが直径一キロ弱の逆さまにしたサラダボウルのなかでなければ、簡単なのだが。

「今日は休みだ」俺は答えた。「そっちは？」

キャットは肩をすくめる。「この二日で二度も勤務中に死にかけたのよ。警備セクションでは、半休くらいの手当てはもらえると思う。あたしは正午までは出なくていい」

俺はもぞもぞと彼女の腕の下から出る。まだ腫れている左手首に、必要以上の負担をかけないように気をつけながら。キャットは寝返りを打って離れ、立ち上がった。二人ともまだ下着姿だ――グレーのよれよれのシャツとパンツは、さんざん汗をかき、さんざん洗濯してきたせいで、あちこち色が抜けている。あまりにもみっともない。そんな格好をした彼女を見ていると、奇妙なことに、裸を見るより親密な気がしてしまう。

「それで？」とキャット。「なにをしてすごす予定？」

俺は両手で顔をさすり、額にかかった髪をかき上げた。彼女は自分のロッカーを開け、清潔なシャツを探す。

「決まってない。休みなんて、久しぶりだ」

本当は、ドームをこそこそ歩き回る予定だ。誰かに見られ、農業セクションでトマトの赤ちゃんに点眼機で栄養をやっていたはずの俺がここにもいると気づかれないよう、祈りながら。だが、もちろん、そんなことは言えない。キャットはズボンをはくと、また寝台にすわって、ブーツをはきにかかった。

「ふうん。さしあたってのあたしの予定は、なにか食べること。一緒にどう？」

俺はにやりとする。「もちろん。そっちのおごりか？」

キャットは肩ごしに険しい顔でふり向いた。「いやよ、おごるつもりはない。それに、わかってると思うけど、またあたしの食事に手を出そうとしたら、もういっぽうの手も使えなくするわよ」

うん、そりゃそうだ。俺は服を着て、二人で部屋を出た。

この時間は、通路にはほとんど人気がなく、たまにすれ違う人は俺たちにたいして注意を払わない。キャットは二、三人から挨拶されていたが、そういう連中も俺のことはたいてい透明人間扱いだ。この星に着陸してからは特に、俺の仕事はかなり孤立したものになっている。どういうわけか、俺のことを魂のない怪物とは思っていない連中まで、ほとんどのやつが、永遠の死刑に処されているような人間と関わるのはごめんだと思っているらしい。

それもいまは、俺に都合よく働きそうだ。

だが、汗だくの巨大な足みたいなにおいを放つ人間と関わりたがるやつもいないから、俺たちは途中で化学シャワーに立ち寄った。そこに着くと、キャットは読めない表情で俺を見た。一緒に浴びようってことか？　俺はにやりとして、軽くあごをしゃくり、入れよと彼女に手をふる。彼女は肩をすくめ、シャワーブースに入ると、後ろ手にドアを閉めてしまった。数分後に彼女が出てくると、今度は俺が入る。俺は着ているものを脱ぎ、体をこすって乾かすと、また元の汚い服を着た。たとえ自分の部屋に戻る気があったとしても、唯一の清潔な着替えはエイトが着ている。

おかげで、こんなことを思い出した。ミズガルズにあったものでここにもあったらいいのにと思うものには、ものすごくほしいものからそうでもないものまでたくさんあるが、トップに来るのはやっぱり、ちゃんとした本物のお湯だ。腹立たしいのは、ドームの外には雪の吹き溜まりという形であきらかに大量の水があることだ。ところが、俺たちはまだ、〈ドラッカー号〉で使用していたシステムをそのまま使っているため、ドームのなかは、不毛の星間空間に閉じこめられているかのように、水を節約している。そういう状況は、この星に建設を始めるまで変わることはないし、ほかにずらりとひかえている仕事――金属の製造から、ムカデ問題の解決まで――がすむまでは、建設が始まることはない。

それまでは、化学シャワーで衛生はたもてるし、体臭くらいは確実になんとかできるが、それ以上の贅沢は一切ない。

少なくとも、シャワーブースに一人で入っているときは。

そんなことを考えていたら、ナーシャとエイトのことを思い出した。

いまは、考えないのがいちばんだ。

メインのカフェテリアは、俺たちが着いたときにはほとんど人がいなかった——料理が並ぶカウンターの反対側の奥のテーブルで、ひと組のカップルが頭を寄せ合い、小声で話をしているのと、入り口近くで警備兵が一人で山盛りの揚げたコオロギを食べているだけだ。俺たちがそばを通ると、警備兵はキャットに軽くうなずき、彼女は指をふり返した。俺はカウンターに近づき、自分のオキュラーをスキャナーに見せる。ビーッと音がして、視界の左上の隅に今日の配給カロリーが表示される。

それによると、六百キロカロリーに下がっていた。エイトはたっぷり朝食を食ったらしい。

怒りたいところだが、エイトを責めるわけにはいかない。培養槽を出て最初の二日間は、本当に最悪なのだ。

そこに立って、うるさく騒ぐ腹の上で腕を組み、サイクラー・ペーストにヤム芋を少々添える贅沢をして、これを今日たった一度の食事にしようか悩んでいると、キャットが横に来て、肩が触れるくらいそばに立った。

「なにか注文するつもり？」

俺は顔をしかめ、サイクラー・ペーストのアイコンをタップする。

キャットはほほえみ、自分のオキュラーを見せ、ヤム芋とトマトの炒めものを注文した。俺は口のなかに唾がわいてくるのを感じたが、さっき見ていたヤム芋の山は、俺に残された配給カロリーにとっては牛フィレ肉に匹敵する。俺はしかめっ面でマグカップに入ったサイクラー・ペーストを大きくひと口飲みこんでから、さらに満タンに注ぎ、背を向けた。三百キロカロリー。これで今夜寝る前、少なくともマグカップ半分のサイクラー・ペーストを飲める。

「よくそんなものに我慢できるわね」カウンターのいちばん端で、受け取り口からキャットの食事が出てくる。

俺はちらっと彼女を見て、悪態をついてやろうと口を開けたものの、考え直して首をふった。

「農業セクションの連中が早いうちにしっかりしてくれなかったら、きみもわかるようになるさ」

キャットは薄ら笑いを浮かべた。俺はどろりとした液体の入ったカップを持ち、カフェテリアの中央に近いテーブルへ向かう。キャットもついてくる。

「わかっているだろうが」彼女がすわると、俺は言った。「きみはいま、俺の目の前に、金持ちが食うような豪勢な食事を広げてるんだぞ」

キャットは笑ったが、そのためらいがちなようすに、いまのが俺の冗談と確信しきれずにいるのがわかる。

俺は、断じて、冗談など、言っていない。

とはいえ、俺の抱えている問題は、どれも彼女の責任じゃない。俺が笑顔を見せると、彼女は見るからにほっとした。

「ところで、今日は警備セクションでなにをするんだ？　周辺パトロールでの失敗以来、なにか新しいことは？」

キャットはヤム芋を大きくひと口かじり、咀嚼し、のみこんだ。俺は顔をゆがめて自分のサイクラー・ペーストをすする。

「そうね」彼女はふた口目をほおばって答える。「アムンセンがこのムカデ問題にひどく興奮してる。あたしたちは十二時間勤務・十二時間休憩の態勢にされちゃって、ほんとにうんざり。勤務中の人間は全員、常に線形加速器を携帯しなきゃならなくて、これがまた、いやになるの。だって、扱いにくいし重たいしで、勤務時間の終わりには肩がひりひりするのよ。いい面は、この二日間の出来事のせいでドームから出ちゃいけないことになったおかげで、もう外をうろついて霜やけにならずにすむってこと」キャットは言葉を切り、口のなかのものをのみこんだ。「それにしても、ドームのなかで線形加速器を持ち歩かせて、いったいどうしろっていうのかしら。こんなところで十グラムの弾があちこちに跳ね返ったら、どうなるかわかる?」

キャットはこっちを見て待っている。たっぷり五秒たってから、俺は答えのいらない質問じゃないことに気づいた。

「ええと、わからないな」

「とんでもないことになるの。そうでしょ」

俺のサイクラー・ペーストは、もうほとんどない。それでも空腹感はおさまらない。

「とにかく」キャットはつづける。「それが、あたしの予定。そっちはどうなの? 休みをどうすごすか、なにか思いついた?」

「それなら、ほら。ぶらぶらするだろ。サイクラー・ペーストを飲むだろ。マーシャルが次にどうやって俺を殺すつもりか連絡が来るのを待つだろ。いつもの気楽な一日ってところかな」

キャットは声を上げて笑う。気をつかった笑い方じゃない。どっちかというと、凍った水たまりで滑ったとき、それを見た相手から聞こえてきそうな笑い方だ。

「じゃあ、教えて」彼女は遅い朝食の最後のひと口をかき集める。「どうして、エクスペンダブルになろうと決心したの?」

奉仕と義務についてのバカげた話でも、でっちあげるか。だが、なぜかキャットには、都合のいいウソでごまかすべきじゃないという気がする。結局、俺は肩をすくめ、正直に話すことにした。

「ミズガルズを離れたかったんだ。それには、こうするしかなかった」

「ああ、そういうことね」

俺はうなずき、マグカップを逆さまにして、ざらっとした残りを口に入れる。

「ちょっと待った。そういうこと？　そういうことって、なんだよ？」

「あなたがエクスペンダブルとして契約した理由がわかったってこと。犯罪者だったんでしょ？　殺人かなにかの？」

また、これだ。

「いいや」俺は否定する。「誰も殺しちゃいない」

「へえ。じゃあ、なにをしたの？　強請《ゆす》り？　武装強盗？　性犯罪？」

「違う、違う、違う。俺は犯罪者じゃない。もしそうなら、ミズガルズで最初のコロニー建設ミッションに入れてもらえると思うか？」

「エクスペンダブルとして？　ええ、たぶん。訓練中、誰かをエクスペンダブルとして徴用するっていう話を聞いたもの」

「うん、俺も聞いた。となると、きみの判断力に疑問が生まれることにならないか？　なにしろきみは、人殺しで強請りで性犯罪者でもあるやつを、自分の部屋に引き入れてひと晩すごしたんだからな」

キャットはにやりとする。「あたしは自分のことを、すごく賢いと言った覚えはないけど」

俺はマグカップの底にくっついたペーストの残りを、指でこそげとる。

「うわ」とキャット。「ほんとに、それが好きなのね」

俺は顔をしかめる。「まあな。これがいちばんさ」

キャットはトレイをこすって、ヤム芋の焦げたかけらをかき集める。「実際、あなたが人殺しだと思ったことなんて一度もないわ。当局が、遺伝子プールを台無しにしたくないっていう理由だけで、コロニー建設ミッションにそんな人間を送りこむなんて思ったこともない。でも、あたしが話したことのある人のほとんどは、エクスペンダブルの志願者が現れたと聞かされたとき、ウソだと思った。まさか、そんな……ほら……あなたがしているようなことに同意する人間がいるなんて、なかなか想像できないもの。ジリアンはこう思いこんでたわ。あなたは囚人かなにかで、当局があなたのことを自分から志願したと発表したのは、あなたが仲間はずれにされないようにするためだって」

「へえ」と俺。「それでよくわかったよ」

キャットはあきれた顔をする。「もうっ。友だちだってできたでしょ。あなたがゴメスとぶらぶらしてるのを見たことがあるし、ナーシャはあなたのことをかなり好きみたいだし。ところで、まだ質問に答えてもらってないんだけど。いったいなにを考えて、コロニー建設ミッションの衝突実験用ダミーになる契約書にサインしたの？」

いまなら、グウェンのオフィスへ行くことになった本当の理由をくわしく話してもいい。話してもいいが、やめておく。都合のいいウソを二、三並べるのも、そう悪くはないだろう。

「さあな。たぶん、俺は理想主義者なんだろう。ひょっとしたら、ユニオンの役に立てる方法を探していただけなのかもな」

キャットはまた笑う。今度はさっきより激しい。「わお。それで調子はどう？」そこで真顔になり、空になったトレイを見てから、俺に目を戻す。「実際のところ、かなりうまくいってるんじゃない？　とにかく、ジリアンやロブやデューガンよりは」

彼女がこの話をどういう方向へ持っていこうとしているのかはわからないが、なぜか首の後ろがぞっとする。

「あたしが言いたいのは、死なない存在であることには、こういう場所では確実に利点があるってこと。そうでしょ？」

「死なないわけじゃない」俺は反論する。「しょっちゅう死ぬ。それがエクスペンダブルの存在意義だろ？」

「それでも、あなたはここにいる。ジリアンは今日、どこにいる？」

その答えは、俺にはわからない。俺たちは黙ってすわっていた。キャットは顔をしかめ、自分の食事の補助として持ってきたサイクラー・ペーストを見つめている。医療セクションから、ビタミン摂取のため、全員一日に数百ミリリットルのサイクラー・ペーストを摂るよう言われているのだ。ヤム芋とコオロギでは完全な栄養バランス食にならないのは、明らかだ。キャットはペーストを飲みおえると、椅子の背にもたれ、また笑顔になった。

「とにかく、ぜんぜん関係ないけど、こう言いたかったの……なんていうか……ありがとう、ミッキー。昨夜はちょっと変な感じだったのはわかってる、でも……」

「変じゃなかったよ、わかってる」

キャットは目をそらした。「ええ。ただ……ああする必要があったの。わかる？」

それにはなんと言っていいかわからず、俺はテーブルの向こうへ手を伸ばし、彼女の手に触れる。彼女はもういっぽうの手を俺の手に重ねてから、すぐ引っこめた。

「そういえば、今夜のあなたの勤務時間はどうなってるの？」

俺は迷ったが、ウソをつくいい理由が浮かばなかった。「今夜は非番だと思うが？」

キャットはまた前にかがんで、テーブルから椅子を引くと、自分のトレイをつかんだ。

「ほんと？　休みってこと？　どうして休めるわけ？」

「ほら、俺が培養槽から出てきたばかりだってことを考慮してのことさ」

「えっ。冗談でしょ。じゃあ、これからもずっと、そんな恩恵があたえられるってこと？」

彼女が笑っているのかいないのか、俺にはわからない。キャットは歩きだしていたからだ。彼女はごみ箱へ行って、トレイを放りこんだ。

「とにかく、暇だったら二十二時に連絡して。たぶん、一緒に楽しくすごせると思う」

キャットがいなくなると、俺はタブレットを引っぱり出して、コロニー建設ミッションにおけるエクスペンダブルの歴史を検索してみた。エクスペンダブルはどの遠征隊にも当然いると思っていたが、実際は、エクスペンダブルに関する技術が実用化されたのは、ほんの二百年くらい前のことだった。しかも、その二百年ほどのあいだも、多くのミッションがエクスペンダブルを利用していなかったのだ。現実的な観点からすれば、異常に思える。もっとも近い補給所から六光年という場所にいて、少数の成人と大量の胚――こちらは働けるくらい成長するまで、何年もかかる――しかいない状態では、程度の差こそあれ、必要に応じて新たな入植者をつくりだす能力は必要不可欠のはずだ。

だが、多くの反対があることがわかった。宗教的な反対は明快だ。まあ、俺の考えとぴったり合うとはいかないまでも、理解はできる。街角や刑務所から誰かを連れてきて、人類のために何度も何度も死ぬのを強制することには、倫理的な問題があるだろう。もちろん、志願者を確保することでそういう考えのいくつかは変えられるが、死ぬ頻度はどうだ？

グウェンに自分のDNAデータを提出する前に、こういう記録を読んでおくべきだったかもしれない。それでエクスペンダブルになるのを思いとどまったかどうかは、わからない――ギャングの拷問器具から逃れたいというのは、強力な動機だった――が、少なくとも、もっと多額の契約金を要求するくらいはできただろう。

読みおわったのはもうすぐ正午という時間で、カフェテリアには人が増えはじめていた。俺の胃袋はすでに空っぽでグーグー鳴っているが、仲間の入植者たちがめいめいのトレイに食べ物を載せるのを眺めていても腹の足しにはならない。俺はまばたきして、オキュラーに配給カードを呼び出す。俺が今日摂取できるカロリーは、あと四百五十キロカロリー。

訂正しよう。俺たちが今日摂取できるカロリーは、あと四百五十キロカロリーだ。もしも、エイトとの約束を守るつもりなら、そのうちの三百キロカロリーは、あいつに権利がある。

　あくまで、もしもの話だ。

　もし俺が思いきって残りの配給カロリーに手を出した場合、起こりうる最悪の事態は？　エイトが司令官のところへ文句を言いに行けるとは思えない。

　もちろん、俺だってそんなことはできそうにない。もし二日前にこの状況を報告していたら、分解されていたのはエイトのほうだっただろう。だが現時点では、ミッキーが二人存在することがマーシャル司令官の耳に入れば、俺もエイトもどろどろにされるに決まっている。

　しかも、エイトは今朝、俺が眠っているあいだに殺してやるというようなことを言っていた。やっぱり、約束は守っておくべきだろう。

　それでも、まだ百五十キロカロリーは摂取できることになるが、いまはこれ以上あのどろどろの液体を飲みこめる気がしない。というわけで、自分の部屋に戻ることにした。昼寝でもして、エネルギーを節約しよう。

　中央階段で、生物学セクションの上着を着た男女の横を、体を斜めにして通りすぎなくてはならなかった。二人は大声で手を叩いたりして、なにやら議論している。俺が二人の二段先へ進んだとき、男のほうが声をかけてきた。

「やあ。バーンズじゃないか？」

俺はふり向いたものの、男の名前が出てこない。ライアン？　それとも、ブライアンだったか？

「よう」とりあえず、返事をする。「調子はどうだ？」

「勤務時間中じゃないのか。どこへ行くんだ？」しまった。

「自分の部屋から取ってこなきゃならないものがあって。五分で戻る」

男は顔をしかめた。「三分で戻れ。午後はトマトの実験に使う新しいバクテリオファージを用意してある。危険かもしれないから、使用するときはきみの協力が必要になる」

「了解。そうするよ」

二人は議論に戻った。俺は少し迷ってから、前を向き、今度は一段抜かしで階段をのぼった。

その後、昼寝の計画は不首尾に終わった。部屋に着いたときには心臓がバクバクしていて、落ち着いて眠りにつくまで、一時間近くかかった。やっと眠れたと思えば、また巨大イモムシの夢だ。だが今回はいつもの夢で、イモムシは話したりせず、巨大な大あごと摂食肢を生やして、俺を森じゅう追いかけ回した。すぐに森は姿を消し、俺はまた地下トンネルをやみくもに走っていた。落ちている石ころにつまずきながら走る俺に、すばやく動く千本の小さい足がどんどん近づいてくる。

ドアの開く音で目が覚めた。エイトだ。農家の真似事から戻ってきたんだろう。

「よう」頭から悪夢をふりはらい、脈拍がほぼ通常に戻ると、俺は声をかけた。「トマトはどうだった？」

エイトは首をふる。「本当に知りたいのか？　あんまりいいとは言えないな。ほとんどのつるは枯れかけてるし、枯れかけていないつるは、なんとか実をつけてはいるが、トマトというより大粒の赤い干しブドウだ。マーティンは、大気に問題があるんじゃないかと考えている――たぶん微生物か、なんらかの微量ガスが、光合成の邪魔をしているんだろう。といっても、具体的な候補があるわけじゃなく、いまのところはすべて憶測でしかない。実際にわかっているのは、俺たちのトマトは病気ってことだけだ」エイトは頭からシャツを脱ぎ、そのシャツで汗ばむ額をぬぐう。「だが、ほんとのところ、そのちっぽけな実を口に押しこむのを我慢するのは、相当きつかった」

「ああ」と俺。「わかるよ。我慢してくれてありがとよ。また罰として配給カロリーをカットされたら、俺たちは飢え死に確定だ」

エイトは笑ったが、少しもおもしろそうじゃない。「ともあれ、じきにそうなるのは確実だぞ、兄弟。俺は今朝、朝食で配給カロリーの三分の二を使ったってのに、もう腹ペコで自分の腕も食えそうなくらいだ」そしてどっかりと寝台に腰かける。「ちょっとずれてくれないか？」

彼はブーツを脱ぐと、ため息をつきながら後ろに倒れこんだ。

「ところで」とエイト。「そっちはキャット・チェンと一緒だったのか？」

げっ。

「うん」俺は答える。「まあな。どうして？」

「べつに。ここへ戻る途中、たまたま彼女に会ったんだ。メインのエアロックの近くで。そしたら、忘れずに連絡してって言われたもんだから」エイトは首をめぐらせて、こっちを見る。「ナーシャを裏切るつもりはないよな？　もしそのつもりなら、言っておくが、それは絶対に最悪の考えだぞ」

「そんなわけないだろ」俺は言い返す。けっしてウソじゃない。「信じてくれ――俺はただ、俺たちの体がばらばらにされずにすむことにしか興味はない。おまえと同じだ」

「そうか」とエイト。「それならいい。ナーシャのことはさておき、チェンはちょっとおかしいんじゃないか、正直言って。俺の手のことを、よさそうねとかなんとか言ってきたから、俺がなんの話をしているのかわからないって言ったら、ひどく混乱したようすだった」

エイトはちらりと俺の左手を見た。腹に乗せた俺の左手にはきつく包帯が巻かれているが、親指の付け根あたりに紫色のあざがのぞいている。

エイトの包帯は、俺たちのデスクチェアの背もたれに引っかけてある。

「あっ」とエイト。「そうか。そういうことだったのか。失礼」

失礼。

またもや同じ説明をさせられるのは、勘弁してほしいもんだ、まったく。

ナタリスト教会の信者じゃなく、ユニオンの歴史を学ぶ生徒でもない人は、おそらく不思議に思うだろう――なぜ俺がこの件にこんなに興奮しているのか？　自分が複数いるからなんだというんだ？　というか、同時に複数の自分のコピーをつくるという考えは、表面上は有益な発想じゃないのか？　例えば、死ぬ確率の高い任務を二人組に任せるとしたら、どうだ？　一人しかいない本物の人間をそんな任務で危険にさらしたくないだろ？

コピー人間に対してほとんどの人が示す理屈抜きの反応を理解するには、アラン・マニコヴァを理解しなくてはならない。そして彼がゴールトにしたことに対し、少なくとも束の間の親近感を覚える必要がある。

エクスペンダブルが実用化されてから二百年しかたっていないが、バイオプリンターが

017

発明されたのは、じつはそれよりずっと前、〈チン・シー号〉が出航するよりも前のことだ。だがマニコヴァが現れるまでは、ただの珍しいものにすぎなかった。当時のシステムは、体をスキャンして原型となるデータを保存し、必要に応じて細胞レベルで再生することができた。マーシャルに殺されるたびに、新たな俺がバイオプリンターから吐き出されるのと一緒だ。最終的に、彼らはシナプス結合を再生する方法まで発見したが、現代のシステムではわざわざそんなことはしない。当時の理論では、意識までは無理でも、行動を正確に再現するにはそれで充分とされていたのだが、実験をくり返すうち——最初は動物で、のちには人間も対象とした——その理論に根本的な欠陥があることが明らかになった。当時、バイオプリンターから出てきたものは、空っぽの白紙状態の体で、自覚も身体的能力も新生児より劣っていた。明らかな倫理的問題を看過できるなら、医学的実験として素材をつくるのはよしとされていたが、彼らはけっして不死身の存在をつくろうと考えていたわけではない。

公平のために言うと、昔のバイオプリンターは、まるで役に立たない代物だった。ときどき、出産時や生まれてまもなく命を落とした赤ん坊をよみがえらせるときに使われるくらいだったが、そういう場合でも、たいていいい結果にはならなかった。培養槽から出てきた赤ん坊はほとんどの場合、呼吸をして心臓も動いていたが、ミルクを吸うことも、飲みこむことも、泣くこともできなかった。ときには、たくさんの集中治療を受けて、どうにか生きられる場合もあった。だが多くの場合、親は最初の子から二、三日後、あるいは数週間後に、また赤ん坊を葬ることになるのだった。

そこへ、マニコヴァが現れた。

アラン・マニコヴァの人生は、エデンの途方もなく裕福な政治王朝の一人息子として始まった。彼が望めば――正直、普通は望まないわけないよな？――そういうふうに人生を終えることもできたはずだ。彼のような階級の人々なら、大半が楽しく学校生活を送り、そのうち政府の中堅の地位に滑りこんだり滑りこまなかったりして、いずれにせよ裕福で恵まれた幸せな人生を送っただろう。

ところが、アラン・マニコヴァはそういう大半の人々とは違った。新時代を拓く天才だったのだ。活発で休むことのない頭脳を持ち、関連のなさそうな三つの分野で博士号を取得したときには、まだ二十五歳にもなっていなかった。

また、社会病質者《ソシオパス》でもあった。それは話の後半で関係してくる。

ちょうどマニコヴァが学位集めは完了と考えた頃、彼の両親が二、三日のあいだに、あいついで原因不明の突然死を遂げた。半年後、地元警察が二人の死とマニコヴァとの関連を突き止めようとして失敗に終わったあと、マニコヴァはユニオンで十本の指に入る富裕層の一人となった。それから一年以内に、彼は相続した金をすべて、有限会社ユニヴァーサル・エターニティと名づけたベンチャー企業に投資した。

エデンの大衆紙はそのとき、ユニヴァーサル・エターニティは多大な金を費やすだけの無意味な事業か、おそらくある種の脱税行為だろうと考えていた。だが、マニコヴァにそのつもりはなかった。なんらかの金融詐欺を成功させるために考えたものだとしたら、仮想企業のままにしておくこともできただろうが、彼にそんな考えはほぼ確実になかった。ユニヴァーサル・エターニティは、最寄りの街から二百キロ離れた場所に巨大な研究施設を建て、かなりの人数のエンジニアと科学者を雇い、そして……。

そして、ぴたりと音沙汰がなくなった。人々が構内に出入りしていたが、なかでなにがおこなわれているかについては、誰もひと言もしゃべらなかった。この会社は老化とか冷凍保存の研究をしているのだろうという憶測が出回ったが、実際にはどっちの証拠もなかった。一年くらいたつと、大衆紙は飽きてしまい、マニコヴァがそこでしていることに世間が関心を向けることもなくなった。

五年後、彼はトークショーに出演し、ついに人間の意識を記録・複製する極意を発見したと発表した。

ここでまた、アラン・マニコヴァと一般大衆との違いを目の当たりにすることになる。

最初の実演──彼は自分の会社の人事部長を複製し、集まったお偉方に向かって彼女に二言三言しゃべらせてから、すぐに鎮静剤を打って、彼女をどろどろに分解した──が終わったとたん、ユニヴァーサル・エターニティの株価は急上昇し、マニコヴァはユニオンで十指に入る金持ちから、他をしのぐ圧倒的な金持ちに踊り出た。エデンの世論は、両親を殺したかもしれない不気味なやつから、不気味だが有名な天才──おそらく、人類の生んだもっとも偉大な天才──に変化した。ほとんどの人はこの時点で、豪邸を買い、トロフィーワイフを一人二人見つけてから、こびへつらいを浴びる余生をすごすだろう。

マニコヴァはここでもまた、そんな行動は取らなかった。彼は所有していたものを、ユニヴァーサル・エターニティも含め、すべて処分したのだ。処分には、多額の金とたくさんのペーパーカンパニーが関わっていたため、彼は単独で一つの星の不況を引き起こした歴史上数少ない人物の一人となった。一年後、彼は特注の星間輸送船に各種機器や消耗品、デモンストレーションに使ったのと同じ複製ユニットの試作品を積みこんで、一人で軌道から出発した。行き先は誰にも告げずに。おそらく、銀河面を横断した最初の人物になるつもりだったのだろうと世間は推測した。必要に応じて自分自身を複製していけば、旅の終わりまで生きていられる。

それが真実だったら、誰にとってもよかったのだが、実際に彼が向かったのは、エデンから自転とは反対方向へ七光年ほど離れたところにある、最近建設された拠点コロニーだった。コロニーをつくった人々は、そこをゴールトと名づけていた。

マニコヴァがそこに現れる前でさえ、ゴールトは興味深い場所だった。ユニオンの歴史上、成功しているほかのほぼすべてのコロニーと違い、ゴールトをつくった遠征隊はエデンの惑星政府が組織したものではなかった。遠征隊に資金を提供していたのは、おもに信じられないほど裕福な人々からなる民間団体だ。彼らは、自動システムの所有者に税金を課すエデンに不満を抱いていた。エデンでは、ミズガルズや、ユニオンに加入するほかの星々のように、ほとんどなんでもつくり出せる自動システムの所有者に税金を課すことで、自前のシステムを持たない人々が街で飢え死にしないようにしていた。

ゴールトの基本理念は、〝徹底的自由と自立〟だったはずだ。それが実際に意味するのは、ゴールトにやってきた百二十人の入植者のうち、なんであれ公共の利益に貢献することにわずかでも興味のある人間は、一人もいないということだった。彼らはすみやかに二十余りの家族に分かれ、それぞれの小さな領地を確保し、自分たちの力でやっていこうとした。最初はかなり充分な資源があったうえに、ゴールトはいろんな面から見て住みやすい星だった。そこで入植者のほとんどは、実際になんとか自力で生活していた。だが問題を抱えた入植者たちは、隣人からの援助は一切受けられなかった。どうやら「助けてくれ、死にそうだ」という声に対する〝徹底的自由〟な回答は、「そうか、もっとしっかり荷造りしてくるべきだったな」であるらしい。

その結末はこうだった。マニコヴァが到着したときには、一万人ほどの分断された社会になっており、ほとんどの人々はまあ満足できる程度の生活をしていて、すぐに飢え死にする危険はなかったが、特別いい暮らしをしている者は一人もいなかった。最初のうち、マニコヴァはちょっとした救済者のように迎えられた。彼の持ってきたたくさんの物資は、ゴールトに暮らす個々のグループにとって、まだ自力で生産できるようなものではなかったのだ。彼は比較的小さい一族のひとつに取り入り、彼らに食糧と植物の種と、彼らが旅立ってから二百年ほどのあいだにエデンで開発された最新技術を分けてやった。そして、彼らから住むところと生活基盤となるものをもらった。

無事に生活が整ったとたん、彼はひたすら、たくさんのアラン・マニコヴァをつくりはじめた。

マーシャル司令官が一度ならず俺に強調したように、ゼロから人間をつくりだすには、かなりの資源が必要だ。特に大量のカルシウムとたんぱく質が必要だが、ほかにもたくさんの栄養素を混ぜなくてはならない。バイオプリンターの投入口に基本的要素を放りこめばいいといっても、人間づくりに必要なすべてのものをそろえるには、大量の小麦と牛肉とオレンジが必要だ。しかも製造過程では、飢えに苦しむコロニーのために残り物を食糧に変えることに興味がない場合、途方もない量の廃棄物が出る。

原材料の理想的な供給源は、もちろん、すでに存在している人間の体だ。

約九カ月で、マニコヴァはゴールトに運んできた原材料を使いはたした。その頃には、自身のコピーが百体近く活動していて、さらに二台の複製ユニットができていた。それから二、三カ月は、人々が行方不明になっていくことに、誰も気づかなかった。マニコヴァはこのプロジェクトを、貧しい人や独り者をさらうことから始めたのだ。ゴールトには、例の基本理念のせいで、そういう人々はたくさんいたが、マニコヴァはついに彼らをさらいつくし、姿を消したら悲しむ家族や友人のいる人たちに手を出しはじめた。疑いの目は、よくあることながら、すぐに街の新参者へ向けられた。マニコヴァを迎え入れてくれた一族は、彼の住まいへ治安部隊を送りこみ、丁重な尋問をさせようとした。

このとき彼らは知ることになった。マニコヴァは気前よく植物の種やちょっとしたものをくれはしたが、高度な軍事技術を持ちこんでいたことは隠していたのだ。

もっとまともな世界なら――必ずしも一つの統一政府が存在する世界ではなくとも、異なる政治形態どうしが、少なくともときには対話するような世界だったら――マニコヴァの暴走は止められていたかもしれない。彼のたくらみが明らかになったとき、彼のコピー人間の数は、ゴールトの住人に対してまだ二十分の一だった。だがゴールトは、あいにく、まともな世界ではなかった。マニコヴァは自分を迎え入れてくれた一族を一人残らず複製ユニットの投入口に押しこみ、自分のコピー人間の材料にしてしまったのだ。そうして生まれたコピー人間たちに武器を持たせ、いちばん近くの隣人たちに攻撃をしかけた。一年近くたった頃、生きのびた複数の氏族は、マニコヴァに一斉攻撃をしかけることさえ考えた。ところがその時点では、マニコヴァはゴールトで絶対的多数になっていた。残りの数少ない氏族はついに団結したが、あまりに遅すぎた。彼らが実際に成しとげた唯一の有益なことは、最後に必死のメッセージをエデンに送ることだった。自分たちの身に起こったことを説明し、故郷の星に助けを求めたのだ。

助けは、もちろん、すぐには来ない。メッセージがエデンに届くまで七年、届いたところで、当局がどう対処するか——するとしたら、だが——を決定するのにほぼ二年かかる。ゴールトにコロニーを建設しようと出ていった人々は、出発当時、エデンであまり評判がよくなく、その後の年月でも評判が改善されることはなかった。世論は〝われわれの問題ではない。自業自得だ〟という傾向が非常に強かったが、最終的にエデンの議会はこう決定した——マニコヴァはいずれ、ほかの世界にも脅威をおよぼす可能性があるため、しかるべき対処が必要である。

これが、ユニオン初の——そしていまのところ、唯一の——星間軍事遠征の起源だ。

七光年離れた星への侵攻はいったいどうあるべきか、熟考が重ねられた。地上部隊は明らかにバカげている。エデンは非常に豊かな星だが、植民船に似たものを一隻つくって燃料を積みこめば、予算は破綻寸前になるだろう。テラフォーミングに必要な装置や人口増加のための胚を運ぶ心配はもちろんいらないが、軍用機器も重量がある。最終的に、装甲を少しグレードアップした植民船を出す案に落ち着き、その船を〈エデンの正義〉と名づけた。宇宙船がエデンの属する系から旅立ったのは、ゴールトからメッセージが届いて四年後のことだった。乗員二百名、軌道飛行爆撃機六機、そして大量の水素爆弾。彼らの考えはこうだ。ゴールトの周回軌道に乗り、マニコヴァと連絡を取って、彼がユニオンのほかの星々——特にエデン——に対してどういう意図を持っているか見極めてから、必要なら、水爆で完全に破壊する。

この考えの欠陥には、すでに気づいているよな。

第一に、彼らがゴールトに到着する頃には、マニコヴァはおよそ十八年かけて自分の支配を強化し、さらに大量の自分のコピーをつくりだして、本人は地下に身を隠しているだろう。

第二に、〈エデンの正義〉が見つからないようにするのは無理だった。宇宙船の減速噴射は一光年離れた場所からも見えるうえに、カムフラージュする方法がない。

　第三に、そしておそらくもっとも重要なことに、アラン・マニコヴァは攻撃されるのをおとなしく待っているタイプの人間ではない。

　こうしたすべてがあいまって、〝ゴールトの戦い〟は十二秒ほどで終わった。〈エデンの正義〉はまだ減速中で、自分の噴射する光で近づいてくるものが見えないときに、マニコヴァがゴールトの第二の月に建設した基地から発射した核ミサイルを十数発被弾した。〈エデンの正義〉の司令官は、一発撃ち返すことすらできなかった。

　アラン・マニコヴァにとっては不幸なことだが、ユニオンのほかの星々にはたぶん幸運なことに、ゴールトからの最後のメッセージを受信したのは、エデンだけではなかった。エデンの次にゴールトに近く、エデンよりずっと歴史が浅く貧しい第二世代のコロニー〝ファー・ホーム〟だ。そこの政府は、むしろ、エデンの政府より警戒していた。しかし彼らには、エデンが試みたような軍事遠征をしかけるだけの熱意も資源もなかった。ファー・ホームの人々の対応はずっと単純で、もっと直接的で、はるかに安あがりなものだった。彼らはその船を〈弾丸〉と呼んだ。

　星間空間の移動で重大なことは、これだ——運動エネルギー＝物体の質量×速度の二乗。つまり、移動には莫大な金がかかることになる。そのうえ、かなり危険だ。〈エデンの正義〉は自分の減速噴射に裏切られた。〈弾丸〉はその問題を、減速しないことによって回避した。物体が〇・九七cの速度で動いている場合――〈エデンの正義〉が破壊された三ヵ月後、〈弾丸〉はその速度でゴールトに突っこんだ――それほどでかくなくても、惑星を卵の殻みたいにパカッと割ることができる。さらにすばらしいことに、光速攻撃を防ぐ実用的な方法は存在しない。というか、攻撃が近づいていることを知る方法すらない。というのも、接近を知らせる光波が標的に届くのは命中する寸前で、一秒もないからだ。〈弾丸〉はゴールトの生態系に、水素爆弾二十万個分に相当するエネルギーを、ざっと一兆分の一秒でお見舞いしたのだ。

そんな攻撃を受けたら、まず復活することはない。

俺たちがニヴルヘイムでなんとかやっていこうとしている事実が示すように、このあたりには、たくさんの居住可能な惑星が人類を待っているわけじゃない。その数少ない星のひとつを溶融スラグの塊に変えてしまった例は、ユニオン史上、唯一にして最大の罪であると広く考えられている。

とはいえ、ファー・ホームを非難する者はいない。人々が非難するのは、マニコヴァだ――そしてそれ以来、ユニオンに所属するほとんどの星で、幼児誘拐犯や人間の頭のコレクターのほうが、コピー人間よりマシだと思われるようになった。

018

二十二時になった。キャットに連絡はしない。彼女は本当に、俺とエイトの状況を知っているのだろうか？　たぶん、それはないだろうが、今日の午後エイトに出くわしてから、なにかが起きていることは絶対にわかっているはずだ。それに、俺にはなんとなく、彼女はコピー人間が複数存在していることを見逃してくれるタイプとは思えなかった。だんだん、こんな気がしてきた。こうなったら、プロテイン・ペーストにされずにすむ可能性がもっとも高いのは、できるだけ長くキャットを避け、そのうち彼女がムカデに食われてしまうのを祈ることだ。

その計画は長くはつづかなかった。22時02分にキャットから連絡が来たのだ。

Cチェン0197：ところで、空いてる？

「彼女に関わらないようにするのも、これまでだな」エイトが言う。「返信するのか？」

俺はエイトのほうを見た。エイトは寝台に寝そべり、両手を頭の下で組んでいる。俺は回転椅子にすわり、両足を机の上に乗せている。また、べつのコロニーを襲った悲劇についての記録を読んでいるところだ――今回は、暴動と内戦によって、正式な名前がつくより早く滅んでしまった拠点コロニーだ――が、なかなか物語に夢中になれない。おもな理由は、死体の穴に押しこまれるんじゃないかという考えが頭から消えないせいだ。

「ああ」俺は答える。「返信しないわけにはいかないだろ？」

ミッキー8：やあ、キャット。ちょっとほかのことに手を取られていたが、うん、空いてる。

自分の名前がミッキー8になっているのを見る回数が増えるほど、ますます奇妙な気分になる。名前の最後の8がいま俺に投げかけてくる不吉な予感は、普通の人が自分の名前の刻まれた墓標のそばを通りかかったときに感じる気分と似ているだろう。

Cチェン0197：よかった。ぜひ話しましょう。

ミッキー8：きみの部屋で会う？

Cチェン0197：……それはやめておきましょう、ミッキー。また、ジムにしない？　十分後にそこで待ってる。

ミッキー8：うーん……了解。じゃあ、そこで。

「ジム？」エイトが訊ねる。「ジムがどうした？」

俺は肩をすくめる。

「真面目な話」とエイト。「食糧不足のときに、トレーニングするやつなんかいるか？」

「それがいるんだよ。昨夜、そこでキャットに出くわしたんだ。おまえがナーシャと一緒にいるかもしれないから、ここに戻るのはまずいと思ってたときに」

「いたよ。参考までに」

俺はエイトをにらんだ。エイトは足首を交差させて、にやりとする。

「とにかく」とエイト。「気をつけろよ。彼女には変なところがある」

「あー、はいはい。もし俺が彼女に殺されたら、おまえは配給カロリーを一人占めできるもんな？」

エイトのにやにやが大きくなる。「いいところを突くじゃないか。おい——その手はどうするんだ？」

俺は手を見下ろした。腫れはほとんど引いているが、包帯は巻いたままだ。

「さあ。包帯は取ってもいいかな？」

「俺だったら取らないね。まだ紫色だし。それなら……なんだ……その手をずっとポケットに入れとくってのは？」

俺は首をふる。「それはいやだ。正直、考えるだけで痛い気がしてくる。俺の代わりにおまえが行くべきかもな」

「いやいや」とエイト。「そいつはごめんだ。おまえら二人には、これまでの経緯がある。もし彼女が昨夜おまえとのあいだにあったことを話題にしたら、どうする？」

残念だが、もっともな指摘だ。

「とにかく」エイトはつづける。「俺は今日ちゃんと働いて、疲れてるんだ。楽しんでこいよ」

エイトは目を閉じた。俺は言い返そうと口を開けたものの、言葉が出てこない。というわけで、立ち上がって部屋を出た。

ジムへ行く途中、オキュラーに通信が入った。

ミッキー8：おま　ボ××？

なに言ってんだ？

ミッキー8：エイト？

ミッキー8：どうした？

ミッキー8：しれ……か？

ミッキー8：なに言ってんだよ、セヴン？

ミッキー8：いいから寝てろ、エイト。ふざけてる時間はない。

ミッキー8：ほ×××やか？

まったく。俺は通信を切った。

「ミッキー、どうして返信してくれなかったの？」

キャットはランニングマシンにすわっている。今回はランニングをする格好には見えない。

「するつもりだったが、あんまり時間をくれなかったから」

キャットは肩をすくめる。「べつにいいわ。気にしないで。すわって」

彼女はもうひとつのランニングマシンをぽんと叩く。俺は迷ったが、もし彼女が俺を殺すつもりだとしても、そのためにランニングマシンにすわらせる必要もないだろうと考え、腰を下ろした。

「それで」俺は訊ねる。「ええと……一緒にトレーニングするのか？」

キャットは長々とこっちを見つめてから、ようやく言った。

「いいえ。トレーニングなんかしない。ジムに来たのは、あなたと二人きりで話したかったからよ。ここなら、このコロニーであたし以外に好きこのんで来る人はいないもの」

「きみの部屋で会ってもよかったのに」

彼女は目をそらす。「それはいい考えとは思えない。とにかく、問題を整理するまでは。わかった？」

「うん。わかった。そうか。で、なんの話をするんだ？」

キャットはまた長々とこっちを見る。「手の具合はどう、ミッキー？」

俺はため息をついた。「だんだんよくなってる。心配してくれてありがとう」

彼女はうなずく。「今日の午後は、それよりもっと具合がよかったみたいだけど」

この話を長引かせるわけにはいかない。「おいおい、早く本題に入ってくれよ」

「わかった。単刀直入に言うわね。あなたは二人いるでしょ、ミッキー。あなたは、今朝あたしと朝食を食べたほうのミッキー。昨夜あたしの寝台にいたほうのミッキー。手首を痛め、今日は非番だったほうのミッキー。もう一人のミッキーは、二、三時間前に通路でばったり会ったほうで、手首はなんともなくて、今日はトマトの栽培を手伝っていた。なぜ、どうして、こんなことになっているのかはわからないけど、あなたは二人いる」

彼女がこの状況に気づいているのはわかっていたが、それでも胃がぎゅっと締めつけられ、急に心臓が喉までせり上がってきた感じがする。「そのこと、司令官に話したのか？」

キャットは気を悪くした表情になる。「本気で言ってるの？　あなたは二日前にあたしの命を救ってくれて、昨日はあたしがあなたの命を救ったのに？　あなたはあたしの寝台で眠ったのよ。それなのに、あたしが前もってあなたと話しもせずに司令官に告げ口するなんて、本気で思ってるわけ？」

俺は目を閉じた。胃を締めつけていた緊張が、かすかにほぐれる。

「誤解しないで。あなたのしていることには、心底とまどってる。そもそも、どうやって生物学セクションにもう一体の自分をつくらせたの？　関わった人は全員、死刑になってもおかしくないのよ？」

俺は首をふる。「生物学セクションに、もう一体つくってくれと頼んだわけじゃない。そんなことをしたらどうなるかくらいわかってるし、どろどろに分解されちゃたまらない。手違いだったんだ」

キャットは片方の眉を上げた。「手違い？　例えば、誰かがうっかりバイオプリンターの上に転んで、あなたが生まれちゃったとか？」

「ああ。そんなようなものだ」

キャットは口を開け、ためらってから、首をふる。「いい？　あたしは知りたくない。最終的にあなたが罰を受けることになったら、あたしは巻きこまれたくないもの。それが、あなたを部屋に入れたくなかったもうひとつの理由よ。でも、これだけは言わせて──じきに、あなたの身に起きていることを知りたがる人が現れるでしょう。そういう人に真相がバレたときは、〝手違いだったんだ〟よりマシな言い訳を用意しておくことね」

「ああ。きみの言うとおりだろう」

俺たちはしばらく黙ってすわっていた。俺はここに呼ばれた理由を訊きたかった。彼女は俺を殺したいわけじゃなさそうだし、いまのところ脅してくるようすもない。ほかに俺が思いつく理由と言えば、今朝の話のつづきをしたいんじゃないかということくらいだが、〝あなたのしていることには、心底とまどってる〟せいで、そっちのほうは頭から締め出されている気がする。いい夜をとでも告げて自分の部屋へ戻ろうと思っていたら、彼女が訊ねた。「自分のこと、不死身だと思ってる？」

思いがけない質問だった。

「なんだって？」

「自分のこと、不死身だと思ってる？　あなたは何回も死んでるでしょ、ええと、七回だっけ？」

「六回。いまのところは、六回だけだ。それが問題の根源と言ってもいい」

「そのことはどうでもいい。あなたは、ミズガルズから出るシャトルに乗りこんだときのあなたと同じ人間？」

それは考えなくてはならない。

「ううむ」俺はようやく口を開く。「同じ体じゃないのは、明らかだな」

「そうだけど。あたしが訊いてるのは、そういうことじゃない」

「うん。わかってる。じゃあ、そうだな、俺にはミズガルズにいた頃のミッキー・バーンズの記憶がある。彼の育ったアパートメントを覚えている。彼のファーストキスも。彼が最後に母親に会ったときのことも。このバカげた遠征隊に入る契約をしたときのことも。そういうことを全部、ほかの誰でもなく自分が経験したかのように覚えている。だが、それで俺はミッキー・バーンズだと言えるか？」俺は肩をすくめる。「そんなこと、誰にもわかるもんか」

キャットはまじまじと俺を見つめている。その険しい目に、今朝と同じく首の後ろがぞくっとする。

「〝テセウスの船〟の話、調べてみたの。あなたの説明じゃ、さっぱりわからなかったから」

「うん、わかってる。エクスペンダブルの講習で聞いたことがあると思ったんだが、話しだしてみたら、ほとんど覚えてなかった」

「えっ、ウソ。あなたの人生を、あんなにぴったり表してるのに？　普通は心に深く刻まれると思う」

俺は肩をすくめる。「すまない」

「あれって、付け入る隙のない議論だと思わない？」

俺は答えかけて、首をふり、また口を開いた。「混乱しているんだが、キャット、この話はどこへ向かってるんだ?」

「これを訊きたかったの。あなたはミッキー・バーンズなのか、それともミッキー・バーンズの服を着た別人なのか?」

「言っただろ」と俺。「わからないって。ヒンメル宇宙ステーションで教官のジェマから聞いたことは知ってるし、自分はミズガルズにいたミッキー・バーンズと同じ人物みたいな気がしているが……わからないんだ。それが、この議論の裏面だよな? 俺が同じ人間だとしても違う人間だとしても大差ない以上、俺には自分が同じ人間かどうかを確実に知る方法はない。つまり、それは答えようのない質問だ」

「それでも、同じ人間じゃないとも言い切れないでしょ?」

「うん。言い切れないだろうな」

それに対するキャットの反応はない。俺たちはしばらく黙っていた。俺がこれで話は終わりかと訊ねようとしたとき、彼女が言った。「あのね、この二日間、いろいろ考えてたの」

「へえ、そうなんだ。なにを?」

「死について。死についてずっと考えてたの。あたしはまだ三十四歳。あと五十年はそんなことを考える必要はないはずだけど、ここじゃあね」

拠点コロニーというのは危険な場所だ。彼女も俺と同じくらい、講習でその点をさんざん強調されたのだろうか。だが訊く必要はなかった。彼女は明らかに、聞くべきことはすべて聞かされているようだったから。彼女は立ち上がると、俺に手を差し出した。

「ねえ、ミッキー。あなたのこと、好きよ」

「サンキュ。俺もきみのこと、好きだよ」

「あなたはいい人だと思う。もし、もう一人のあなたがいるような状況じゃなかったら……」

もしこんな状況じゃなかったら、俺は昨夜、彼女とではなくナーシャと一緒にいただろうが、いまはそんなことを言うべきではないだろう。俺が立ち上がりながら言えることを探していると、キャットが背伸びして俺の頬にキスをした。彼女は一歩下がって悲しそうにほほえみ、ドアを開けた。

「もう一人のあなたに、よろしく言っておいてくれる？」

俺がかすかに口を開けてぽかんとしているうちに、彼女は去っていった。

自分の部屋に着くと、ドアに鍵がかかっていた。俺はオキュラーをかざし、鍵の開く音がするのを待ってから、ドアを開ける。なかは暗いが、通路からの光で、寝台に二人の人間がいるのがわかった。

二人の裸の人間。

一人はエイト。もう一人はナーシャだ。

俺はその場に凍りついた。いまこの瞬間、自分がどう感じるべきかわからない。嫉妬？

怒り？

絶望的な恐怖？

「入れよ」エイトが言う。「ドアを閉めてくれ」

「てか、おまえ……。なんなんだよ、エイト？　いったい、どういうことだ？」

「悪いな。おまえはまた、チェンとひと晩すごすものだと思っていた。でなきゃ、死んでるかと」

ナーシャがいっぽうの肘をついて体を起こす。「ほかの人と寝てたの？」

「いいや」俺は答える。「その、彼女の部屋で眠りはしたが、彼女とはなにも……」

「へえ、添い寝しただけってこと？」とナーシャ。

俺は反論しようと口を開けてから、ナーシャが俺を笑っていることに気づいた。

「残念だが、きみが一緒にいたのはエイトだ」

「エイト？」ナーシャは訊き返す。「おたがいをそう呼び合ってるの？　セヴンとエイトって？」

「ああ」エイトが答える。「それよりいい案があるか？」

「ないわ。それってかわいいと思う」

「エイト」と俺。

「セヴン、ドアを閉めてくれ」とエイト。

俺はドアを閉めた。室内は真っ暗になり、俺のオキュラーが赤外線カメラに切り替わる。エイトの姿は鈍いオレンジ色になり、ナーシャは鮮やかに輝く赤色になる。俺はデスクチェアにどすんと腰を下ろし、両手で頭を抱えた。

「それで」エイトが訊ねる。「チェンとはどうだったんだよ？」

俺は顔を上げてエイトを見る。「はあ？　チェンのことなんか、どうだっていい。おまえこそ、ここでなにをしてるんだ、エイト？」

「マジで訊いてるのか？　見りゃわかるだろうが」

「そういうことじゃない！」俺は怒鳴る。「俺が言いたいのは……ちくしょう！　こっちの言いたいことくらい、わかってるはずだ！」

「エイトは」ナーシャが言う。その声は低く、猫がうなっているようだ。「あなたの彼女を奪ってるのよ。それで、あなたはどうするつもり？」

「エイト、この件については話し合ったはずだ」俺はエイトに言う。「ナーシャを巻きこむ前に、どうして俺に相談しなかった？」

「はいはい、落ち着いて」とナーシャ。「あなたたち二人の変態を、司令官に突き出すつもりはないから」

「俺たちは変態じゃない」俺は言い返す。「ただのアクシデントだったんだ」

「なにがあったかは、俺からナーシャに説明しておいた」とエイト。「彼女はおまえをからかってるだけだ。だが真面目な話──チェンとはどうなった？　彼女に殺されそうになったか？」

「チェン？」ナーシャが訊ねる。「キャット・チェンのこと？　警備セクションの？」

「そうさ」と俺。「きみが昨日、腹をかっさばいてやるって言った相手だよ、覚えてるか？」

「それは、彼女があなたに手を出した場合だけよ。彼女に手を出されたの、ミッキー？」

「いいや。ていうか、イエスと言えなくもないが、彼女はそういうことに興味があったんじゃないと思う──特にいまは。キャットは俺が二人いると知って、それどころじゃないようすだった」

「まあ、驚くことじゃないわね」とナーシャ。「警備セクションの人たちって、みんな頭が固いのよ」

「話を戻そう」エイトが言った。「キャットも知ってるのか？」

「ああ、知ってる。俺の手首が奇跡のように治ったかと思ったら、また悪くなっているのを見て気づいたのさ。それに、おまえは今日、農業セクションにいたとキャットにしゃべったようだな。俺は彼女に今日は非番だと言っていたのに」

「あちゃー」とエイト。「それはまずかったな。で、どうした？」

俺はため息をつく。「正直、どうしていいかわからなかったよ。キャットは俺たちのことを司令官に報告するとは言わなかったから、大丈夫だと思う。だが、報告しないと言ったわけでもないから、あんまり安心できないかもな」

「彼女の腹をかっさばいてやれば？」ナーシャが訊く。「メインのエアロックの外に放置して、ムカデに食べさせちゃうのは？　そうすれば、問題解決でしょ？」

エイトが声を出さずに笑う。「今夜、腹をかっさばかれちまう人間がいるとしたら、それはチェンじゃない」

「違いない」と俺。「だが、おまえが笑っている意味がわからない。もし俺が死体の穴行きになるとしたら、そのときはおまえも一緒だぞ、忘れてないだろうな？」

「誰も死体の穴行きになんかならないってば」ナーシャは言う。「チェンはあなたのことをチクったりしない」

「本当かよ？」俺は訊き返す。「なぜ、そう言える？」

もちろん、俺もキャットがそんなことをするとは思っていないが、ナーシャがそう思っている理由は、俺とはかなり違う気がする。

「なぜって」とナーシャ。「彼女はその後の反応を恐れてるからよ」

「その後の反応？」エイトが訊く。

「わたしのこと。わたしの反応が怖いの」

実際、ナーシャはいいところを突いている。俺も彼女に逆らう気はない。

もちろん、俺はキャットに逆らう気もない。警備兵はおっかない。

「ねえ」ナーシャはつづける。「なにもかもうまくいくってば。あんたたち二人は、どっちかがひどく危険な仕事で死んじゃうまで、目立たないようにしていればいいだけよ。そうなったら、まだ生きてるほうをミッキー9として登録すればいい。そして全員、幸せに暮らしましたとさ」

「ていうか」エイトが口をはさんだ。「ほぼ全員、かな」

「確かに」とナーシャ。「ほぼね」

「それはどうかな」俺は言った。「エイトが培養槽から出てきて二日しかたってないのに、俺たちのことは、すでに二人の人間にバレている。このペースだと、二週間後には、コロニーじゅうの人間にバレることになる。俺、そんなに早く死ねるかな」

ナーシャは声を上げて笑う。「聞いて、ミッキー。あなたは考えすぎ。その服を脱いで、ここに来なさい。少しのあいだ、頭にのぼった血をべつのところへ移動させる必要があるわ」

俺はまじまじと彼女を見た。「来いよ、セヴン」エイトまで言う。「俺たちはすでに変態だろ？ その後の反応とやらはともかく、二人とも、すぐ死体の穴行きになることはないとは言い切れない。それなら、ここにいるあいだに楽しんだほうがいいじゃないか」

それからの二時間は奇妙なものだった。その話をしたいとは思わない。一応、はっきりさせておくと、俺は一切後悔していない。

俺たち三人は、ことが終わったあとのゆったり穏やかなひとときをすごしていた。俺は寝台の横になんとか引っかかった状態で、エイトは反対側で同じ体勢、ナーシャは俺たちのあいだにはさまっている。すると、誰かがドアをノックした。ナーシャはエイトに、俺たちのどっちかがリサイクルされるまでは三人でたっぷり楽しめるというようなことを話していたが、はっと息をのんで口をつぐんだ。

ふたたび、ノック。

「返事をしようか？」と俺。「追っぱらえるかもしれない」

エイトがナーシャの向こうから手を伸ばし、俺の横っ面をはたいて小声で怒る。「黙ってろ。どうせ、ベルトだろう。黙ってりゃ、そのうちいなくなる」

「ミッキー？　いる？」

うわ、まずい。ベルトじゃない。

ナーシャが体の向きを変え、俺の耳元に口を寄せる。

「安全ロックはかけてあるわよね？」

小さくカチャリと音がして、ドアの隙間から細い光が入ってくる。

「いいや」俺は小声で答えた。「かけてない」

「ミッキー？」

やばい。やばい、やばい、やばい。

ドアが大きく開かれた。

「やあ」とエイト。「チェン、だよな？　会えてうれしいよ」

キャット・チェンは俺たちを見つめ、口をぱくぱくさせている。

「キャット？」俺は声をかけた。「ドアを閉めてくれ。この件について話し合おう」

首をふるキャット。

「キャット？」

俺は起き上がって、彼女に手を伸ばした。彼女は半歩後ずさる。「なにしてるのよ、ミッキー？」

「なにをしているように見える？」ナーシャが言う。「入るか出るか、どっちかにして、チェン。どっちでもいいけど、ドアは閉めて」

キャットはその場でくるりときびすを返し、ドアを開け放ったまま去っていった。

「あなたが閉めたら？」とナーシャ。

俺は寝台から出て、勢いよくドアを閉めた。今度は、忘れずに安全ロックをかけておく。

「まずいことになったぞ」俺はデスクチェアにどっかりとすわりこんだ。

「彼女はすでに、俺たちのことを知ってたんだろ」とエイト。「おまえ、そう言ってたよな？　じゃあ、なにも変わらないじゃないか」

なるほど、筋が通っているように聞こえる。じゃあ、なぜ、俺の心臓は肋骨から飛び出そうとしているんだ？

「大丈夫だってば」とナーシャ。「寝台に戻りなさいよ、ミッキー」

俺は大きく息を吸いこんで、しばらく止めてから、吐きだした。たぶん。二人の言うとおりだよな？

いいや、二人は間違っている。俺にはわかる。

とはいえ、いまできることはなにもない。俺はシーツをめくり、また寝台にもぐりこんだ。ナーシャが体をひねって、俺にキスをする。

「ほら、落ち着いて、ミッキー。少し眠りましょう」

暗闇のなか、俺は目を覚ました。安全ロックが解除されるカチャリという音がしたのだ。つづいて、光がどっと入ってきたかと思うと、低い男の声がした。「どうせ、からかってるんだろ」通路から入ってくるまぶしい光に、俺は目をこらした。二人の警備兵が俺の部屋に入りこもうとしている。両方ともバーナーを持っている。

「げっ」小さいほうの男が言った。「おまえら、いったいなにしてやがる？」

もう一人が首をふる。「そんなことはどうでもいい。起きろ、三人とも。そしてさっさと服を着ろ。三人そろって、サイクラーとデートだ」

019

もう、だめだ。

もう、だめだ、と思っている状態は、実際にだめになるよりいやな気分だ。

いまナーシャが震え上がっているのは、当然だ。彼女はこれまで、自分の死刑に向かって行進したことなどないのだから。だが、俺には震え上がる理由はない。俺にとっては、ほとんど日常業務だ。二週間で三回、死んだこともある。

植民船は目的地に着いたとき、ただ着陸するわけじゃない。俺たちを星から星へ運んでくれたもののほとんどは、厳密な宇宙空間仕様になっている。大気圏に突入したり、重力圏にさらされたりするには、巨大すぎるうえに壊れやすい。拠点コロニーは周回軌道から少しずつ運ばれるのだ。

ニヴルヘイムの地上に最初に到着したのは、俺たちが軌道に入った二、三時間後、ナーシャが操縦する着陸船だった。着陸船に積まれていたのは、生物学的隔離チャンバー、医療セクションのチーム、生物学セクションのチーム、そして俺だ。

新たな住みかの気候と大気組成については、まあまあ最悪な状況であることはすでにわかっていた。外では循環式呼吸装置《リブリーザー》なしでは生きられないだろうとわかったとき、マーシャル司令官は実際、二番目の候補の星へ向かうことを検討したくらいだ。それでも、たくさんの議論とかなりの怒声の応酬のあと、生物学セクションのデューガン他数名が司令官を説得した――人工的につくりだした藻類を生態系に導入すれば、合理的な期間内に、大気中の酸素分圧を生存可能なレベルまで上げることができる。この場合の〝合理的な期間〟とは、必ずしも遠征隊の成人メンバーが生きているあいだという意味ではなく、俺たちが貨物室に積んできた胚から生まれた人間の生存期間中という意味だろう。

言ったと思うが、俺たちのような遠征隊が第二候補の星にたどりつける確率は、絶対ではないがほぼゼロだ。というわけで、結局、司令官はニヴルヘイムの植民地化に挑戦する決断をくだした。

どこであれ新たなコロニー建設で最初にするべき仕事は、その星の微生物相のなかに、人間の健康に危害をおよぼす可能性のあるものがいないか確認することだ。

現実には、各星の微生物相には必ず、人間の健康に危害をおよぼす可能性があるばかりか、確実に危害をおよぼすものが存在する。

それを確認するには、当然、遠征隊に所属するエクスペンダブルを、現地の環境から隔離できるありとあらゆるものにさらしてみて、エクスペンダブルの身になにが起こるか観察するという方法が取られる。

ニヴルヘイムの地表に下りて一日もたたない頃、ナーシャが俺に最後のキスをして頬を軽くぽんと叩くと、医療セクションから来たアーカディという技術者が俺を隔離チャンバーに入らせた。俺をそこにおいて立ち去る前に彼が最後にしたことは、継続的にデータをアップロードする走査ヘルメットを俺の頭にかぶせることだった。俺がこいつはなんのためだと訊ねると、彼は言った。「きみがこれについてどう考えていたか、あとでみんなが知りたがるかもしれないだろう」

「マジかよ？　俺をスーパーヘルペスに感染させるつもりか？　いいだろう。それが俺の仕事だ。だが、本当に俺がそんなことを覚えている必要があるか？」

彼は肩をすくめ、後ろ歩きで隔離チャンバーから出ると、扉を閉めた。

隔離チャンバーは円筒形の部屋で、幅は手を伸ばせばほぼ両側に触れるくらい、高さは立っても頭がぶつからない程度しかない。中央に金属製の椅子があり、座面を後ろにずらせばトイレにもなる。天井には通気口がひとつ。扉の向かいの壁には引き出しがあって、なかにちょっとした食い物が入っている。俺がすぐ死ななかった場合にそなえてのことだ。

俺が腰を下ろしたとたん、通気口がうなりを上げはじめた。

「二、三回、深呼吸してください」アーカディがインターコムの向こうから言う。「差し支えなければ、口で呼吸してください」

実際、差し支えなどなかった。通気口から入ってくる空気は、犬の屁みたいなにおいだったのだ。

味も犬の屁みたいだった。

それから一分かそこらたった頃、通気口がガチャンと閉まった。

「ありがとう」アーカディが言う。「くつろいでいてください。少し時間がかかるかもしれません」

俺はこう言ってやりたい衝動を抑えなくてはならなかった——そっちに迷惑をかけちゃ悪いから、できるだけ早めに死ぬようにするよ。

その二、三分後、扉の小さな窓にナーシャの顔が現れた。

「ミッキー、そこはどんな感じ？」

俺は顔をしかめた。「最高だよ」後ろの引き出しを指す。「おやつもある」

ナーシャはほほえんだ。「よかったわね。こっちじゃ、サイクラー・ペーストと水しかもらえないのよ」

俺はふり向き、引き出しを引っかき回してプロテインバーを見つけると、包みをはがした。

「ふうん」俺はひと口かじった。「生贄の豚には最上の物をってか？」

「それを言うなら、仔羊よ」

「なんだって？」

「仔羊よ、ミッキー。生贄にするのは仔羊。豚はひどいわ。豚を生贄にしたりはしない。ただ食べるだけよ」

俺はため息をついた。「どっちにしろ、死ぬのは一緒だろ」

ナーシャは努力した。神に誓って、努力した。彼女はおそらく、初めてキスしたときから、いつか俺が死ぬところを見なければならない日が来ることはわかっていただろうが、八年たってついにその日が来てみると、どうしていいかわからなかったと思う。どう感じるべきかもわからなかっただろう。それで彼女は何時間も窓の外に立って、俺と話をした。モニターを通して見るこの星のようすについて話した。アーカディがいかにひどいやつかという話をした。彼女がずっと見ていた、ミズガルズで暮らす鼻持ちならない金持ち一家のドラマの話をした。

これが終わって、俺がまた培養槽から出てきたら、一緒にできそうなことについて話した。

俺も努力した。なにしろ、ナーシャが頑張ってくれているのだ。彼女をこれ以上ひどい気分にはさせたくない。とはいえ二時間後には、俺は違和感を覚えていた。最初は、精神的なものに違いないと思った。そんなに早く微生物が襲ってくるなんて、聞いたことないだろ？　だがすぐに、急激に体温が上がっていることがはっきりした。アーカディが戻ってきて、気分はどうだというようなことを二、三質問する。俺がインフルエンザの初期みたいだと答えてやると、彼はうなずき、また姿を消した。三時間で、咳が出はじめた。三時間半で、初めて血を吐いた。その頃には、ナーシャはほとんどおしゃべりをやめていたが、まだそこにいて、窓からのぞいていた。顔の横でガラスに片手を押しつけ、俺を見守っていた。

四時間たったときには、俺はなんとか息を吸いこんで、彼女にここから離れるよう告げた。次に起こることを見せたくなかったのだ。

ナーシャはその場から離れなかった。なにが起きているか明らかになったとき、彼女はアーカディに圧力をかけ、自分に防護服を着させた。俺のいる隔離チャンバーに入るためだ。俺は最初、彼女にそばにいてほしくないと思っていた。だが状況がとてつもなく悪くなり、激しい咳に襲われて肋骨が折れ、体の組織片を吐いたとき、彼女は俺の手を握り、俺の頭を自分の腹に抱いて、ずっと話しかけてくれていた。すごいことだ、あのとき彼女のしたことは。そして美しいことでもあり、俺はこの先千年生きるとしても、このときの感謝を忘れることはけっしてないだろう。

それからほんの一時間かそこらのことだった。後学のために言っておこう——もしこの世から去る方法を選べるなら、肺出血はやめておけ。こういう話題なら、俺は権威としてものを言えると思う。肺出血という死に方は、勧めない。

目覚めると、俺は裸でどろどろしたものにまみれ、着陸船で運ばれてきたポータブル培養槽の横で、床に横たわっていた。

「マジかよ？」もう出血していない肺から、液体の残りを咳と一緒に吐き出す。「寝台すらあたえられないのか？」

医療セクションの俺の友人バークが、タオルを放ってよこした。「きみはどろどろにまみれていたんですよ。シーツを洗わされるのは、ごめんですからね」

俺は体についたべとつくものをできるだけこすり落としてから、バークからわたされたグレーのつなぎを急いで着た。

「なにか食べてくるといい」とバーク。「任務に戻るまで、少なくとも二十四時間あります」

「それにしても」ナーシャは言った。「あれはつらかった」

俺は共用エリアのテーブルで、向かいにすわる彼女を見た。彼女は目を合わせようとしない。

「うん。あれはつらかったな。一緒にいてくれて、ありがとう」

彼女は天井を見上げ、それから自分の両手に——とにかく俺以外のものに——目を移す。

「ミッキー……」

俺はつづきを待ったが、彼女がつづきを言えないことがはっきりしたから、助けてやることにした。

「もう、あんなことはしなくていい。誰もあんなものは見るべきじゃない、自分の……」

「愛する人」とナーシャ。

俺はつい、ほほえんでいた。当時は付き合って八年たっていたが、そんな言葉が出たのは、そのときが初めてだった。

「これ以上、俺が死ぬところを見る必要はない」

「ええ。でも、そばにいる。死ぬときに……たとえ一時的な死だとしても、誰もそばにいないなんて——いけ好かないアーカディしかいないなんて——あっていいことじゃない」

俺はテーブルの向こうへ手を伸ばした。二人の指がからみあう。

「どっちみち」とナーシャ。「誰かがそばにいて、あなたがこっそり逃げ出さないか監視しなきゃならないんだし」

実際は、俺がまた隔離チャンバーに送りこまれるまで一週間近くあった。それまでは、ほぼずっとナーシャとすごした。ときには話をしたり、彼女が〈ドラッカー号〉から持ってきたトランプで何回かゲームをしたりしたが、たいていは抱き合っていた。ほかには、たいしてすることがなかったのだ。

四日後、カーテンで仕切られた俺の眠る狭い一角にバークがやってきて、俺の服の袖をめくり上げ、水道管をぶった切って針を付けたような注射を六本打った。途中で打つ腕を替えなくてはならなかったのは、俺の左肩がすでに紫色になっていたからだ。俺になんの注射か訊かれたバークの顔には、明らかにこう書かれていた——モルモットにいちいち説明する必要はないと思う。それでも、もう一度訊かれると、天井を仰いでこう言った。

「最初の二本は、免疫増強剤。あとの四本は、前回、きみの命を奪った微生物に対抗するワクチンです。効果が出るまで二日間置いてから、もう一度試してみましょう」

「そいつはいい。じゃあ、今度は生きのびるチャンスがあると考えているわけだ？」

バークは俺を見ると、肩をすくめて背を向けた。「どうでしょうか」そして背後でカーテンが揺れて元に戻ると、つけたした。「……しかし、おそらく、そのチャンスはないでしょう」

俺はミッキー4になにがあったのか、覚えていない。彼がナーシャの腕のなかで死んだことは知っている――ミッキー3と似たような死に方だ――というのも、監視カメラの映像を見せられたからだ。だが記憶はない。隔離チャンバーの通気口が開かれたとき、フォーはすぐ走査ヘルメットの導線をはずしてプラグを抜き、ヘルメットを脱いでしまったからだ。

「ちょっと」アーカディがとがめた。「いったい、なにをしているんです？」

フォーは天井を仰いだ。「なにをしているように見える？」

「ヘルメットをかぶって、プラグを差してください。規約違反です」

フォーは首をふる。「悪いな、アーカディ。もし注射が効いたら、ここから出されしだい、すべての記録を取らせてやる。もし効かなかったら……」

「もし効かなかったら、われわれは貴重なデータを失ってしまいます」

フォーはあきれた顔をした。「貴重なデータ？　いったいなんの話だ？　スリーの身になにが起こったのか、俺になにひとつ訊かなかったくせに」

「前回きみの身に起こったことについては、わかっているんです、バーンズ。彼は肺から出血しました。そのことで、きみに質問する必要はありませんでした。もし今回、きみの身にもっと興味深いことが起こったら、どうするんです？」

フォーはたっぷり十秒間、小さな窓の向こうのアーカディをにらんでから、噴きだした。「興味深い？」笑いがおさまると、フォーは言った。「興味深いだと？　いいか、クソ野郎。もし、ここにいるあいだに俺の身に興味深いことが起こったら、必ず教えてやる。それでいいな？」

「バーンズ。そのヘルメットをかぶりなさい。いますぐ」

フォーは腕組みをして、アーカディをせせら笑った。

「その防護服は破れやすい。防護服に穴をあけるくらい、ちょろいもんだろ？　そこのところをよく考えてから、ここに入ってきて、俺にヘルメットをかぶせるんだな」

あとでわかったことだが、フォーの身に起きたことは、特に興味深いものではなかった。彼はスリーよりかなり長くもちこたえた――なんらかの症状が現れるまで、二十四時間以上あった。それでも、彼の命を奪った微生物が活動しはじめると、あとは早かった。まず消化管がやられ、口と肛門から血液まじりの液体がどっとあふれだした。微生物はそこでとまることがなくなると、肝臓と腎臓を襲った。三十二時間後に感染、三十六時間後に意識不明。そして四十時間たつ頃には、死んでいた。

また床の上で目を覚ました。今度は、十一本の注射が待っていた。

「わお。早いな」

「そうでもないんですよ」バークが言った。「前回の実験から、八日たっています。今回はデューガンから、次の予防接種の準備ができるまで、新しいきみを出すなと言われていたんです。どっちみち培養槽行きになるのに、食べ物をあたえて資源を無駄にしてもしょうがないでしょう？」

バークは次々に注射を打っていく。右肩に四本、左肩に三本、そして残りは右の太ももに。

「そういえば」注射を終えると、彼は言った。「デューガンから、これも伝えるように言われました。マーシャル司令官から、今回はヘルメットを着けるようにとのことです」

「いやだね。断る」

「そうでしょう。きみはそう言うだろうと、彼は考えていました。それで、こう伝えるようにも言われました。もしきみがイエスと言わなかったら、次の実験では予防接種なしで隔離チャンバーに放りこみ、きみが指示に従うまで何度でも同じことをするそうです」

そして彼は去っていき、培養槽の端に裸で取り残された俺は、どっちのほうがひどいか考えていた。記憶は一切残らないが永遠にくり返される苦痛か、永遠に記憶に残るが一度ですむ恐ろしい死か。

結局、俺はヘルメットをかぶることにした。またナーシャが見送りに来てくれた。今回はキスすると、俺に両腕を回し、アーカディに引き離されるまで俺を放そうとしなかった。「今回はきっと成功するわ」俺が隔離チャンバーに入ると、ナーシャは言った。「今回はきっと、生きて出られる」

「どう思う？」俺はアーカディに訊ねた。彼は走査ヘルメットにいくつもの導線をつないでいる。「今回は成功するか？」

アーカディは肩をすくめた。「もっと奇妙なこともありましたからね」

隔離チャンバーに入って一日後、俺は元気だった。

二日後、元気だった。

三日後、おかしな椅子でなんとか眠ろうとしているせいで体が凝り、不機嫌だった。おまけに、引き出しのおやつは残り少ない。だが、それ以外は問題なかった。

八日目の朝、アーカディからこう指示された——裸になって、手脚を大きく広げて立ち、息を止めて目を閉じてください。それから三十秒間、俺は一連の薬剤を噴霧された。薬剤はだんだん腐食性が高くなり、最後にはほぼ間違いなく有毒なものになった。

「息をしてください」薬剤の噴霧が終わると、アーカディは言った。「ただし、目はまだ閉じていてください」

いくらぎゅっとまぶたを閉じていても、紫外線殺菌ライトのぎらぎらした光は苦痛だ。それを三セット、くり返した。

終わったときには、頭からつま先まで真っ赤っかで、まるで生きたまま皮を剝がれた気分だった。

ともあれ、生きていた。

初めて、隔離チャンバーから歩いて出られた。

「服を着てください」アーカディは言った。「そして医療セクションへ行ってください。まだ安心するのは早いですよ、ミッキー」

「ねえ」ナーシャが言う。「一緒に行ってもいい？」

アーカディは長々と彼女を見てから、首をふった。「やめたほうがいいでしょう。彼が医療セクションでチェックを受けたら、お好きにどうぞ。それまでは、彼はまだ潜在的媒介生物です」

検査の結果は、ほぼ完璧だった。

ほぼ。

血液検査、身体検査、皮膚培養検査、咽頭培養検査、静脈洞培養検査——どれも問題なし。最後に受けたのは、全身のMRI検査だった。

「念のためだよ」バークは言った。

どうだか。

俺は食堂へ行き、ナーシャの向かいにすわった。彼女はサイクラー・ペーストをすすりながら、また触れていいという許可が出しだい俺にするつもりのことを、あれこれじつに詳細に話していた。すると話の途中で急に口をつぐみ、俺の後方を見た。ふり向くと、バークがいた。タブレットを抱えている。

「体液を交換しあうような行為は、まだしてませんよね？」

「ええ、まだよ」ナーシャが答えた。「絶対するつもりだけど」

「だめです。それはいけません」

バークはタブレットの向きを変え、俺たちに見せた。ある画像が表示されている。半分に切ったクルミの写真で、灰色のものが白いものを包み、白いもののなかに……。

「なんだ、これ？」俺は訊ねたものの、その答えはすでにわかっていた。

「きみの脳です」とバーク。

「そんなわけないでしょ」ナーシャはテーブルに身を乗り出し、指で画像の真ん中の黒い渦をつついた。「じゃあ、これはなんなのよ？」

「腫瘍だ」俺は言った。「脳腫瘍ができてるんだろ？」

「いいえ」バークは答える。「脳腫瘍でないのは確かです。きみの体は生まれて一週間はどしかたっていません。腫瘍の成長はそこまで速くありません」

「そいつはよかった。じゃあ、なんなんだ?」

「わかりません。ですが、判明するまで、隔離チャンバーに戻ってもらいます」

ところで、死ぬ方法を選べるなら肺出血はやめておけと言ったのは、覚えているよな? それなんだが、避けたほうがいい死に方リストに、もうひとつ加えたいものがある——脳の内部から寄生虫に食われる死に方だ。

寄生虫どもは俺を殺すのに一ヵ月近くかかったが、最後の一週間ほどの俺は、ほぼ抜け殻みたいなものだった。だが二週間目と三週間目は、楽しいものじゃなかった。頭痛から始まり、次に発作、それから進行性認知症。挙句の果てに、壁が話しかけてくる。ナーシャはおまえのことなんか本当は愛してないとか、これまでに死んだ先代の俺たちがそろって地獄で待ってるぞとか、寄生虫はひたすら食いつづけるだけでけっして死なせちゃくれないぞとか、言ってくるのだ。

結局、それはウソだった。寄生虫は俺を死なせてくれた。

それが終わると、俺の口と鼻と耳から無数の幼虫があふれだし、彼らのライフサイクルの次のステージへ移ろうとした。次のステージがどんなものかは、わからずじまいだ。というのも、アーカディが忌々しい虫けらどもに消毒薬をぶちまけてから、ぐちゃぐちゃの残骸を全部まとめて複製ユニットの投入口に放りこみ、新たな俺をつくったからだ。

というわけで、これだけの経験をしたんだから、マーシャル司令官がなにをたくらんでいようが、いまさら俺が震え上がるわけはないと思うだろ？

そう思うだろう——だが、どういうわけか震え上がってるんだな、これが。

020

俺たちは一列になって、放射状にのびた通路のひとつを中心へ向かって歩かされている。先頭は小さいほうの警備兵で、大きいほうは最後尾につき、そのあいだをナーシャ、エイト、俺が歩いている。中央階段を下りはじめると、胃のあたりが締めつけられ、俺ははっとした——本当にまっすぐサイクラーへ向かってるんじゃないのか？　ナーシャも同じことを思ったらしく、二階を通過するとき、こう言った。「法的な裁定がくだるまで、いかなる懲戒処分も執行できないのはわかってるわよね？」

「おいおい」大きいほうの警備兵が、後ろから答える。「俺たちにアレを見られたとき、その場で焼き殺されなかっただけラッキーだと思え」

「クソが」とエイト。「おまえは何者だ？　人口増加提唱者《ナタリスト》か？」

「そうさ。ちなみに、マーシャル司令官もだ。おまえらはやらかしてくれた」

「そのとおりだ」先頭の警備兵がふり向きもせずに言う。

「このコロニーは、神政国家として建設されたんじゃないわ」ナーシャが反論する。「その場で火あぶりなんて、できるわけがない」

警備兵は肩をすくめた。「それはマーシャルしだいだろ」

一階まで下りてくると、連れていかれた先はサイクラーじゃなかった。地下牢でもない。まあ、そんなものはないからだが。ここには、俺の知るかぎり、牢獄すらない。というわけで、俺たちは警備セクションの待機室へ連行された。妙な場所を選んだものだ。待機室には、戦闘スーツと武器でいっぱいのロッカーが並んでいる。おまけに、軽食マシンもある。俺たちは武装反乱を起こすこともできるし、コーヒーと軽食を楽しむこともできる。

警備セクションにとっては、かなりまずい選択に思える。

「ここで待ってろ」大きいほうの警備兵が、俺たちをなかに入れてドアを閉めようとする。

「ここにある物には手を触れるな。それと食事を注文しようなんて思うなよ」

「従わなかったら、どうなるの？」とナーシャ。

警備兵は長々と彼女をにらんでから、首をふった。「とにかく、ここで待ってろ」

彼がいなくなると、ナーシャはロッカーのひとつへ歩いていき、スキャナーに自分のオキュラーをかざした。表示部のライトが赤く光った。

「まあ、試す価値はあったわよね」

「そうだな」とエイト。肩をすくめた。「もし開いたら、どうするつもりだったんだ?」

ナーシャは肩をすくめた。「銃で自由への道を切り開くとか」

もしロッカーを開けて、俺たちになにができるか? 確かに、いい質問だ。俺たちはここに監禁されているわけでもない。武器が手に入らなくても、逃亡は可能だ。さっきの兵士たちが戻ってきたら、そのうちの一人に飛びかかることもできる。俺たちにできることは多い。だが、それでどんな利益がある？　このドームは、この星で唯一、あっというまに死なずにいられる場所だ。よく考えてみれば、ある意味、ニヴルヘイム自体がバカでかくてクソ寒い牢獄なのだとわかってくる。

部屋の真ん中に、ソファと低いテーブルがある。エイトはソファの端にどすんとすわり、頭を後ろにそらして目を閉じた。少しして、俺も反対の端にすわり、ナーシャが真ん中にすわって俺たちを引き寄せ、俺とエイトの両方に腕を回した。

「ねえ。もしミズガルズを発つ前に、自分がどんな死に方をすると思うか訊かれていたら、性犯罪で死体の穴に押しこまれるなんて答えは、なかなか出てこなかったわよね」

「きみは今日死ぬことはないさ」エイトが目も開けずに言う。「ここには、大気中を飛行できるパイロットは二人しかいない。きみはそのうちの一人だ。マーシャルはこの件できみを惨めな気分にさせる方法を考えるだろうが、殺せやしない」

「どうかしら。いまはそう思ってるかもしれないけど、わたしがキャット・チェンを殺したら？」

エイトは肩をすくめる。「そいつは、どれだけ頑張って事故に見せかけられるかにかかってるんじゃないか」

それからしばらく、三人とも静かに目を閉じて、頭を寄せ合っていた。マーシャルはナーシャを殺さないというエイトの考えは、おそらく正しい。だが俺とエイトは確実に殺される。それに俺がこの時点で確信しているのは、あとでナインが培養槽から出てきたとき、彼の目を通して見ているのは俺じゃないってことだ。テセウスの船なんか、知ったことか。

だが、まあ、少なくとも俺にはいい仲間がいる。

一時間ほどたった頃、俺たちをここに連れてきた小さいほうの警備兵が戻ってきた。

「バーンズ、行くぞ」兵士はそこで顔をしかめた。「二人ともだ。ナーシャ・アジャヤ――いまのところは、ここにいろ」

ナーシャはまだ俺たちに腕を回していた。彼女はエイトにキスをしてから、こっちを向いて俺にキスをする。兵士は目をそむけた。

「なんなんだよ、アジャヤ？　マジで。なんのつもりだ？」

「うるさい」とナーシャ。

エイトはため息をつく。「なあ、この状況は、きみにはどうすることもできないって」たぶん、そのとおりだろう。いっぽう、少なくとも俺たちの立場では、状況をこれ以上悪化させようがないのは、ほぼ確実だ。俺たちは立ち上がり、そして出ていった。

俺たちが連れていかれたのは、サイクラーじゃなかった。兵士は通路を進んで四つ目のドアで止まると、物置きほどの大きさの部屋に俺たちを入らせた。

「ここはなんだ？」俺は訊ねた。

兵士は肩をすくめる。「物置きだ」

そして俺たちをなかへ押しやり、ドアを閉めた。なかは暗い。俺のオキュラーが赤外線カメラに切り替わったが、この際さっさと眠ってしまおうと思い、元に戻した。部屋の隅にしゃがんで、膝の上に額を乗せる。ちょうどうとうとしてきたとき、チャット・ウィンドウが開いた。

ミッキー8：最×××者、か×か？

俺はオキュラーを赤外線カメラに切り替え、顔を上げてエイトを見る。エイトは反対側の隅で、俺と同じようにすわりこんでいた。すでに、いびきをかいている。

ミッキー8：わ×るか

げっ。エイトのやつ、寝言で通信してやがる。俺はまばたきしてチャット・ウィンドウを閉じ、オキュラーをシャットダウンして目を閉じた。

どれくらいたっただろう。開いたドアから入ってくるまぶしい光で、目が覚めた。新たな警備兵がやってきた。知っているやつだ。名前はルーカス。宇宙船で航行中、回転木馬でよく見かけたものだ。武術の一種を、超絶に遅い動きで練習していた。俺は一度、いったいなんの意味があるんだと訊ねたことがある。だってほら、戦闘に勝つために大事なことは、相手よりすばやく動くことじゃないのか？　すると彼は笑顔で首をふり、次の形《かた》に進んだ。

ルーカスはいつもきちんとした印象だったが、今朝は俺たちに対応することになって、あまりうれしくなさそうだ。

「おい、困ったことになってるぞ、ミッキー」

「そうなんだ」エイトが答える。「ミッキーが二人になっちまったからな」

「なにがあったんだよ？　いったいなんで、二人になった？」

「話せば長くなる」俺は答えた。「だが手短に言えば、全部、ベルトのせいだ」

ルーカスは笑った。「そりゃそうだよな。ベルト・ゴメスは変なやつだ。どうしておまえがあいつとよく一緒にいるのか、俺にはさっぱりわからなかった」

「そうなんだよ」とエイト。「最近、自分でも不思議に思っていたところだ」

「おっと」ルーカスは言った。「そろそろ、立ったほうがいい。ボスが会いたがってる」

「なんということだ、バーンズ」マーシャル司令官は言った。「ほかの諸々はさておき、これは信じたくなかった」

〝ほかの諸々〟がなんのことかは、訊かないことにする。

俺たちはまた司令官のオフィスに舞いもどり、二日前にベルトとすわらされた同じ小さな椅子に腰かけていた。この四十八時間でマーシャルの機嫌がよくなったようすはない。

「いや、その」エイトが口を開く。「これが悪いことだろうってことはわかりますよ、司令官。だが世界の終わりってわけじゃなし。いま、俺が二人存在していてはいけないこともわかる。だが、わざとやったわけじゃないのは、司令官もわかっているでしょう。それにとにかく、ある意味、これはいいことでもあります。コロニーは現在、かろうじてやっていけている状態で、俺たちが二人いれば、二人分の仕事ができます。いろいろ考えれば、俺たちの存在は必要です。今回の件は見逃すべきだと思います」

マーシャルは顔を真っ赤にして、たっぷり二秒間口をぱくぱくさせてから、いきなり立ち上がって両の拳で力いっぱい机を叩いた。

「よく聞け、忌まわしい野郎ども！ わざとやったかどうかなど、どうでもいい！ 餓死寸前のコロニーから、貴重なカルシウムとたんぱく質を七十キロ盗んだ事実は無視しよう。二人いると気づいた時点で、貴様らのうちの一人が即刻サイクラーに飛びこむべきだったという事実も無視しよう。だが、バーンズ、貴様らはとんでもないことに、もう一人の自分と関係を持っていた。わたしには……とうてい……」

マーシャルはまくしたてて口をつぐむと、どっかりと椅子にすわりこんだ。大きく息を吸いこみ、目を閉じてから、ゆっくりと吐く。ふたたび目を開けると、その表情はマネキン人形のように虚ろになっていた。

「貴様らは怪物だ」マーシャルは低く抑揚のない声で言う。「二人とも、サイクラー行きだ。この話し合いの唯一の論点であり、われわれが答えを探している唯一の問題は、バーンズの九体目をつくるべきか、そしてナーシャ・アジャヤを貴様らと一緒に死体の穴へ送りこむべきかということだ」

その言葉に、エイトの顔から力が抜け、俺は自分の目が大きくなるのがわかった。

「司令官」エイトが口を開く。「頼むから——」

「ナーシャは知らなかったんです」俺も言う。「というか、俺がエイトと彼女のいる部屋に現れるまでは、知らなかったんです。その直後に、警備セクションの人間が来て、俺たちを連行したんです。彼女を責めるのは間違いです、司令官。彼女に非はありません」

「アジャヤとはもう話した」とマーシャル。「実際、彼女はちゃんと知っていたと言っている。二日前、貴様のようすがおかしいと思ったそうだ。さらに、彼女が貴様ら二人としていたことについては〝司令官には関係ない、忌々しいナタリスト的倫理観などくそ食らえ〟と言われた」そこでもう一度、汚い言葉を吐いた口を浄めるように、ゆっくりと深呼吸する。「もし彼女が二名しかいない戦闘機パイロットの有資格者でなかったら、そしてもしわれわれが現在、この星の非友好的な知覚生物と戦闘に入る可能性に直面していなかったら、彼女はすでに消えていただろう」

「待ってくれ」とエイト。「いま、なんて?」

「二日前の晩、貴様がムカデ狩りから持って帰ってきた獲物は、完全には生物と呼べないものだった。〝ムカデ〟と呼んでいたものは、じつは一種のハイブリッド軍事テクノロジーらしい。もちろん、われわれはそうではないかと疑っていた。なにしろ、メイン・エアロックの敷板にあんなことができたんだからな。それが、貴様の持ってきた標本を検査した結果、明らかになった。われわれはいま、臨戦態勢にある。つまり、アジャヤの処遇に関しては、じっくり慎重に考えねばならん」マーシャルは椅子の背にもたれ、固く目を閉じて鼻梁をつまんだ。ルーカスのほうを指す。「さいわい、貴様ら二人にそういった問題はない」そして、ルーカスはドアのすぐ内側でずっと待機していたのだ。「彼らを待機房へ連れていけ。わたしはあと二、三人と話す必要がある。それがすんだら、彼らの件を片づけよう」

というわけで、愉快な事実が発覚した——ここには牢獄がある。

「だが、まあ」エイトが言う。「ここ数日は楽しかったよな」

俺は立ち上がり、ベンチから二歩先の寝台へ行く。ここに放りこまれるまで、このコロニーが待機房まで備えているとは知らなかった。どうやら、部屋から俺たちを引きずり出した警備兵たちも知らなかったらしい。知っていたなら、大事な軽食マシンを俺たちに使われるかもしれない危険は冒さなかったはずだ。ともあれ、牢獄については、たぶんあるんだろうなとは思っていた。俺たちが放りこまれたのは、三×二メートルの標準的な部屋だ。この部屋とドームに存在するほかの標準的な三×二メートルの部屋との違いは、ドアが外から施錠できるようになっていることだけだ。

見たところ、俺たち二人は、ミズガルズを発って以来最初の収容者らしい。

「俺たちが最初に考えたプランが正解だったようだな？」俺は寝台にどすんとすわると、寝転んで目を閉じた。「おまえはジャンケンに勝ったとき、俺を死体の穴に押しこむべきだった。少なくとも、おまえなら頭から先に押しこんでくれただろう」

「そうだな」とエイト。「それについちゃ、おまえの言うとおりだろう。マーシャルのやつ、本当に二人とも殺すかな？」

「たぶんな」

それからしばらく、俺たちは黙っていた。奇妙なものだ――ある意味、こんな事態になってほとんど安堵している。あの日自分の部屋に戻り、培養槽のどろどろにまみれたエイトが俺の寝台で寝ているのを発見して以来、俺はずっとみぞおちのあたりに理屈抜きの恐怖が凝り固まっているのを感じていた。この状態を永遠に秘密にしておけないことはわかっていたし、バレたら起こるであろう事態を恐れていた。そしてバレてしまったいま、いつなにが起こるかだいたいのことはわかっている。おかげで、気分は少し穏やかになっていた。それどころか、ほとんどうとうとしている。すると、エイトがふたたび口を開いた。

「マーシャルは、ナインを培養槽から出さないかもしれないと言っていた。あいつは本当にナインを出さないと思うか？　だってほら、コロニーにはエクスペンダブルが必要だろ」

俺は目を開け、首を動かしてエイトを見る。「マーシャルがそんなことを気にしているように見えたか？」

エイトは返事をしかけ、迷ってから、首をふった。「いいや。気にしてないだろうな」

俺はまた目を閉じる。「もっとマシな質問がある──そんなことが重要か？」

「おいおい、どういう意味だよ？」

俺はため息をつくと、起き上がってエイトのほうを向いた。「おまえは俺じゃない、エイト。そいつは明白だろ？」

エイトはたっぷり五秒間まじまじと俺を見てから、訊き返した。「なにが言いたいんだ？」

「俺が言いたいのは、ヒンメル宇宙ステーションで教官のジェマから頭に叩きこまれたことは全部──とにかく、不死身に関することはなにもかも──でたらめだってことさ。つまり、こういうことだ。俺の人生は過去六週間だけだし、おまえにいたっては、たった数日だ。そんなの、カゲロウの一生じゃないか。マーシャルに死体の穴に押しこまれたら、はい、おしまい。あいつがナインを培養槽から引っぱり出そうが出すまいが、知ったことか。たとえあいつが引っぱり出したとしても、ナインは、ナインは俺じゃない。ナインは、俺の寝台で眠り、俺の配給カロリーを食い、俺の物を全部手に入れるだけの他人にすぎない」

エイトは首をふる。「いいや。俺はそうは思わない。あの〝テセウスの船〟の話を覚えてるか？　カントを覚えてるか？　もし彼が自分のことを俺だと思っていれば、周囲の人間はみんな彼を俺だと考えるし、彼が俺じゃないことを証明する方法はない。従って、彼は俺だ。おまえがいまやってるのは、こういうことだろ？　だからこそ、連中は同じ人間が複数存在するのを許さないのさ」

俺は天井を仰いだ。「やつらが複数の同一人物を許さないのは、アラン・マニコヴァが宇宙を支配しようとしたからだ」

「なんでもいいよ」

エイトはベンチでうつむくと、腕組みをして目を閉じた。

時間は過ぎていく。俺はうとうとしては目を覚まし、またうとうとしては目を覚ましている。エイトはベンチで背筋を伸ばし、目をたいてい半開きにして、膝の上で両手を組んでいる。ある時点で、俺はふと人生最後の時間を睡眠に費やしていると思ったが、気にする気にもなれなかった。

ついに、カチッと錠が開き、ドアが勢いよく開いた。ギャリスンという名の警備兵が入ってくる。背の低い痩せた男で、バーナーは持っていない。おかげで一瞬、俺はバカなことを考えてしまう——こいつに飛びかかって打ち負かし、ここから脱走して逃げようか。逃げるって、どこへ？　アホか。

「おい」ギャリスンが訊ねる。「セヴンはどっちだ？」

俺はちらりとエイトを見た。エイトは肩をすくめる。俺はうなって起き上がり、手を上げた。

「よし、行くぞ」とギャリスン。

俺は立った。エイトがかすかにほほえむ。「向こうで会おうぜ、兄弟」

「ああ」俺たちにとって〝向こう〟とは、誰かのカップに入ったサイクラー・ペーストのことだというのは、二人ともわかっている。少なくともエイトは、彼の不死身に関する幻想をくさした俺を、許してくれたようだ。ギャリスンが後ろに下がり、通路の先を指さす。

俺は彼についていった。

サイクラーがあるのは最下階で、ドームの中心だ。俺たちの行き先がそこではないことは、すぐ明らかになった。司令官のオフィスに着いたときには、俺は結局、あと数時間生きていられるんじゃないかと思いはじめていた。

ギャリスンがドアをノックしているときに初めて、マーシャルはただ自分で俺を撃ち殺したいだけなのかもしれないと思いあたった。

「入れ」マーシャル司令官が返事をした。ドアが勢いよく開き、ギャリスンが俺に入れと手ぶりで示す。俺は彼の横を通過した。後ろでドアが閉まる。

「すわりたまえ」とマーシャル。

俺は首をふる。「立っていたほうがいいと思います」

マーシャルはため息をつき、充血した目をゆっくり閉じてから、ふたたび開けた。「好きにするがいい、バーンズ」

彼は椅子の背にもたれ、両手を膝の上に落とすと、俺を見上げた。「ベルト・ゴメスと話していたんだが、あそこであったことについて、きみが知っていることを話してもらいたい」

「あそこであったこと？　ムカデどものことですか、司令官？」

「そうだ。きみの死亡推定に関するゴメスの最初の報告書には、きみはムカデどもに殺されたと書かれていた。三日前にわれわれが話し合ったあとに提出された修正報告書では、きみは落下で死亡したとされていた。そして一時間前、ゴメスはさらに説明を修正し、じつはきみは氷の割れ目から地下トンネルか洞窟のような場所に落下したが、ゴメスがその場を離れるとき、きみはまだ生きていて意識があったと言ってきた。彼によると、きみは地上から百メートルも落下した可能性があるという。それで彼は、きみは死んだと考えた。しかし、どうやらきみは、そこからなんとか帰還する道を見つけた。そうじゃないかね？」

俺はうなずく。「それで、こんなことになったんです、司令官。ベルトは俺の死亡を報告し、俺がドームに戻ってきたときには、すでにエイトが培養槽から出てきていたんです」

マーシャルが手をふって制した。「いまは、そんなことはどうでもいい、バーンズ。わたしが聞きたいのは、その地下トンネルのことだ。それは存在するはずのないものだ。軌道上からの調査では、このあたり一帯は完全に地盤が安定していた。火山活動もなく、断層線もなく、山もなく、軟岩もない。ここに広範囲に洞窟が広がっていることを示すデータは、一切なかった」

「はい、司令官。俺も同じことを考えました」

「そうだろう。そこにいたときの印象は？　自然に形成された地形に見えたか？　そこで目にしたもののなかに、人工的に見えるものはなかったか？」

俺はためらった。どこまで話す？　地下トンネルには、その気になればドームの壁を一気に引き裂けるほどでかいムカデがいると知ったら、マーシャルはどんな反応をするだろう？

いや、考えるまでもない。どう反応するかくらい、わかる。方法さえ思いつけば、マーシャルはムカデどもを全滅させるだろう。

マーシャルは宇宙船のエンジン出力を制御している。

ムカデどもを滅ぼす方法くらい、絶対に思いつく。

ロアノークの誰かも、ある時点で同じことを考えたのだろうか？

「あの地下トンネルは、自然にできたものには見えませんでした、司令官。入念につくられたもののように見えました」

マーシャルの両の眉毛が、鼻梁の上でくっつく。「そうか。では、いったいいつ、きみはこのことを話すつもりだったのかね？」

俺は黙っている。彼がその答えを知っているのは明らかだ。気まずい五秒間が過ぎると、マーシャルは手をふって質問を取り消した。

「まあ、いい。きみの置かれた状況を考えれば、申し出るのをためらうのはわからんでもない。そこで、なにか生き物を見たか？」

これぞ、正念場だよな？　あの巨大ムカデがトンネルの外へ俺を押し上げてくれたこと、俺を庭へ逃がしてくれたことを考える。何度も見ているヴィジョンのこと、イモムシのにやにや笑いのことを考える。デューガンが雪の下へ引きずりこまれたときのことを、考える。ロアノークのことを考える。

目を閉じ、息を吸って、吐く。

俺はマーシャルになにもかも話した。

021

ドアが勢いよく開くと、エイトがはっと頭を上げた。俺を見て、ぽかんと口を開ける。

「やあ」俺は声をかける。「俺がいなくてさびしかったか？」

ギャリスンは俺たちをふたたび収監した。俺は寝台に腰を下ろす。

エイトは首をかしげた。「説明してもらおうか？」

俺は肩をすくめる。「当分のあいだ、マーシャルは自分のコロニーをムカデどもに食われることのほうが心配で、変態コピー人間二人にはかまっちゃいられないようだ」

「へえ」とエイト。「意外と分別があるんだな」

「誤解のないように言っておくが、マーシャルは俺たちを殺さないとは言ってないぞ。あいつはまだ検討していると思う。俺はベルトに放置されたあとに起こったことを、全部話してきた。あいつはびびったと思う」

「あのとき、なにがあったんだよ？　俺はなにも聞いてないぞ」

「とりあえず、マーシャルからやつらが知覚生物だと告げられたとき、俺は驚かなかった、とだけ言っておこう。ちなみに、俺たちがこれまで目撃したタイプがすべてじゃない。向こうには、飛行機を食っても、まだデザートを食う余裕があるほどバカでかいムカデがいる」

「おまけに、軍事技術もある」

「だろうな」

「しかも、俺たちは臨戦態勢に入ろうとしている」

「マーシャルはそう言ってる」

エイトは前にかがみ、膝の上に両肘をつくと、両手で顔をさすった。

「こいつはまずいぞ、セヴン。俺たちには、発達した科学技術を持つ種族と地上戦をくり広げられるだけの装備はない。しかも、こっちの数はたった百八十人だ」

「百七十六人だよ。総人数から五人減って、俺たちが一人増えたんだから」

エイトは俺を見上げて、顔をしかめる。「たいして変わらないだろ。ここに着陸してコロニーをつくる前に、知っておくべきだった」

それなら軌道上からムカデどもを爆撃できたのに、とエイトは言いたいのだ。着陸前にわかっていれば、自分たちの身を危険にさらすことなく、先にムカデどもを絶滅させることができただろう。

このとき、俺は自分に言い聞かせなくてはならなかった――エイトは、六週間程度の記憶を引いた俺だ。そのエイトの言うことに、どうして俺はこんなにぞっとしてるんだ？

俺はムカデどもに、そこまで取り憑かれているのか？

「どうでもいい」俺は言い返す。「俺たちにはわからなかったんだし、いまさらどうしようもない」

エイトは背筋を伸ばし、胸の前で腕組みをした。「そうか？」

そうに決まっている。いや、そうじゃないかもしれない。前にも言ったように、マーシャルはいつでも好きなときに、宇宙船用エンジンを出力全開にできるのだ。俺たちは優位な立場にはいないかもしれないが、まだ途方もないエネルギーを使用できる。

「ともあれ、どういうことになろうが、俺やおまえが心配することじゃないさ」

「わからないぞ」とエイト。「あいつはまだ俺たちを殺してないじゃないか」

俺はまた寝台に寝そべり、頭の下で両手を組んで目を閉じた。

「あんまり興奮するなって、エイト。こいつは一時的な執行猶予に決まってる」

どういうわけか、待機房でこうして横になり、マーシャルが俺の処分を決めるのを待ちながら、もしサイクラーに押しこまれることになったら、少なくとも、その前に殺してくれるくらいの良識があってほしいものだと願っていたら、いつのまにかシックスのことを考えていた。

俺はもちろん、これまでのすべての死を覚えているわけじゃない。フォーは死ぬ前に記憶をアップロードするのを拒否したし、俺にはツーだった頃の記憶は一切ない。だが、その二人になにがあったのかは、ちゃんと知っている。二人の最期をとらえた監視カメラの映像を見たからだ。それでも正直、どっちがひどいのかよくわからない——自分自身の死を覚えていることか、それを映像で見せられることか。ともあれ、シックスは……俺は彼の身に起きたことを知っていると思っていた。彼はムカデどもにずたずたにされた、とベルトが言っていたのだ。

ベルトは、俺のことも、ムカデどもにずたずたにされたと言っていた。

俺とその死に方に関しては、ベルトは信用できないことがはっきりしている。

となると、こんな疑問がわいてくる——シックスも地下トンネルに放置されたんじゃないだろうか？　シックスはただ、ドームまでたどりつけなかっただけじゃないのか？　もしまたベルトに会う機会があったら、真相を吐かせてやる。

たとえ、その真相がどんなにつらくとも。

まだそんなことをあれこれ考えていると、オキュラーにチャット・ウィンドウが開いた。

ミッキー8：あ×る×？　きこ××か？

俺は首を動かしてエイトを見る。

「おいおい」とエイト。「また、これかよ？」

ミッキー8：き×え×か？　か×か？

俺は起き上がった。「なにしてるんだ、エイト？」

「俺？　そっちこそ、なにしてるんだよ？　わけわかんねえこと言いやがって」

俺は首をふる。「俺じゃない。俺は、おまえが寝言で通信していると思っていた」

エイトの表情が苛立ちからとまどいに変わる。「寝言で通信？　そんなことあるか？」

「たぶんな」

ミッキー8：わか×か？　き×××か？

俺はまばたきしてウィンドウを閉じた。「おまえじゃないとしたら——俺じゃないし——誰なんだ？」

エイトは肩をすくめる。「誤作動だろ。二つの違うノードが同一ハンドルネームを使うことに、システムが対応してないんだろう。俺たちのあいだでフィードバックみたいなものがあるに違いない」

「おいおい、勘弁してくれよ。どうせ作り話だろ。ネットワークのことなんか、俺と同じくらいしか知らないじゃないか。おまえの言ってることに信憑性があるのかどうかすら、俺にはさっぱりわからない」

「いいか」エイトは言う。「マーシャルがおまえを死体の穴に押しこんだあと、もし俺の処刑をしばらく延期してくれたら、まだ寝言みたいなチャットが発生するか確認してやるよ。興味深い実験になるはずだ」

俺はため息をつく。「ありがとよ、エイト。おまえは親友だ」

この時点で、これまで計画されたコロニーはすべて惨めな失敗を喫しているという印象を抱いている人がいるかもしれない。だが、まったくそんなことはない。俺が失敗の話を並べているのは、ニヴルヘイムの周回軌道に入って以来、そのことばかり考えてしまうからだ。しかし、すばらしい成功例もたくさんある。例えば、ベルゲンの世界だ。ベルゲンの世界は、最初の植民船が到着したときは、北極から南極までジャングルに覆われていた。大陸がふたつあり――ひとつは巨大で、もうひとつはそれより小さい――どちらも赤道をまたいで両半球に広がっている。温かい青い海があり、ジャングルの島が点在し、大気には豊富な酸素と濃度の高い二酸化炭素が混ざり、狂乱状態と表現するのがもっともふさわしい生物圏が存在した。知覚生物はおらず、憂慮すべきほど大型の生き物も存在しなかったが、動物たちは敏捷で力強く気性が荒かった。樹木は半運動性かつ肉食。微生物相は適応性と伝染性があり、広く偏在していた。司令官は軌道上から少人数の調査隊を着陸させ、状況を探らせた。

戦闘スーツと重火器をもってしても、彼らは一日も生きのびられなかった。

その星の人を寄せつけない環境に、ベルゲンの世界の司令官は少々苦境に立たされた。前にも言ったように、植民船は一度着陸したら、あきらめて新たな目的地へ向かうという選択肢がほぼない。そこで、彼らは最善をつくした。

小さいほうの大陸で、生物を菌類にいたるまで全滅させた。岩盤近くまで焼きつくしたのだ。

現在のベルゲンの世界は、美しいところだ。俺の読んだあらゆる記録から考えて、楽園と言っていい。

つまり、うん、新たな惑星に着陸するたびに、必ず死の結末を迎えているというのは、事実じゃない。

ほぼ常に、誰かが、そんな結末を迎えているというだけだ。

俺たちが必ずしもそうなる、というわけじゃない。

もうすぐ正午というとき、ふたたびドアが開いた。今度は違う警備兵だ——もっと大柄で、黒っぽい肌に、きれいに剃り上げた頭。彼の名前はトニオ。二日前、カフェテリアで俺にスタンガンを押しつけた野郎に間違いない。

「立て。行くぞ」

「どっちに向かって言ってるんだ?」エイトが訊ねる。

「両方だ」

俺はエイトに目をやった。肩をすくめるエイト。俺たちは立ち上がり、待機房を出た。

予測というのはおかしなものだ。四時間前、俺はサイクラーへ行くと予測して待機房を出た。ほんとのところ、怖くはなかった。なにが起こるかわかっていたし、それに対して自分にできることはないとわかっていた。そこには、ある種の安らぎがあった。

今回、待機房を出た俺は、司令官のオフィスへムカデの話をしにいくと予測している。だが、そうじゃなかった。オフィスのある通路を通りすぎ、まだ歩いていく。心臓が飛び出しそうになり、胃が痛いほど締めつけられる。

今回は、本当にサイクラーへ向かっている。

到着すると、マーシャル司令官が待っていた。そばにナーシャとキャットと二人の警備兵もいる。今回はバーナーを持った警備兵だ。

死体の穴は開いていた。表面でいくつもの小さな閃光が踊っている。

「さて」マーシャルが口を開いた。「始める前に、二、三、質問がある」

「は、冗談じゃねえ」エイトがつぶやく。

マーシャルの目が険しくなる。「なんだと？」

「だって、そうだろ」とエイト。「あんたのことは知ってる、司令官。俺はあんたのために殺されつづけて、九年になる。にもかかわらず、普段のあんたはまともなやつだ。いつも堅苦しいが、ドラマの悪役みたいな人間じゃない。そんなあんたが、なぜいま、ドラマの悪役みたいなことをしようとしているのかわからない。あんたはコピー人間二人に自分のコロニーをうろついてほしくないんだろ。かまわない。俺たちのうちの一人を殺して、その穴に押しこめばいい。問題は解決だ。あるいは、もしそうしたいなら、俺たち両方を殺して培養槽から新しい俺を出せよ。さっさと、そうすりゃいい。時間を無駄にするのはやめてくれ」

「うむ」とマーシャル。「誤解のないように言っておくが――きみたち二人が今日、その穴に入ることになった場合、新たなきみをつくりだすことはもうない。きみの人格データは、身体テンプレート同様、サーバーから消去されるだろう。バーンズ、いま、きみたちが直面しているのは、培養槽に帰ることではない。死刑に直面しているのだ」

エイトは首をふる。「くっだらねえ。ここには百七十六人しかいないうえに、これから戦争をしかけようってんだぞ。いま現在、一人でも多くの人間が必要なはずだ。唯一のエクスペンダブルを放棄するわけにはいかないことくらい、あんたにはクソを見るより明らかなはずだ」

「それは正しい」マーシャルは歯を見せずににやりとした。「正しくないのは、きみがこのコロニーで、みずから進んでエクスペンダブルの役目を果たせる唯一の人間であるというくだりだ。実際のところ、必要なら、キャット・チェン伍長が快くきみの後任を引き受けると申し出てくれた」

エイトは口を開け、閉じてから、また開けたが、言葉が出ない。俺はキャットとその同僚兵士たちのほうを向く。二人の同僚兵士は俺から目を離さず、各自のバーナーの発射ボタンに指を添えているが、キャットは自分の前の床をじっと見つめている。

「キャット？」

「ごめんなさい」彼女はうつむいたまま言う。「悪く思わないで、ミッキー。コロニーのためなの」

俺は短くぶはっと噴きだした。「コロニーのためときたか。そうか。このあいだの晩、長々と話していたのは、このことだったんだな？　俺に自分のことを不死身と思っているかと訊いたよな？　その答えは、いまわかったんじゃないのか？」

キャットが俺の目を見た。その顔に浮かんだ苦悩に、俺の怒りが消えていく。

「わかって、ミッキー。こんなことになるなんて思わなかったの」

「いいや、きみがこうしたんだ、キャット」

彼女の目の端から涙がひと粒、頰へこぼれ落ちる。「ごめんなさい。あたしはただ……」

「黙って」ナーシャが怒鳴る。「マジで黙って、チェン。そのムカつく口を閉じてなさい」

「いいかげんにしろ！」マーシャルがたしなめた。「これをある種の裏切りであるかのようにふるまったところで意味はない、バーンズ。わたしの知るところでは、チェンがきみの状況に気づいたきっかけは、きみの行動であって、彼女自身の行動からではない。そして気づいたからには、職務規定上、司令官に報告しなくてはならん。もしそうしていなかったら、彼女はいま、きみの隣で死体の穴に入る順番を待っていただろう。そのうえ、きみの後任に志願するという彼女の決断は、きみが最終的にどうなるかとはなんの関係もない。わたしがきみを消すと決めれば、われわれは後任の志願者を探すか、強制的に誰か一人を選出するまでの話だからな」マーシャルはそこで間を置き、いまの内容を俺たちが充分理解するのを待ってから、つづけた。「しかし、いまもっとも重要なことは、きみたちにはまだ、そんな事態を発生させずにすむチャンスがあるということだ」

室内がしんと静まりかえる。俺たちの背後で、警備兵の一人がバーナーの安全装置をふたたびセットする音が聞こえた。

最初に口を開いたのは、エイトだった。「なにをすればいいんですか？」

「いつもやっていることだ」マーシャルは答える。「死体の穴に入りたくなければ、自分の職務をまっとうするだけでいい。きみたちに任せたい任務がある」

俺は天井を仰いだ。「おおかた、俺たち二人とも死ぬに決まってる任務だろ？」

マーシャルはこっちを向き、ほほえみをにやにや笑いに変えた。「いまさら職務明細書に言及する必要があるかね、ミスター・バーンズ？」

俺はため息をつく。「どんな任務ですか」

そして、司令官は任務を告げた。

022

反物質ってのは——一応、言っておくと——最悪の代物だ。

単独でじっとしているときは、普通の物質と基本的に変わらない。もしビッグバンで生まれた反物質が実際よりわずかに多く、通常の物質がわずかに少なかったら、いま頃、完全に反物質でできた世界になっていただろう。だが、そうはならなかった。それで俺たちは通常の物質でできた世界にいるわけだが、そこに反物質を持ちこむと、まずいことが起こる。通常の物質と反物質が相互に作用している場合、質量の話をそのままエネルギーの話に当てはめるのはけっして正しいとは言えないが、条件しだい——正確にどんな微粒子が作用しているか、出合う前のエネルギーの状態、どんな環境下にあるか——で、ガンマ線の乱射から、光速に近い速度であちこち跳ね返る素粒子の莫大な噴出にいたるまで、あらゆるものが得られる。

ワンかツーなら喜んで話してくれるだろうが、生物である以上、人はそういうものの近くには絶対に行きたがらない。

反物質は昔の地球で、人類離散《ディアスポラ》前──〈チン・シー号〉が誰かのオートCADで設計されるよりも前──に発見されたが、長いあいだ、ただの珍しいものでしかなかった。大量に合成・保存する方法が発見されたのは、バブル戦争勃発の直前だ。実際、ほとんどの人々は、チュガンキン・プロセスはディアスポラに直結することになった唯一の進歩だと主張するだろう。

その理由のひとつは、反物質が恒星間旅行にとってきわめて重要であるという点だ。物理学がすでに発見している物質のなかで、反物質ほど小さく、星から星への広大な距離の横断に必要な速度を出せるだけのエネルギーを保持しているものは、ほかにない。それでも、たとえそれが間違っていたとしても──もし、例えば、彼らがチュガンキンによる発見前に検討していた推進剤不要の電磁推進システムといった概念のいくつかが、実際によい結果をもたらしていたとしても──大量の反物質をつくりだす能力がなかったら、ディアスポラが起こる可能性はかなり低かっただろう。

もうはっきりしているだろうが、コロニー建設ミッションに乗り出すのは、あらゆる面で窮余の策だ。莫大な費用、低い成功率、たとえ成功したとしても、向かう先の星はおそらく、少なくとも二、三世代のあいだは、元いた星よりとてつもなくひどい環境だろう。

そんな飛躍を遂げるには、重大なものへ向かってひた走っているか、真に恐ろしいものから全力で逃げているかのどちらかでなければならない。古代ミクロネシア人の場合、逃げていたのは資源の枯渇と飢餓からだった。

俺たちが逃げていたのは、バブル戦争からだ。

人類の歴史において、新たな技術の進歩があれば、まずポルノ業界の利益を上げるために利用されてきたのは言うまでもない。印刷機？ 聖書も印刷されたが、ほとんどはポルノの印刷に使われた。抗生物質？ 性感染症の治療に最適だ。オキュラー？ それが最初になにに使用されたかを、ここで説明するのは勘弁してくれ。ただし大型反物質製造機は、その例には当てはまらなかった。光速で動くクォークとグルーオンの雲が急激に広がっていく現象に、官能的な要素など微塵もない。

新たな技術の進歩が次に利用される分野は、もちろん、戦争だ。

その分野で、反物質は凶悪なほどすばらしい結果を出した。

公平のために言えば、俺たちの祖先は、どうしたら反物質をエネルギー生産と宇宙船の推進力のようなものに利用できるかということも十秒くらい考えてから、同じ人間を放射性ダストに変えるのに使えないかということに関心を向けた。とはいえ俺が思うに、そのおもな理由は、磁気単極子バブルが発明されるまでは、反物質を大量殺戮に使う実用的な方法がなかったからだろう。反物質爆弾は、例えば、熱核爆弾のような使い方はできない。爆発させるまで反物質を通常の物質と作用させないように、反物質の核を完全に隔離しておく方法が必要だし、五千キロのトーラス磁場とそれを納める真空チャンバーがなければ、そんなことは非常に難しいからだ。

磁気単極子バブルは、その問題をスマートに解決した。教官のジェマが説明してくれたように、ひとつひとつのバブルは時空の結び目のようなもので、バブルの内と外は本質的にべつの世界なのだ。そういうバブルで少量の反物質を包めば、反物質の秘めた莫大なエネルギーを小型で比較的安全に扱えるパッケージに納めることができる。〈ドラッカー号〉も、こういう形で燃料を積んでいた。宇宙船が加速するあいだ、反物質の詰まった磁気単極子バブルが格納庫から反応室へ絶え間なく流れこみ、そこで通常の物質が詰まった逆極性のバブルと混ざりあう。

そして、二個ずつ、バブルがはじける。対消滅（物質と反物質が出合って消滅し、エネルギーに変換される現象）が発生し、宇宙船が進む。

この話がどこへ向かっているか、わかってきただろう。

バブル爆弾はごく単純な仕組みだ。たくさんの単極子バブルに反物質を詰め、ある種の配送装置に入れるだけ。配送装置が標的の上で破裂すると、バブルが風に乗り、磁力で相互に反発しあって離れていく。一定の時間がたてば、バブルははじける。

まきちらしていい範囲とバブルに詰めた反物質の種類によって、結果は成層圏に穴をあける規模から、硬放射線と量子的粒子の雨で目標地域の生物を、ウィルスを含めて全滅させる規模までさまざまだが、建造物やほかのインフラ設備は一切損傷を受けない。

そこが、昔の地球で戦争を計画した者たちの注意を引いた。当時はとっくに熱核兵器があったが、黙示録的な人類の心中より有益な使い途《みち》は見つかっていなかった。問題はこうだ。敵を打ち負かせるだけの熱核兵器を使用すれば、死の灰や、成層圏にばらまかれる塵芥、なかなか下がらないバックグラウンド放射線量といった環境への悪影響が発生し、その結果、標的にした地域の人々を殺害するだけでなく、その周辺や、その周辺の周辺、さらにはその周辺の周辺の周辺にまで影響がおよび、ついにはおそらく自分たちまで巻きこまれてしまうことになる——それも、犠牲者が反撃に必要な終末兵器を所有していなかったらの話だ。もし、こっちが最初からそこまでエスカレートするつもりでいたなら、相手もおそらく、終末兵器を所有していたことだろう。

バブル爆弾はそういった問題をすべて解決した。正確に製造され、正しく展開されたバブル爆弾は、長期的な悪影響をほとんど出さずに敵の領地の広範囲を滅ぼすことができる。この爆弾は小型で軽量のため、ひそかに展開することが可能で、爆弾に気づいたときには敵はすでに死んでいる。人も動物もあらゆる生き物を殺すことが可能だから、お望みなら翌日にでも敵地に入って支配することができる。死体の臭いすら気にする必要がない。なにしろ、死体を腐敗させる細菌まで死滅しているのだ。軍人からすれば、完璧な兵器だ。生身の人間からすれば、もちろん、悪夢でしかない。

ここで重大なのは、そういうことが起きていた当時、昔の地球はちょっとした環境の危機にあったことだ。人口密度は、現在のエデンと比べて百倍近い高さだった。人類離散《ディアスポラ》で散ったほとんどの世界の平均人口密度と比較すると、千倍以上。さらに彼らの農工業は、現在と比べるとかなり非効率で厄介だった。結果として、彼らはほぼ自分たちの出す廃棄物で窒息しかけていた。二、三百年かけて、彼らは大気の化学的性質を変化させ、かつては人口過密ぎみだった地球全体を、急速に居住不能な環境にしてしまい、食糧と水、両方の分配に深刻な問題を抱えていた。この状況に加え、地球は政治的に完全に分断されていた。主権を主張する独立国家が地球の各地で二百近く存在していたのだ。そこへ突然、こんな兵器が登場した。この兵器を使えば、そういった国家のうちのひとつが、ほかの国の住民を完全に抹殺できる。そうなれば、新たに空いた領土に進出できる。つまり、最悪の事態につながる要因が発生したわけだ。

バブル戦争の記録は、あまり信頼できないだろう。というのも、ほとんどすべての記録が、先にもっとも苛烈な攻撃をして生きのびた側の人間によって書かれたものだからだ。それでも、正確にわかっていることがいくつかある。バブル戦争は、合計三週間足らずで終わった。参加したのは、六つかそこらの独立国家だけだった。戦争が終結したのは、単に地球に存在する反物質の供給源が枯渇したからだ。

いちばん重要なことは、この戦争で昔の地球の人口——当時は、人類はそれで全部だった——の半分以上が、死んだか死にかけているかのどちらかだったことだ。

ほとんどの歴史家は、二十年足らずでおこなわれた〈チン・シー号〉の打ち上げを、バブル戦争に対する直接的反応と考えている。ほかに人類離散《ディアスポラ》を説明できるか？　すべての創造物のなかで人間が生きていくよう進化してきた唯一の惑星、テラフォーミングも予防接種も先住の知覚生物との戦いもいらない唯一の惑星をあとにして……ニヴルヘイムみたいな星へ行くことを、ほかにどう説明できる？　当時の人々にとっては、人類がひとつところにとどまっていれば、最終的に殺し合いをすることになるのは明白だった——その考えが正しかったのは、ほぼ確実だ。昔の地球からは、もう六百年以上音信がない。

人類が長く生きのびる唯一の希望は、散らばることだった。

当時の人々にとって、もうひとつはっきりしていたのは、ディアスポラに反物質兵器をともなえば効果はないということだ。ユニオン発足当時から、昔の地球は追放されていたため、現在では、地球にまだ生きている人間がいるかどうかすらわからない。俺たちは彼らとは違うと思いたい。彼らより見識があるとか、進化しているとか、とにかくそんなふうに思いたいのだ。

だが、それは誤りだ。ユニオンの人々だって、結局は、昔の地球の連中と変わらない。俺たちは相変わらず言い争っている。相変わらず、ときには戦うこともある。

ただし、戦いに反物質は使わない。それが揺るぎないルールであり、同一人物が複数存在することを禁じる法律よりずっと深く人々の精神に根付いており、ユニオンに加盟するすべての世界が遵守している。

もしそのルールを破り、そのことが近隣の世界に見つかれば、〈弾丸〉をお見舞いされる。

023

「ここだよな？」ベルトがコックピットから訊ねる。

ベイドアが横にスライドして開くと、俺は下を見た。俺たちはあるクレバスの上空をホバリングしている。荒涼とした雪景色にあるほかのクレバスとほとんど変わらない。これが俺の落下したクレバスか？

「さあな。たぶん、そうじゃないか？」

「イエスと受け取ろう」とベルト。

ホイスト装置からケーブルが二メートル伸びてくる。エイトはバックパックを背負い、ケーブルのフックに留め具をつないだ。

「じゃあ、下で会おう」エイトは宙に足を踏み出した。

ケーブルがくり出されるあいだに、俺は自分のバックパックを持ち上げる。思ったほど重くない。

こんなものに、ひとつの街の生物を全滅させる威力があるとは、信じがたい。すぐに、ホイストがケーブルを巻き取りはじめた。だがケーブルの先端が現れたとき、俺はためらった。

「なあ、ベルト？　これをやる前に、はっきりさせておきたいことがある。本当は、シックスの身になにがあったんだ？」

ため息をつくベルト。「ムカデどもに襲われたんだ、ミッキー。最初に訊かれたときに、そう言ったろ。おまえが培養槽から出てきてすぐに」

「そんな話は信じない」俺は言い返す。「おまえは、俺のこともムカデどもに食われたと言ったんだぞ、忘れたのか？」

「食われたとは言ってない。襲われたと言ったんだ。食われたってのは、おまえの推測だ。シックスはここからそう遠くないべつのクレバスを調べていた。ムカデどもは、前にも言ったように、雪から突然現れた。だが、シックスを引き裂いたりはしなかった。穴のなかへ引きずりこんだんだ。それから十五分後、シックスの信号が途絶えた。最後の十分間、シックスはわけのわからないことを言っていた。俺の印象では……」

「なんだ？」と俺。

「ムカデどものしていたことは、間違いなく、俺たちがおまえの捕まえてきたムカデにしたのと同じことだ。やつらはシックスを徹底的に調べて、仕組みを解明しようとしていたんだと思う」

「ムカデどもはシックスのオキュラーを故障させたんだな。俺のオキュラーもやられた」

「たぶんな」とベルト。「それでなにかできるとは思えないが」

過去数日間の俺なら、その意見にうなずいただろう。だが、いまは？

「おまえは俺にウソをついた」俺は言う。「司令官にウソをついた。おまえは俺より先に、ムカデどもが知覚生物だとわかっていたに違いない。それはサイクラーに放りこまれてもしょうがない罪だぞ、ベルト。なにを考えていたんだ？」

ベルトは答えない。俺はたっぷり十秒待ってから、首をふり、ケーブルに手を伸ばした。

「怖かったんだ」ベルトが言った。

俺はふり向いた。ベルトは目を合わせようとしない。

「怖かったって、なにが？　ウソの報告をするまでは、おまえにはなんの落ち度もなかった。俺の身に起こったことは、おまえの責任じゃなかったんだぞ」

「いいや」とベルト。「司令官が怖かったんじゃない。俺が怖かったのは、あの忌々しいムカデどもだ。たぶん、俺はおまえを救出できただろう。あの穴からおまえを引き上げることができたはずだ。ひょっとしたら、シックスだって救えたかもしれない。もし俺が速やかに着陸して、線形加速器を持って行っていたら。けど、俺はそうしなかった。そうしなかったのは、怖かったからだ」

こうして、にわかに、すべてのつじつまが合った。

「おまえはベルト・ゴメスだぞ。幅三メートルの隙間を、秒速二百メートルの飛行機で通り抜けられる男じゃないか。怖いものなんかあるわけがない」

ベルトはため息をつき、首をふる。

「サイクラー行きになるかもしれない危険を冒したのは、認めたくなかったからなのか？　俺や司令官に……そして自分自身に？　自分が外にいるやつらを恐れていることを、誰にも知られるわけにはいかなかったからなのか」

ベルトは操縦装置に向き直った。「エイトが待ってるぞ、ミッキー」

「いいか。もし俺のコピーがどうにかナインまでたどりついたら、必ず真っ先におまえをボコボコにしてやるからな」

ベルトはなにも言えない。

俺は留め具をつないで、降下した。

「で」俺が穴の底で留め具をはずすと、エイトが訊ねた。「こ、ここがその場所か？」

俺は周囲を見回す。クレバスの底は、幅が五、六メートル。両側には氷の壁がそびえ、いっぽうの壁の三十メートルほど上に、少しサルの頭に似た岩が氷から突き出していた。

「うん」俺は答える。「ここだと思う。だが、それはあんまり重要じゃない。このあたり一帯は自然にできた穴じゃなく、掘削されたものに違いない。もし前に来た場所が正確にはここじゃなかったとしても、はりめぐらされた地下トンネルに通じるべつの入り口を見つければいいだけだ」

ケーブルが消えてしばらくすると、重力発生装置のうなりが聞こえ、ベルトの飛行機が加速して去っていった。俺たちは歩きだした。サルの頭に似た岩をちょうど過ぎたところで、穴の縁が見えた。どうやら、ここ数日は穴を覆いかくすほどの雪は降らなかったらしい。

「あそこだ」俺は言う。「あそこから、落ちたんだ」

俺たちは縁まで歩いていき、急な傾斜のトンネルを見下ろした。岩壁にかこまれたトンネルの幅は、一メートル余り。

「なんとか下りられそうだな」とエイト。

「エイト、こんなことするべきじゃない」

エイトはふり向いて、俺を見る。「もっといい方法があるのか？」

「いいや」と俺。「そういう意味じゃない。こんなことをするべきじゃないと言ってるんだ」

「するべきだよ」とエイト。

「ムカデどもは、知覚生物だ」俺は親指で自分のバックパックを指す。「それに、こいつの使用は戦争犯罪だ。もしこんなことをしたのがミズガルズに発覚したら、俺たちはゴールトの二の舞いになっちまう」

俺とエイトのバックパックには、どう見ても小型のバブル爆弾としかいえないものが入っている――〈ドラッカー号〉の燃料庫に残っていた反物質の小さな塊を五万個拝借して、それぞれ磁気単極子バブルに封じこめたものだ。俺たちがこれを放てば、ひとつひとつのバブルが散らばり、大気中を鬼火のように漂っていく。

最終的に、バブルははじける。

そんなものをいま背負っているかと思うと、鳥肌が立つ。

「やつらが知覚生物だってことは知ってる」エイトは言う。「だから、これをやらなきゃならないんだ――それに、こういう兵器の使用が戦争犯罪になるのは、人間に対して使った場合だけだ。拠点コロニーでは、なんでもありだ。地球化《テラフォーミング》をおこなってきた人間たちは、必要とあらば大陸全土から生物を徹底的に滅ぼして、自分たちの住みつく場所をつくってきた。それくらい、知ってるだろ」エイトは穴の端にすわって、身を乗り出す。「手を貸してくれないか？　最初の岩棚まで少し落差がある」

「やつらの一匹が、俺を助けてくれたんだ」

エイトが顔を上げてこっちを見る。「なんだって？」

「四日前」俺は説明する。「こういう地下トンネルで迷子になって、ベルトが俺を見捨てて行ったときのことだ。バカでかいムカデに助けられた。そのムカデは俺をひょいと持ち上げて、ドームのすぐ近くまで運んでくれた。そして俺を逃がしてくれたんだ」

「つまり、こういうことか」とエイト。「俺たちの身に起きたこの厄介事は、じつはムカデのせいだった」

そう来たか。まあ、それもひとつの見方だろう。

「とにかく」エイトはつづける。「そんなことはどうでもいい。マーシャルが言ってただろ。もしこれをやらなかったら、俺たちはサイクラー行きになり、もう培養槽から新しい体で出てくることはなくなるんだぞ。マーシャルはサーバーから俺たちの人格データを消去し、ムカつくキャット・チェンが俺たちの役目を引き継いじまう」エイトは少し前に体をずらし、また下をのぞく。「いいか？　俺はこれをやるべきだと思う」穴の両側に手をついて体を持ち上げると、エイトは両脚を穴に垂らした。「下で会おう」

エイトは穴のなかに体を下ろし、見えなくなった。

俺はその場につっ立って、長いこと、穴を見つめていた。このまま立ち去ることもできる――ふらりと雪原に出て、循環式呼吸装置《リブリーザー》の密閉を解除すれば、それでおしまいだ。とはいえ、それじゃなにも変わらないよな？　ベルトかナーシャが派遣されて俺の死体を探しだし、バックパックを回収するだろう。それをミッキー・ナインに背負わせて――エイトはまだ仕事を終えていないと判断され――地下トンネルに送りこむはずだ。

ようやく、俺のオキュラーに連絡が来た。

ミッキー8：来いよ、セヴン。やるべきことをやるぞ。

俺はため息をつき、バックパックの紐を締めると、エイトにつづいて下りていった。

「ふた手に分かれよう」エイトが言う。「たがいにできるだけ遠く離れてから、同時に兵器のトリガーコードを引こう。そうすれば最大の範囲にばらまけるし、いっぽうの兵器の爆風がもういっぽうの兵器の分散パターンを乱す心配もいらない」

「エイト――」俺は言いかけたが、エイトは頭をふる。

「やめろ。聞きたくない。歩きだせ。音声チャネルは開いておけよ。準備ができたら知らせてくれ。それと、もし先日の友人に出会ったら……」エイトは背を向けた。「知るか。悪いなとでも言っとけ」

俺はその場に立って、エイトが脇へ伸びるトンネルのひとつに消えてからも、赤外線カメラに映る彼の体温を示す光が薄れていくのを長いこと見つめていた。ひょっとして、エイトが戻ってくると思ってるのか？　だが、あいつは戻ってこない。結局、俺は自分の進むトンネルを選び、両肩にかかるバックパックの紐を直すと、歩きだした。

「セヴン。聞こえるか？」

「ああ。聞こえる」

「なにか見えるか？　このあたりの地下トンネルには、なにもいないようだな」

「ああ。だが、ときどき物音が聞こえる」

「うん。俺も聞こえる。壁の向こう側を引っかくような音だろ？」

「そうだ。たぶん、友人たちだろう」

「そいつら、俺たちが来たことを知ってると思うか？」

俺はあきれて天井を仰ぐ。そんなことをしても、エイトには見えないとわかっちゃいるが。「ここはあいつらの住みかだぞ、エイト。もしドームにムカデが入ってきたら、俺たちが気づくまでどれくらいかかる?」

沈黙がつづき、俺はそのうち、エイトは接続を切ったのだろうかと思いはじめた。

「俺たちがここでしようとしていることを、やつらは知ってると思うか?」

十分後、俺は交差点でどっちへ進むか考えていた。上り坂のルートか、曲がりくねって下っていくルートか。そのとき、通信が入った。視界の左上の隅に、静止画像が現れる。広々とした奥行きのある洞窟を、上から見た画像だ。

隅から隅まで、びっしりとムカデどもに覆われている。

小さいほうのムカデたちだ。デューガンを倒したり、メインのエアロックの床を引き裂いたりしたのと同じ種類だ。

数千匹はいるに違いない。

いや、数万匹だ。

「セヴン! セヴン、おまえも見てるか?」

「ああ、見てる。エイト、聞いてくれ……」

俺の言葉はそこで途切れた。聞いてくれって、なにを? ずっと前、祖母の別荘の庭で逃がしてやったクモのことを思い出す。もしあのクモが家に戻ってきていたら、俺はまた助けただろうか？ それとも、踏みつぶしておしまいにしただろうか？

もし庭でクモが何百匹もいる巣を見つけ、クモが庭を植民地にするためにやってきたことがわかったら、俺はどうしていただろう？

「エイト？」

返事がない。

「エイト？ 聞こえるか？」

俺のキャッシュメモリに最後の画像が入ってきた。ひどくぼやけていて、ほとんど判別できない。ほとんどの人は、これを見ても、なにが映っているのかさっぱりわからないだろう。

だが、俺にはわかる。バカでかいムカデの口と摂食肢を、わずか二メートルの距離から見たものだ。

そのとき、エイトが死んだと気づいた。

どうする？ エイトがどこにいたのかは、わからない。このムカデの託児所まで、どれくらい距離があるのかもわからない。

エイトは襲われる前にトリガーコードを引く時間があったのかも、わからない。

この地下トンネルは、やみくもにはりめぐらされた迷路だ。エイトの死んだ場所は、ここから何キロも離れたところかもしれないし、次の角を曲がったところかもしれない。

エイトを探してもいい。

いま、トリガーコードを引いて、おしまいにしてもいい。

俺は目を閉じ、トリガーコードに手を伸ばしかけて、ためらった。

キャンプファイヤーが見える。炎が逆再生されて煙を吸いこみ、灰は薪に戻っていく。

今度はイモムシが見える。だが、にやにや笑いはない。目は険しく、口は真一文字に引き結ばれている。

視界の隅に、チャット・ウィンドウが開いた。

ミッキー8：わか×か？

俺は目を開ける。

闇のなかで、なにかが動く。

トンネルをふさぐほど、バカでかいなにかが。

ミッキー8：わかるか？

俺はまばたきして、舌で歯の裏をなぞり、ごくりと唾をのみこむ。片手は兵器のトリガーコードにそっと触れている。

ミッキー8：ああ、わかる。

ミッキー8：おまえはサイコーか？

うん、いまのはわからない。巨大ムカデは近づいてくる。二対の大あごは、両方とも大きく開いている。間違いなく威嚇のポーズだよな？　俺は思わず一歩後ずさり、兵器のコードを握る手に力をこめた。

ミッキー8：おまえはサイコーか？

俺はやれやれと首をふった。バカだな、俺は。たとえこいつが人間のボディランゲージを知っていたとしても、おそらくこいつに目はないだろう。

ミッキー8：われわれはおまえのホジョシャを壊した。おまえはサイコーか？
サイコー？　ホジョシャ？
こいつはエイトの話をしているんだ。
俺はいま、トリガーコードを引くこともできる。
できるが、しない。
代わりに、信じてみることにする。

ミッキー8：そうだ、俺がサイコーだ。

ムカデは頭を地面に下ろし、二対の大あごをゆっくり閉じていく。最初に内側の大あごが、つづいて外側の大あごが閉じる。

ミッキー8：わたしもサイコーだ。話し合うか？

というわけで、俺たちは話をした。

024

ユニオンを構成する数百もの世界すべてのなかで、先住の知覚生物と人類がなんとか共存している世界は、ひとつしかない。はるかかなたに浮かぶ小さな準惑星で、巨大ガス惑星――この星自体は銀河の渦状腕《かじょうわん》のはずれに浮かぶM級の星を周回している――の周囲を回っているが、いちばん近くのコロニーまでおよそ二十光年離れている。人類をそこへもたらしたミッションは、人類史上もっとも長い無寄港航行の成功例だった。彼らはその惑星をロング・ショットと名づけた。

その背景には、まったくべつの物語がある。

ロング・ショットの先住生物は、樹上で生活する頭足類だ。彼らが枝から枝へすばやく移動する動画を見たことがある。飛びながら体の色を変え、周囲の枝葉に見事に溶けこむため、赤外線でしかその姿を見ることはできない。彼らが集中して生息するのは、その星の唯一の大陸の真ん中にある高地だ。人類が着陸した当時、その頭足類は科学的にも文化的にも進んでいたが、物質的には、農耕が発達する前の人類と大差なかった。その理由をめぐっては、どれも推測の域を出ないが無数の説がある。俺の見かけたもっとも可能性の高そうな説は、こうだ——人類が槍や家や飛行機や宇宙船を開発することになった理由は、普通の動物でいることが下手だったからだ。

ロング・ショットの先住生物は、普通の動物でいることが下手ではなかった。自分たちの生息環境を完全に支配していたが、そのためにライフルを必要とすることはなかった。この星に入植者たちが着陸したとき、彼らは入植者たちを無視した。入植者たちが拠点コロニーを築いたのは沿岸で、彼らの生息する山地から何百キロも離れていたからだ。入植者たちも彼らにかまうことはなかった。というのも、先住生物は用心深く、自分たちの生息地から出ることはなく、ほとんど姿が見えなかったからだ。着陸して最初の二十年間、入植者たちは先住生物の存在に気づいてすらいなかった。

なぜこの星における両者の遭遇が、ほかの星とまったく違う展開になったのかについては、歴史ではあまり語られていない。だが、俺はこう考えている。人間と先住生物がついにばったり出くわしたとき、入植者たちは充分な基盤を築いており、もう絶えずびくびくする状態を脱していたからだろう。

時間。それがカギだ。

俺たちにも時間が必要だ。

025

これで二度目だ。いまも、そしてこれからも、けっしてわからない理由で、俺はムカデどもの巣窟から生きて外に出て、低い冬の太陽の下を歩いている。

ニヴルヘイムの基準で言えば、美しい朝だ。澄んだ薄い黄土色の空はうっすらと青みを帯び、ここからドームのあいだに広がる雪景色が、ダイヤモンドを散りばめたように見える。俺は深々と息を吸い、背中のバックパックをぐいっと引き上げると、歩きだした。

雪は膝まで沈む深さで、吹きだまりは腰に達する。循環式呼吸装置《リブリーザー》をつけていても、筋肉が要求するだけの酸素をニヴルヘイムの大気から充分には取りこめない。というわけで、コロニーの境界線までの一キロかそこらを重い足取りで歩くあいだ、これからどうなるのかたっぷり検討する時間ができた。いま帰るところだと知らせておこうか。そう思ってチャット・ウィンドウを開いたところで、まずいと気づいた。そんなことをすれば、マーシャルが俺の接近を止めようと考えるかもしれない。司令官に命じられたら、ナーシャやベルトは俺の頭上にプラズマ爆弾を落とすこともいとわないだろうか？　ナーシャはそんなことはしない。それは断言できる。だが、ベルトは？　もしそんなことをされたら、俺の背負った死のバックパックがどうなるか、正直わからない。

それがわかるような事態にならないことが、全員にとって最善だろう。

俺は大きく方向転換し、できるだけ二本の見張り塔のちょうど真ん中を進むように近づいていく。気づかれて身元確認される前になんとかドームまでたどりつきたいが、ムカデの侵入に厳重警戒態勢をしいていることを考えると、それは絶望的だろう。あいにく、まだ境界線まで百メートルというとき、至近距離の見張り塔二本が同時に作動してしまった。

俺は歩きつづける。見張り塔の土台の周囲でライトがぱっと光り、てっぺんから現れたバーナーが、回転して俺に狙いを定める。

「やめろ」俺は一般通信回線を通して伝え、右手でバブル爆弾のトリガーコードをかかげる。「頼む。こいつを引きたくない」

バーナーは引っこまないが、火を噴くこともなかった。何時間もたった気がしたが、実際は三十秒くらいだろう。耳元でマーシャルの声が聞こえた。

「バックパックを下ろせ、バーンズ。慎重に地面に下ろして、離れろ」

コードを握る手が震えだし、俺は喉にこみ上げてくる笑いを押し殺さなくてはならなかった。

「断る」笑いがおさまってから、俺は答えた。「下ろすつもりはない」

通信回線が切れ、今度は一分近く待たされた。ふたたび回線がつながると、マーシャルの声から、かろうじて抑えた怒りが聞き取れた。

「きみはどっちだ？」

「セヴン。ミッキー7です」

「エイトはどこにいる？」

「死にました」

「エイトは自分の兵器のトリガーコードを引いたのか？」

「いいえ。引きませんでした」

通信回線がふたたび切れる。二本の見張り塔の近いほうに目をやると、胴体の中心に鈍い赤い光が見える。そんなものは、いままで見たことがない。

つまり、たぶん俺は、これまで発射寸前のバーナーの発射口を見たことがなかったんだろう。

あれが俺に向かって発射されたら、どうなる？　手持ちのバーナーだったら、たとえ顔面にまともに炎を浴びても、死ぬ前にトリガーコードを引く時間は確実にある。だが、このバーナーは？

問題ない。たとえ即死したとしても、腕が痙攣する可能性がある。コロニーの連中にそんなリスクは冒せないはずだ。

冒せるのか？

その疑問を考えているとき、チャット・ウィンドウが開いた。

レッドホーク：ミッキー？　いったい、なにやってんだよ？

まあ、いい。少なくとも、ベルトはいま、コックピットにすわって俺に兵器を投下する準備をしているわけじゃない。

ミッキー8：やあ、ベルト。俺に会えるとは驚きだろ？

レッドホーク：マジな話、ミッキー。完全にイカれちまったのか？　なにをしようとしてるんだ？

ミッキー8：マーシャルをここに送り出してくれ。話がある。

レッドホーク：……。

ミッキー8：冗談で言ってるんじゃないんだ、ベルト。司令官をここに連れてきてくれ。

レッドホーク：おいおい、ミッキー。司令官が行くわけないことくらい、わかるだろ。

ミッキー8：来るはずだ、ベルト。

レッドホーク：バックパックを下ろせ、ミッキー。おまえが背負っているのは……戦争犯罪にあたる兵器だ。そのコードを引けば、この星に残っている人間が皆殺しになる。そんなこと、したくないだろ。

ミッキー8：ああ。確かに〝そんなこと、したくない〟から、こんな要求をしているんだ。俺はおまえを殺したくない。いや、じつはちょっと殺したいけどな。だが、ナーシャは殺したくないし、キャットも、警備セクションのあのムカつくトニオだって、殺したくはない。まあ、おまえ以外の人間は誰も殺したくないと思っている。だからこそ、マーシャルと直接、話し合いたいんだ。マーシャルを、ここに、連れてこい。

チャット・ウィンドウが閉じ、残された俺は、また見張り塔のバーナーのことを考える。

一時間近く放置され、その場に立って見張り塔の鈍い赤い光を見つめているうちに、何枚も重ねた防寒着に寒さが忍びこんできて、肌に、筋肉に、最後には骨にまで染みてきた。

これが厳しい現実だ――氷点下で長時間じっと立たされていると、ハイテク防寒着を何枚重ねていようが、最後には惨めで耐え難い、骨がガタガタ鳴るほどの寒さに襲われる。四十分くらいたつと、もうさっさとバーナーで焼き殺してくれたら、少なくとも暖かく死ねるのにと願っている自分がいた。

だが、そんな展開にはならなかった。俺がもうコードを引いて終わりにしちまおうかと思ったそのとき、二百メートル先にあるドームの第二エアロックが開き、マーシャルが憤然と出てきたのだ。

とにかく、マーシャルだと思う。循環式呼吸装置《リブリーザー》とゴーグルに六枚重ねの防寒着という格好では、見分けるのはちょっと難しい。だが身長はあれくらいだし、エアロックを出てくるとき、フル装備の戦闘スーツを着た兵士を二人引き連れていた。というわけで、最終的にはマーシャルだと確信した。俺は通信チャネルを開く。

「本気ですか？　なんのために護衛なんか連れてきたんですか、司令官？　すでに二基のバーナーを俺に向けてるってのに。いったい、どれだけ破壊力が必要だと思ってるんです？」

「警備兵を連れてきたのは」マーシャルは低くうなるような声で答える。「ある種の待ち伏せ攻撃ではないかという疑いが強いからだ」

俺は思わず笑いそうになる。「待ち伏せ攻撃？　誰から？」

「われわれは戦争状態にある。しかも、わたしには正直理解できん理由で、きみは敵側についているようだ」

それに対して言うべきことはない。俺は黙って寒さに震えながら、マーシャルが雪のなかを苦労して進んでくるのを眺めた。彼はコロニーのちょうど境界線で足を止めた。十メートルくらい離れたところだ。司令官の半歩後ろで、二人の警備兵も止まる。

「それで？」とマーシャル。「来たぞ、バーンズ。おまえがここにしにきたことをするがいい」

マーシャルはどんな展開を予想しているのだろうか。俺が両手をふって――そうだな――雪のなかからムカデの大群を呼びよせ、彼を食わせるとか。ほんの一瞬、〝かかれ！〟と叫んで、彼がどんな行動に出るか見てみようかと思ったが、警備兵は二人とも線形加速器をかまえているし、おそらく緊張しているだろう。いまからかうのは、まずい。

「俺はやりませんでした。トリガーコードは引きませんでした」

「見ればわかる」とマーシャル。「それよりどうした、きみの……友人は？」

「エイトのことですか？」

「そうだ。エイトのことだ。彼は自分の装置のトリガーコードを引いたのか？」

「いいえ。引かなかったと、さっき言ったはずです。引くこともできないうちに殺されました」

「そうか。では、彼の背負っていた装置はどうなった？」

「ムカデたちが持っています」

その後に訪れた沈黙は、永遠に思えるほどつづいた。

「彼らはそれがなんなのか知っているのか？」ようやく訊ねたマーシャルの声には、さっきはなかった震えがあった。

「はい」俺は答える。「知っています」

「なぜ、わかる？」

「俺が説明したから。使い方も教えました」

マーシャルは左側の警備兵のほうを向いた。「こいつを殺せ」

「司令官？」

キャットだ。戦闘スーツで気づくべきだった。マーシャルは震える手で俺を指さす。

「この男はわれわれのコロニーを裏切ったのだ、キャット・チェン伍長。こいつはユニオンを裏切った。人類を裏切った。もう間違いなく、この星でわれわれに残された時間は、何分とは言わないまでも、何時間という単位だろう。しかし時間切れになる前に、わたしはこいつが死ぬのを見届けたい。こいつを殺せ」

「それはいい考えとは言えません」マーシャルの反対側に立つ警備兵が言う。ルーカスだと思うが、通信機から聞こえる声では判別が難しい。「彼はバブル爆弾を背負っています、司令官」

「聞いてください」俺は言う。「あれがなにか、彼らに説明するしかなかったんです。そうしないと、彼らはあれを分解しようとしたかもしれない。もし、そんなことをされたら――」

カチカチという音の正体を見てみようとしたかもしれない。もし、そんなことをされたら――」

「もし、そんなことをされたら」とマーシャル。「この問題はおのずと解決していただろう」

「それは、彼らがドームの下で分解しようと決断していなければの話です」キャットが言う。「あたしが彼らの立場だったら、そうしていたでしょう」

「きみならどうしていたかは、関係ない」とマーシャル。「バーンズが自分のしでかしたことにどんな言い訳をひねりだそうが、関係ない。この男は、戦時下において敵と共謀したのだ。これより大きい犯罪はない」

「大量殺戮は？」俺は言い返す。「それは相当でかい犯罪です。人類が昔の地球を捨てることになったのは、敵と共謀したやつがいたからじゃありません。それに、言うまでもないが、いまは戦時下なんかじゃない」

マーシャルは俺に食ってかかった。「あのムカデどもは、わたしの部下を五人も殺しているんだぞ、この怪物が！　だいたい、貴様も今回を入れて二度殺されているではないか。われわれも彼らを殺してきた。これが戦時下でないとしたら、なんなんだ？」

俺は首をふる。「司令官は人間の見方でものを考えています。ムカデたちの見方はそうじゃない。彼らには個人という概念があまりないようです。俺の知るかぎり、彼らは知性を共有するひとつの集合体です。彼らは俺たちに殺されたムカデのことをまったく気にしていないし、彼らが襲った人間のことをなぜ俺たちが気にするのか、見当もついていません。数人の補助者を解剖して調べることが攻撃的行動とみなされるという考えは、彼らには理解できないんです。彼らに言わせれば、これまで俺たちのしてきたことはすべて、ちょっとした情報交換なんです」

「補助者？」キャットが訊き返す。

「そうだ。ドーム周辺で見かける小さいムカデたちがいるだろ。彼らがあいつらのことを呼んでいる名称を翻訳すれば、それがいちばんぴったりくる。補助者は集団全体の一部にすぎず、彼ら自身に知性はない。彼らは人間についても、一人一人はそういう補助者だろうと考えている」

「あ、そう」とキャット。「少なくとも、そこは訂正してきてくれた？」

「努力はした。彼らは言語を理解する能力が驚くほど高い。なにしろ、俺の通信を嗅ぎ回っただけで覚えたんだからな。だが概念といったものはなく、翻訳できるようなことはほとんどない。ともあれ、彼らは残念だと言っている」

キャットがさらになにか言いかけたが、マーシャルが制した。

「もういい！　黙れ、チェン。さもないと、こいつと一緒に死体の穴行きにするぞ」

「俺は死体の穴に入るつもりはない」

「いいや、入ってもらう。先にわれわれが爆弾で吹っ飛ばされないかぎり、貴様を確実に死体の穴に押しこむ。そのとき貴様が死んでいようが、生きていようが、わたしは一向にかまわん。そのバックパックも、いつかは下ろさなくてはならんときが来る、バーンズ。下ろしたら最後、わたしみずから貴様に一発ぶちこんでやる」

「恐れながら」ルーカスが口を開く。「それでは、彼にいますぐ俺たちを殺さない動機をあたえることにはなりません、司令官」

マーシャルはふり向いて彼をにらみつけてから、キャットをにらみ、俺に目を戻す。

「司令官は俺を殺すことはできません」俺は言う。「どんなに俺を殺したくても、そんなことはできない。俺はそっちにとって、ムカデたちとの唯一のパイプ役だし、ムカデたちはいまや、俺たちと同じく反物質兵器を持っているんです」

「貴様のおかげでな」とマーシャル。「バーンズ、貴様のおかげでそうなったんだ。貴様はわれわれ全員を殺したも同然だ、このろくでなしが」

俺は首をふる。「終末兵器をムカデたちのいる地下トンネルに持ちこむというのは、俺の考えじゃないし、エイトが兵器のトリガーコードを引く前にムカデたちに襲われたのも、俺のせいじゃない。どっちも司令官の責任です」

「しかし、貴様は決着をつけることができたはずだ。貴様がするべき仕事をしてさえいれば、こんなことは終わっていた。貴様はエクスペンダブルのくせに、臆病風に吹かれ、死を恐れたのだ」

俺はため息をつき、まぶたを閉じる。もう一度開けたときには、キャットとルーカスがそれぞれの武器をかまえていた。

「そうかもしれない」俺は言う。「死にたくなかったのかもしれないし……大量殺戮をして良心の呵責を抱えたくなかっただけなのかもしれない。司令官がこう考えているのは、知っています――俺はただトリガーコードを引き、ムカデたちを殺して、死ねばよかった。だが、俺がそうしなかった以上、俺たちはこの状況から進んでいくしかありません。この星には、人間以外に高度な知性を持つ種がいます。司令官は彼らに反物質兵器をわたしてしまったんです。司令官がいま深刻に必要としているのは外交手段であり、俺は唯一の外交官です。この期におよんで、俺を殺すのが誰かにとって最善の利益になるなんて、本気で思ってるんですか?」

マーシャルはたっぷり三十秒間、俺をにらみつけていた。彼の両手は震え、リブリーザーの奥で口元が動いているのが見えるが、言葉は出てこない。結局、彼はくるりと背を向け、エアロックへ大またで引き上げていった。キャットとルーカスはつっ立ったまま、去っていく彼を見つめている。

「で?」エアロックの外部ドアがマーシャルの背後で閉まると、俺は訊ねた。「もう、いいってことか?」

キャットはちらりとルーカスに目をやる。ルーカスはいちばん近い見張り塔を見る。俺たちが注視していると、見張り塔のてっぺんのバーナーが暗くなり、内部に引っこんだ。

「ええ」とキャット。「そうみたい。とにかく、いまのところは」

キャットは近づいてきて俺に手を差し出した。俺はトリガーコードをしまい、彼女の手を取り、ハグをする。

「ごめんなさい」キャットの声は涙ぐんでいる。

「わかってる。気にするなって、キャット。きみはしなければならないことをしただけ俺たちはさらに十秒ほどたたずんでいたが、そのうち彼女が言った。「戦闘スーツでハグするのって、変な感じだ」

違いない。

俺は彼女を放し、三人でドームへ向かって歩きだした。

俺は自分の部屋に戻って寝台に寝そべり、目を閉じて両手を頭の下で組んだ。ひと眠りしようと思ったところで、ついにエイトが死んだという実感に襲われた。いろんな意味で、おかしなものだ。俺が残るならエイトが死ななきゃならなかったことや、あいつにはほぼずっといらいらさせられたこと、たった数日の付き合いだったという事実はさておき、あいつは本当に死んじまったと言えるのか？　どっちみち、俺はあいつで、あいつは俺だった。こんなの、鏡が割れたとき、そこに映っていた自分の姿を悼むようなものだ。

どうでもいい。この気持ちはエイトに対するものかもしれないし、自分に対するものかもしれない。あるいは、あの忌々しい穴に落ちて以来、俺のなかで少しずつ大きくなっていたあらゆることからの解放感なのかもしれない。ともあれ五秒のあいだに、俺はまったく平気な状態から、みっともない大号泣に陥った。

それはしばらくつづいた。

収まりかけてきたとき、誰かがドアをノックした。勢いをつけて足を床に下ろし、シャツの前で顔をざっとぬぐう。顔を上げると、ナーシャが後ろ手にドアを閉めるところだった。

「どうぞ」俺は返事をしてから起き上がり、勢いをつけて足を床に下ろし、シャツの前で

「あの」ナーシャはやさしく言う。「おかえりなさい」

「サンキュ」俺は体をずらして場所を空け、彼女は寝台の俺の横に腰を下ろす。「今回は俺一人で、悪いな」

ナーシャは声を上げて笑ってから、俺の肩に腕を回し、頭の横を俺の頭にくっつける。

「ひどかったの？　エイトの身に起こったことは？」

俺は肩をすくめる。「わからない。別行動だったんだ。エイトが見つけたのは……たぶん、巣だった。無数のムカデが重なり合ってうごめく、洞窟内の巨大な空間だ。エイトが俺にその静止画を送ってきたとき、信号が途絶えた」彼女がぞっと震えるのが伝わってくる。「ともあれ、あっというまだったに違いない。エイトはトリガーコードを引こうとしていた。なにがあったにしろ、コードを引くまもないほど急だったのは確かだ」

もちろん、本当にそうだったかはわからない。それでも結局のところ、エイトは俺だ。ひょっとしたら、最後の瞬間に心変わりしたのかもしれない。もしかしたら、トリガーコ

ードを引けたのに、そうしないことを選んだのかもしれない。

ナーシャはぐすんと鼻をすすってから、笑った。

「ごめんなさい。どう感じるべきなのか、わからない」

俺は彼女の腰に腕を回す。彼女はため息をつき、俺にもたれかかって寝台に押し倒した。

「ねえ」彼女は俺の胸に頭を乗せる。「マーシャルは実際、わたしに命じて、あそこにいるあなたの友人たちを空から爆撃しようとしたのよ」

「へえ」俺の目はすでに閉じようとしている。「で、きみはなんて言ったんだ？」

ナーシャはまた穏やかに笑い、いっぽうの脚を俺の脚にからめる。「こう言ってやったわ。もしミッキーの話が本当なら、ムカデたちは百メートル以上ある岩盤の下に埋もれてるってことだから、現在わたしたちの所有する兵器では、彼らのシャンデリアから埃を落とすこともできない。わたしたちにできそうなことといったら、せいぜい彼らを苛立たせることくらいで、それはいまのところ、いい考えとは思えないって」

「すばらしい答えだ。マーシャルの反応は？」

ナーシャは片手で俺の胸を上へなで、その手を俺の頬に当てると、頭を引き寄せてキスをした。「だいたい、あなたの予想どおり」

そこで休んでから、ふたたび手を伸ばしてきて俺の頬をなでる。「あれって本当なの？」

俺は彼女の手にキスをして、その手を俺の胸に乗せる。「なにが？」

「あなたの話。ムカデたちのこと。彼らは本当に、わたしたちを放っておいてくれると思う？」

俺は肩をすくめる。「俺がそう思うかって？　じつを言うと、俺たちもムカデたちも、たがいにどれくらい相手の言っていることを理解できたのか、よくわからないんだ。ムカデたちは、こっちが彼らの地下トンネルに近づかず、ドームの南にある山地に建造物をつくろうとしないかぎり、俺たちを放っておくと言っていた。だが、彼らは〝ドーム〟の意味を本当にわかっているのか？　〝俺たちを放っておく〟というのは、たまに人間を捕まえてずたずたにしてもいいってことじゃないと、本当にわかっているのだろうか？　それは誰にもわからないだろ？」

「うわ。ひどい交渉人もあったものね」

「悪いな。だがベストはつくした。わかってくれるだろ？」

ナーシャはいっぽうの肘をついて体を起こし、俺の頬にキスすると、俺の腕をまた彼女の体に巻きつけて、俺の肩と首のあいだに自分の頭を乗せた。「あなたがベストを尽くしたのはわかってるわ、ミッキー」彼女はため息をつき、俺を引き寄せる。「あなたが頑張ったのはわかってる」

それから一、二分たたずに、彼女は眠りについた。俺もうとうとしている。じつに数日ぶりだ。目を閉じると、たちまちあのイモムシの夢に入りこんでいた。ミズガルズに戻り、逆再生される焚き火をはさんで向かい合い、漆黒の夜空から煙が渦を巻いて炎に戻っていくのを見つめている。

「これは終わりか」イモムシが訊ねる。「それとも、始まりか？」

俺は焚き火から顔を上げる。「今度は、しゃべれるのか？」

「前からずっとしゃべることはできた。おまえが理解できなかったのだ」

俺は肩をすくめる。それもそうだ。

「終わりと始まりの両方だと思う」俺は言う。「ていうか、両方だと思いたい」

この言葉に、イモムシは満足したようだった。それから俺たちは打ち解けた雰囲気で黙ってすわっていたが、やがてイモムシは少しずつ薄れて消えていった。

026

目が覚めると、ナーシャはいなくなっていた。だが俺のタブレットに伝言が残っていた。

今日は飛行任務があるの。戻ったら会える？

つい、頬がゆるむ。俺は寝台から出て、乾いた布で手早く体をふき、比較的きれいな服の最後のひと組を身に着ける。

はっきりなにがとは言えないが、今日はなにかが違う。

なんだか妙に……明るい気分？　わからない。ただ……。

そこではっとした。いつぶりだかわからないが、怖くない。

そんな気分を味わい、ひたり、骨の髄まで染みわたらせていると、オキュラーに通信が入った。

コマンド1：至急、司令官のオフィスへ来るように。

コマンド1：09時00分までに出頭しなかった場合、任務放棄と解釈する。

はいはい。なんだよ、まったく。

マーシャルの呼び出しに、ゆっくりと応じる。なんの話かはよくわかっているし、そんなものは聞きたくない。

08時59分、俺は司令官のオフィスのドアを開けた。マーシャルは机の向こうで椅子の背にもたれ、腹の上で両手を組み、顔にかすかな笑みと呼べなくもないものを浮かべている。へえ。そう来るとは思わなかった。

「バーンズ、すわりたまえ」

俺はオフィスに入って後ろ手にドアを閉め、椅子を机の前へ引っぱっていった。

「おはようございます、司令官。お呼びですか？」

「呼んだとも。おもな理由は、きみに謝りたかったからだ」

この展開は、完全に予想外だ。

「どうやら」マーシャルはつづける。「わたしは昨日、状況判断を誤ったようだ。きみがわれわれの装置をあの生物の手にわたしたと聞かされたとき、あの装置がなんなのかを彼らに話したと聞かされたとき……」

「説明したように」俺は訂正する。「俺があの装置を彼らのところに置いてきたんじゃありません。彼らがエイトを殺したとき、彼の背負っていた装置を奪ったんです。あれがどういう装置で、どう操作するかを説明しなきゃならなかったのは、そうしないと彼らがうっかりトリガーコードを引いてしまう恐れがあったからです」

うなずくマーシャル。「ああ、そう言っていたな。わたしは当然ながら、彼らはすぐあの兵器をわれわれに向けて使用するだろうと推測した。しかし、われわれがここにすわってこんな話をしているということは、わたしが間違っていたことになる。わたしの判断は誤りで、きみの判断が正しかった。というわけで、もう一度謝る——悪かった。わたしは昨日、あんな態度を取るべきではなかった」

「あんな態度というのは、キャットとルーカスに俺を殺させようとしたことですか？」

マーシャルは右目をひきつらせたが、それ以外は平静をたもっている。「そうだ、バーンズ。あれは間違っていた。すまない」

「あの、ええと。謝罪は受け入れます、でいいのかな？」

「よろしい。きみはじつに器の大きい男だ」

マーシャルは机の向こうから身を乗り出し、俺に片手を差し出す。少し迷ってから、俺は握手した。

「それで」マーシャルが手を放して椅子に戻ると、俺は言った。「あの……もういいですか、司令官？」

「いや」司令官の顔に笑みが戻る。今度はさっきより少し大きい笑みだ。「まだだ。状況は平常に戻りつつあるということで、きみにやってもらいたい仕事がある」

そら、来た。始まり、始まり。「仕事ですか、司令官？」

「そうだ。われわれの友人たちが今後、地下トンネルから出ず、このドームに近づくことはないと仮定すれば――ぜひ、そうあってほしいものだが――われわれはそろそろ、このコロニーを確実に存続させていく仕事に戻らねばならないと思わんかね？」

俺は椅子の背にもたれ、胸の前で腕組みをする。「はい、司令官。そう思います」

「うむ。よろしい。それでだ、きみもわかっているように、昨日製造した二台の装置のせいで、反物質の備蓄が危機的に落ちこんだ。近い将来において、新たな燃料を生産できる見込みは一切ない。もし発電装置がシャットダウンしたら、われわれ全員の身がどうなるかは、説明するまでもなかろう」

「はい。説明はいりません」

いまや前かがみで机に両肘をついているマーシャルは、まるで契約をまとめようとする飛行機の営業マンそのものだ。

「装置の製造に使用した燃料のうち半分は、もちろん失われた。それはどうしようもない。しかし極めて重要なのは、きみが持ち帰った装置に入っていた反物質を反応炉に戻すことだ」

げっ、勘弁してくれよ。

「反応炉から燃料を出したんですよね」俺は言う。「なら、そっくり同じことを逆の手順ですればいい」

マーシャルは悲しげな表情をつくろうとするが、うまくいっていない。「残念だが、それは不可能だ。燃料を引き出したときは、通常の取り出し機構を利用した。知っているだろうが、この機構は一方向にしか動かない。個々の燃料要素を反応炉へ戻す構造にはなっていないのだ。あいにくだが、人の手で、内部からおこなうしかない」

俺は目を閉じ、深く息を吸いこんで、ゆっくりと吐く。

稼働中の反物質反応炉内の中性子束はどれくらいだろう？　教官のジェマから教わったことはないと思うが、かなり高いはずだ。

「心配はいらん。作業の前後にアップロードしろとは言わない。これについては記憶に残す必要はない」

「アップロードしなくていいんですか？」

マーシャルはうなずく。「しなくていいとも」

「知っていると思いますが、俺は培養槽から出てきて以来、一度もアップロードしていません。この仕事をしたら、いまの俺は最初から存在しなかったも同然になります」

「馬鹿げたことを。きみの言う〝いまの俺〟は、コロニーを救ったことになるんだぞ。たときみが覚えていなくとも、われわれが覚えている」マーシャルは自分の両手に目を落とすと、誠実と言ってもいい表情で顔を上げた。「こういうことはあまり口にしない性分だが、本当のところ、きみはこれまで、一度ならずこのコロニーを救ってくれた。そして今後も救ってくれると確信している。この恩ははかりしれない。全員を代表して言わせてもらおう——きみには感謝している、ミッキー。きみの勇気は励みになる」

ミッキー。九年もたってから、初めて俺をミッキーと呼んだ。

きみの勇気は励みになるだと？

ふざけるな、マーシャル。

俺は椅子を下げて、立ち上がった。

「断ります」

マーシャルの顔から誠実そうな表情が仮面のように落ち、ほぼ瞬間的に混じりけのない憤りに変わる。

「なんだと？」

「断ると言ったんです。俺はやらない。俺を地下トンネルに送り出したときは、その燃料なしでもコロニーを存続させる計画があったはずです。その計画を実行してください。あるいは、ドローンにあの戦争犯罪に問われる爆弾を載せて反応炉につっこませたらどうですか。もしくは、自分でやるとか。とにかく、俺はやりません」

マーシャルは勢いよく立ち上がった。その顔はどす黒く、目つきは険しい。

「やるんだ。貴様はやる。さもないと、神に誓って、サーバーから貴様のパターンとあらゆるデータを消去してやる。そして最後のミッキーとなる貴様を、わたしの手で死体の穴に押しこんでやる」

心が決まったいま、俺はそれまで自覚していなかった肩の荷が下りた気分を味わっていた。ほとんど空を飛んでいるみたいだ。

「データなら消していいですよ、司令官。むしろ、お願いしたいくらいだ。俺はこれで、このコロニーのエクスペンダブルを辞めます。代わりを見つけてください。正直、どうでもいいが。それでも、司令官は俺を殺さないだろう。ムカデたちとのパイプ役は俺しかいないし、司令官は昨日、愚かにも反物質爆弾を彼らにわたしてしまったんだから。部下を使って俺に手出ししてみろ、ムカデたちに休戦は終わりだと伝えるぞ」

マーシャルの口が開き、閉まり、また開く。

我慢できない。俺はげらげらと笑いだした。

「そんなことができるものか」マーシャルがようやく言葉を発したときには、俺はオフィスを出ようとしていた。

「これまで六回もくたばってきた」俺は肩ごしに言い返す。「普通の人間より五回も多い。そんな俺に向かって、できるものかなんて、言わないでもらいたいね」

俺はドアも閉めずに立ち去った。

「よう、相棒。調子はどうだ?」

俺はコオロギとヤム芋の炒め物から顔を上げる。ベルトが俺の向かいにトレイを置き、どっかりとベンチにすわった。

「なんだ、おまえか」

「そうさ。辞めたんだって?」「そのようだな」

俺は肩をすくめる。「そんなことができるとは、知らなかったよ」

「すげえ。そんなことができるとは、知らなかったよ」

「おまえにはできないぞ」と俺。「マーシャルの頭上に反物質爆弾をかかげでもしないかぎりはな」

ベルトはひと口かじり、咀嚼し、のみこむ。俺がちょうど自分の食事に戻ろうとすると、ベルトは言った。「固形物の食事に戻ったんだな」

「ああ。もう配給カロリーをエイトと分け合ってないからな」

「あっ、そうか」

「そうさ」

俺たちは丸々一分間、黙って食べた。気まずくなるほどの長さだが、いまの俺にはそんなことは気にもならない。

「おまえが戻ってきてくれてうれしいよ」とうとう、ベルトが口を開いた。

俺は顔を上げる。「ありがとよ、と言っとくか。どうせ、ナインに聞かせるために、俺の身に起こった出来事をでっちあげるのが面倒だったんだろ?」

ともあれ、この言葉にベルトはたじろいだ。「うっ。そのことは謝ったじゃないか」

「ああ。そうだな」

さらに三十秒の沈黙。俺はもうだいたい食べおわっているが、ベルトはほとんど食事に手をつけていない。

「それで」とベルト。「俺たちは、その……仲直りできたのかな?」

俺は目を閉じ、深く息を吸いこんで、吐く。ふたたび目を開けると、ベルトが期待に満ちた目でこっちを見ていた。俺はテーブルに身を乗り出す。ベルトもこっちにかがんでくる。

俺はベルトを正面から殴った。指の関節が鳴り、彼の頭がのけぞるほど強く。

「ああ。これで仲直りだ」

俺は立ち上がり、自分のトレイを持って、立ち去る。通路に出るドアを開けるとき、ちらりとふり返ると、ベルトはじっとこっちを見ていた。口をわずかに開け、両手をテーブルに押しつけている。殴られた目はすでに見事な紫色に腫れ上がっている。

ありきたりのやり方だってことはわかっているが、かまわない。今日は、俺の残りの人生で最初の日なのだ。

027

どうやら、ニヴルヘイムにも春のようなものがあるらしい。そんなこと、誰にわかった？

着陸しておよそ一年後には、気温が上がりだし、雪が解けはじめた。そして二、三週間後、初めて露出した地面が見えた。さらに一カ月たつと、地面はコケに覆われた。

なぜこんなことが起きているのか、明確に説明できる人間はいないようだ。ニヴルヘイムの軌道はほぼ円形で、地軸の傾きはごくわずか。理論的には、この星に季節の移り変わりなどあるはずがない。考えられるもっとも可能性の高い説は、ニヴルヘイムの太陽がじつはかろうじて変光星と呼べる星で、気温上昇の周期にあるというものだ。

そういうことは、ミズガルズでミッションを計画した連中が気づくはずじゃないのかと思うだろ？　なにしろ、彼らはこの星を三十年近く観測してから、俺たちを旅立たせたのだ。ちょっと調べたら、この星で観測された出力に、周期的な変動があったことがわかった。それはきちんと文書にまとめられている。だが、彼らはその原因がニヴルヘイムの太陽であるとは考えなかった。恒星物理学的見地から見てどういう仕組みになっているのか、誰も妥当な説明ができなかったからだ。そこで、星間物質のなかの塵雲《じんうん》と関係があるに違いないと結論づけ、そう記録を残した。だから彼らは、ここで俺たちが暖かい環境で幸せに暮らせると考えたのだ。出力の高い数値が本当で、低い数値は混信のせいだろうと考えたわけだ。

あいたたた。

初めは誰もが気候の変化に大喜びしていたが、それも物理学セクションの男が、この星の気候は極端に寒い季節から極端に暑い季節へ移ろうとしており、いずれ俺たちはじりじりと焼き殺されてしまうのではないかと言いだすまでのことだった。

ぞっとするが、いまのところはそうなっていない。二、三カ月たつと、気温はひんやりと清々しいのあいだで安定し、ついに農業セクションの連中がドームの外になんとか実験的な畑をつくった。

ちょうどその頃――仲間の入植者たちがようやく外で短時間すごすようになり、初めて数人分の胚を融解してはどうかという話題が出て、俺と司令官以外はムカデのことなどほとんど忘れているようだった――俺はナーシャを散歩に誘った。

まだ循環式呼吸装置《リブリーザー》の着用は必要だ。酸素の分圧は上がってきてはいる。緑が生長しはじめてから、ゆっくりとだが、はっきりわかるくらい上昇している。とはいえ、まだ人間が呼吸装置なしで長時間生きていられるほどの変化——もちろん、そんな日が来るとしたらだが——ではない。この季節がどのくらいつづくのか、俺たちには見当もつかない。何年もつづくかもしれないし、明日終わるかもしれない。

ともあれ、それまではハイキング日和だ。

「どこへ行くの？」コロニーの境界線からルーカスに手をふられたあと、ナーシャが訊ねた。

「ドームから離れるのさ。それだけじゃダメか？」

ナーシャは俺の手を取り、俺たちは並んで歩く。

俺たちが出てきたミズガルズには、唯一の大陸とほぼ同じ幅で、赤道をまたぐ巨大な砂漠があった。その広大な土地は、何年も雨らしい雨が降らないこともあった。だがごく稀に気象条件がそろって雨が降ると、とてつもない大嵐が発生し、乾ききった平地と小さい峡谷に、一年分の雨が一日二日でどっと降りそそぐ。そんな大嵐が来るたびに、砂漠地帯には、チャンスが来たらすぐ飛びつこうとずっと待ちかまえていた命がいることを思い知らされたものだ。植物は泥からほとんど飛び出すように伸びてきたし、動物は冬眠から目覚め、食べ物と水と獲物と繁殖相手を求めて這い出してきた。

ここニヴルヘイムの生物圏も、それと少し似ている気がする。雪が消えてたったの二ヵ月だが、すでにコケ類は草らしき植物に取って代わられ、いずれ大きくなりそうな低木まであちこちに顔をのぞかせている。動物も現れた——ほとんどは地を這う小さい生き物で、その姿はムカデたちにそっくりだが、ドームから一キロくらい離れたところでは、八本脚の爬虫類らしき生物が岩棚で日向ぼっこをしているのを見かけた。

俺がその爬虫類を指さしてナーシャに教えてやると、彼女は顔をしかめ、持ってきたバーナーに手をかけた。そりゃ、そうだ。

「おいおい」俺は止める。「かわいいじゃないか」

ナーシャは横目でちらりとこっちを見ると、首をふって、手を下ろした。

俺たちは歩きつづける。

さらに五分くらいたった頃、俺は足を止めて、現在地を確認しなくてはならなくなった。気温の上昇が始まってだいぶたったいまでは、雪が消え、なにもかもがまるで違って見える。ナーシャは半歩下がり、胸の前で腕組みをして首をかしげる。

「これはただの散歩じゃないわね？」

俺はリブリーザーの奥で笑う。「まあな。ちょっと確認しておきたいことがあるんだ」

いまでは、目印になるものがある。俺たちは山腹をのぼってから、小さい谷に下り、ドームから見えないところまでやってきた。

「ここで合ってるの？」ナーシャに訊かれてさっとふり向くと、彼女はまたバーナーに手をかけていた。「ムカデの国みたいだけど」

「そうだよ。このすぐ近くに、彼らの地下トンネルに通じる入り口がある」

「あ、そう。どうして？」

「言っただろ。ちょっと確認しておきたいことがあるって」

最初は見逃してしまった。俺が目印にしていた岩は、氷であの場所に固定されていたに違いない。あるいは、雪解け水で斜面を転がり落ちてしまったんだろう。いずれにしろ、岩は元の場所から二十メートルほど谷を下ったところにあった。それでもやっと見つけた。見つかりさえすれば、俺が地下トンネルから出てきたときにあの岩があった小さな岩棚までたどっていくのは、そう難しいことじゃない。岩棚の下には、比較的小さい岩が積み重なっている。俺は両膝をついて、岩をどけはじめた。

「ミッキー？　ここでなにをしてるのか、教えてくれる気はないわけ？」

教えてもいいが、その必要はなかった。すでに邪魔な岩はどけられて、岩棚の下にぽっかりと空いた空間が見えている。

「ウソでしょ」とナーシャ。

俺はふり返り、彼女の反応を観察する。驚いてはいるが、怯えたり殺意を覚えたりしているようすはない。いい兆候だ。俺は慎重に暗い空間に手を伸ばし、エイトのバックパックを明るいところへ引っぱり出す。

「ちょっと、そんなものを隠してたの⁉」

俺は笑う。「まさか、俺が本当にこいつをムカデたちにわたしたなんて、思ってたわけじゃないよな？」

ナーシャは俺の横にしゃがんで手を伸ばし、バックパックの上部をなでる。「どうやったの？」

「どうやったって、なにが？　エイトがムカデたちに殺されたあと、どうやってこの非道な兵器をやつらから取り戻したのかってことか？」

ナーシャがこっちを向いて俺を見る。リブリーザーの奥にある彼女の目は、笑っていない。「そうよ。ミッキー」

俺は肩をすくめる。「返してくれと頼んだんだ」

ナーシャは首をふり、バックパックに注意を戻した。「それ、装塡《そうてん》してあるの？」

「まあ、中規模の都市で生き物を全滅させられるくらいの反物質が入ってる。そういう意味で訊いたんなら」

ナーシャは手を引っこめた。

「大丈夫だって。なかの単極子バブルに傷がつかないかぎり、反物質は基本的にべつの世界に存在しているのと同じだ。反物質が俺たちに触れることはできない」

「じゃあ、もし傷のついたバブルがあったら？」

俺は噴きだす。「信用してくれよ。わかってるだろう」

「なぜなの、ミッキー？」

「なぜって、なにが？　なぜ俺が終末兵器を海賊のお宝みたいに、こんなところに隠しておいたかってことか？」

「ええ。そうよ」

両膝をついていた俺は、体を起こしてかかとを地面につけると、ナーシャのほうを向いた。「まあ、こういうことだ。もし俺が司令官に報告したように、この兵器を本当にムカデたちのところに置いてきたとしたら、彼らは最終的にこいつを使おうと考えていただろう。正直あのときは、ドームにいるほとんどの連中がどうなろうとかまわなかった。だが

……」

ナーシャはにやりとする。「だがなに、ミッキー？」

「わかってるだろ。俺はマーシャルに死体の穴に押しこまれるほうが、きみの身に万一のことが起こる危険を冒すよりマシだと思ったんだ」

「よろしい。それはわかった。じゃあ、なぜそのバックパックを持ち帰らなかったの？」

「ああ、簡単なことさ。もしこの兵器をふたつともマーシャルのところに持って帰れば、俺は確実にその場で殺され、ナインが地下トンネルに送りこまれてムカデの大量殺戮を任されただろう。俺がまだ生きている唯一の理由は――ムカデたちがまだここにいる唯一の理由は――マーシャルが俺のことを、ムカデたちがドームの真下でこいつを爆発させるのを食い止められる唯一の存在だと思っているからだ」

「それについては、たぶんミッキーの言うとおりでしょうね。でも、わからないのは、なぜムカデたちがあなたに爆弾を二つとも持たせて解放してくれたのかってこと。彼らは攻撃を阻止しようとか、そういうことは考えなかったのかしら？」

俺はまた噴きだした。さっきより少し激しい。「マジかよ？　俺とエイトが背負っていたバックパックがなんなのか、俺がほんとにやつらにしゃべったと思ってるのか？　俺たちがムカデの巣にやってきた目的は、彼らを全滅させることだなんて、俺がほんとに言ったと思うか？　そんなわけないだろ、ナーシャ。俺は天才じゃないが、そこまでバカでもない」

ナーシャは呆気に取られているようだ。どうやら彼女は、俺のことを本当にそこまでバカだと思っていたらしい。

「じゃあ、ムカデたちになんて言ったの？」

「なんていうか、言語が大きな壁だったが、俺とエイトは使者だと伝えようとした。じつは、バックパックのことはなにも訊かれなかった。やっぱり、とても終末兵器には見えないもんな」

「ええ。見えないでしょうね」

俺はバックパックをまた穴に押しこんでから、慎重に小さい岩を積み上げ、また穴を隠していく。それがすむと、立ち上がり、数歩下がって出来ばえを確認する。

「どう思う？」俺はナーシャに訊ねた。「このまま隠しておけるかな？」

彼女は肩をすくめる。「たぶん、当分はね。でも永久にとはいかないいんじゃないかしら。長期的な計画はあるの？　それとも、誰かがたまたまここに来て、うっかりわたしたちを全滅させちゃうまで、ただ待ってるつもり？」

俺はため息をつく。「隠したときは、こう思ったんだ。マーシャルが死ぬのを待ってから、ここに戻ってこいつを回収し、新しく司令官になったやつに、ムカデたちは友好の証に爆弾を返すことにしたと報告しよう」

「本気で言ってるの？」

「ああ、本気だ。もっといい計画があるなら、ぜひ聞かせてもらいたいね」

ナーシャは長々と俺を見つめ返してから、首をふった。「なにも思いつかない。でも、この状態がいつまでつづくと思う？　マーシャルは病気なの？」

「俺の知るかぎり、それはない」

ナーシャは俺の手を取る。「ねえ、代替案があるんでしょ？　万一、司令官が死ななかった場合の計画が？」

「いいや」

ナーシャは空いているほうの手を俺の頬に当てると、自分のリブリーザーを上げ、身を乗り出して俺にキスをした。「ほんとに天才じゃないのね」そう言って俺の手を放し、背を向けて、また谷をのぼりだす。「でも素敵な人でよかった」

俺はふり返って、バブル爆弾を隠した場所を見た。ただ岩が積み重なっているようにしか見えない。この星の九十パーセントを覆うほかのすべての雑多な岩と、なにも変わらない。

これでなんとかなるか？

マーシャルはすこぶる健康そうだ。

なんとかなってもらうしかないだろう。

最後にもう一度ちらりとふり向いてから、戦争犯罪未遂となった兵器をあとにする。

俺はナーシャにつづいて陰から出ると、谷をのぼって、陽射しの下に出た。

謝辞

この本のために尽力してくださった方々の名前を挙げていくと、長いリストになります。何人かの名前がもれてしまうかもしれません。その一人に該当されてしまった方は、どうか許してください。おそらく気づいているでしょうが、ぼくは見かけによらず、ちっとも賢明ではないんです。

まずは、明らかにお世話になった方々へ。ポール・ルーカスと〈ジャンクロウ&ネズビット〉の優秀な人々に、心から感謝します。彼らの導きと励ましがなかったら、ぼくはほぼ確実に、この仕事をとうの昔に投げだしていたでしょう。それから〈リベリオン・パブリッシング〉のマイクル・ローリーと〈セント・マーティンズ・プレス〉のマイクル・ホムラーのお二人は、ほとんど無名の著者が書いた奇妙な作品に賭けてくれました。そして、彼らより少し目立たない形でお世話になった方々にも、真心をこめた感謝を捧げます。この物語がちょっと気の滅入る中篇作品だった頃に読んでくれたナーヴァ・ウルフは、もっと気の滅入らない小説にするよう勧めてくれました。ナーヴァ、もしこれを読んでくれていたら、発売された本にきみの助言の痕跡を見つけてほしい。そして認めてくれることを祈っています。

次の方々にも、心をこめた感謝を伝えたいと思います（順不同）。

・キーラとクレアは、この物語の最初の原稿に、手厳しいがまっとうな批評をくれました。
・ヘザーは、ぼくのクレジットカードで無限にチャイを買ってきてくれました。
・アンソニー・タボーニは、もうすぐできるぼくのファンクラブの会長になってくれます。
・テレーズ、クレッグ、キム、エアロン、ゲアリーは、本書の原稿のいろんなバージョンを読みとおしてくれ、さっさとやめちまえなどとはけっして言いませんでした。
・カレン・フィッシュは、作家であるとはどういうことかを教えてくれました。
・ジョンは、あらゆる面で、文字どおり頼りになる相談役をつとめてくれました。
・ミッキーは、ぼくに小説の主人公に使われたうえ、物語のなかで何度も殺されても、怒らないでくれました。
・ジャックは、どうしても必要なときはぼくのエゴを抑えてくれました。
・ジェンは、出版前の原稿の最終確認をしてくれました。

・マックスとフレイアは、ぼくが人生で本当に大切なものはなにかをけっして忘れないようにしてくれました。

前にも言ったように、このリストはお世話になった方々の一部にすぎません。ここに挙げた方々の誰が欠けても、本書はこういう形にはならなかったでしょうし、おそらくほかにもたくさんの方々の協力があったはずです。ありがとう、みんな。さあ、次の作品に取りかかろうか？

シニカルなユーモアに溢れた現代的な宇宙SF

評論家
堺三保

SFの世界において、クローン人間は今やとてもありふれた題材となったと言ってもいいだろう。現実の世界においてもクローン羊が生み出されてすでに四半世紀以上が経ち、様々な動物における成功例が報告されている。ヒトのクローンが未だ作られていないのは、偏《ひとえ》に倫理的な問題があるからだろう。

本作の主人公、ミッキー・バーンズはごくありふれた男性である。彼が「使い捨て人間《エクスペンダブル》」と呼ばれるクローン人間であり、ミッキー7のコードネームがつけられた七番目の個体であることを除いては。

彼が住む未来社会では、クローン技術と記憶転写技術の発達により、人間は自分と同じ記憶と肉体を持つクローンをほぼ即座に生成できる。ただし、クローンになるには条件がある。命がけの危険な任務（時にそれは確実な死をもたらすことが事前に判明している）を行う使い捨て人間に志願することが義務づけられているのだ。

ミッキーはそんな使い捨て人間として、惑星ニヴルヘイム開拓部隊で働いていたのだが、ある日、基地の外を探査中、クレバスに落ちてしまう。穴は深く、自力では脱出できそうにない上、近くにはムカデに似た攻撃的な生物たちが潜んでいて、救助は困難。かくして、彼をその場に残して他のクルーは基地に帰ってしまう。

ミッキー自身も死を覚悟するのだが、ひょんなことから地上に戻ることができてしまう。ところが、基地ではすでに次のクローン体であるミッキー8が作られていた。厳しい環境の中、ギリギリの食糧事情を抱えて、基地では各員に厳格な割り当て食事カロリーが課されており、二人のミッキーの存在を許してもらえるとは到底思えない。生き残りを賭け、ミッキー7と8は二人一役の生活を始めるのだが……。

というわけで、前置きが長くなってしまったが、本書はエドワード・アシュトンの*Mickey7*（2022）の全訳である。

居住可能惑星の探査と移住。異星生物とのコンタクト。クローン技術と記憶転写技術による人間の複製等々、本作は今まで様々なSF小説で散々使い古されてきた設定が詰め込まれている（クローン体二人の生存が許されないという設定は、かの名作「冷たい方程式」を彷彿とさせる）。

それが、なんとも新鮮な読後感を与えてくれるのは、ひとえに、シニカルさに溢れつつも絶望には至らない、本作独特の世界観だろう。

本作の舞台となっている未来世界では、人類は絶滅の危機や深刻な問題を抱え、むりやり生存範囲を広げようと苛酷な居住可能惑星探査を続けている。それは、厳しく貧しい世界であることが、描写の端々から読み取れる。人類が外宇宙に版図を広げている未来というと、例えば〈スター・トレック〉のようなユートピア的な世界として描かれがちだが、本作の世界は限りなくディストピアに近い環境だと言ってもいい。だが、主人公を始め登場人物たちはその環境に適応して生きている。このバランス感覚が、よくありがちな世界設定に、絶妙なリアリティを与えており、読む人を引き込むのだ。

言い方を変えると、本作の世界は、今の世界とは場所も環境もずいぶん違うが、そこに住む人々の思考や行動には、我々と変わらない部分が多い。通常、SFにおいては、そういう「変わらなさ」は描写の不徹底として批判されがちだが、本作においては、どんな状況であろうと人間の本性はさほど変わらないという立場を取っていて、それが読者にとってのリアリティを担保してくれているのだろう。何よりも、我々の現実から大きく外れた未来世界を、ユートピアでもディストピアでもない「もう一つの現実」として提示しているところが、本作の持ち味なのだ。

それは、本作最大のテーマであるクローンと個々人の実存の問題についても同じだ。クローン技術と言えば、ある意味、不死になる技術であり、富裕層がそれを独占して世界を支配する、というようなストーリーは山ほど書かれてきたが、本作ではそこをひっくり返して、クローン人間がある種の賤業に就く者として描かれているところに独特の面白みがある。そしてもちろんここでも、それを最下層民的な扱いではなく、あくまでもきちんとした扱いを受けている「個人」として設定していることで、先に述べたようなユートピアでもディストピアでもない世界観をきちんと作り出しているのである。その上で、全くの一般人である主人公が、クローン技術に対して実に当たり前で個人的な結論に達するエンディングに、読者も大いに首肯することだろう。

などと、いろいろ難しげなことを書いてはみたが、本作は何よりも未知の惑星を舞台とした冒険SFである。読者諸兄には何よりも虚心坦懐に、異郷でのミッキー7らの悪戦苦闘を楽しみながら読んでもらえることを願いたい。

作者のエドワード・アシュトンの素性は、調べてはみたがあまりよくわからない。ネット上に公開されている自身の言葉によれば、ニューヨーク州北部の山小屋に、妻と娘たち、それに愛犬と住んでいて、余暇にはガンの研究をしたり、大学院生たちに量子物理学を教えている、とある。このなんとも人を食った自己紹介を信じるならば、どこかの大学の先生なのだろうが、はてさて真相やいかに。

そんなアシュトンにはすでに *Three Days in April*（2015）、*The End of Ordinary*（2017）の二作の長篇があり、本作は三作目となる。

Three Days in April は遺伝子操作を施されたエリートたちと一般大衆とに二分された近未来社会を舞台に、遺伝子操作を施されてはいるもののエリート層から落ちこぼれて市井に生きる主人公が、突如流行し始めた恐るべき疫病の謎を巡って、政府の殺し屋や街の悪党たちに追われつつ、事態の収拾を図るというもの。

一方、*The End of Ordinary* は世界大戦から復興中の近未来で、遺伝子組み換えトウモロコシを開発中の主人公が、人類の存亡に関わる世界規模の陰謀に巻き込まれてしまうというもの。

どちらも、ディストピア一歩手前の近未来社会を舞台にしたハイテクスリラーSFで、本作同様、暗い舞台設定にもかかわらず全体を乾いたユーモアで包んだ筆致が特徴となっており、高い評価を得ている。

本作は、アシュトンがそんな作風はそのままに、ついに舞台を地球から宇宙へと移し、本格的な宇宙SFに挑んだもので、今年初めの刊行以来、SFファンはもちろん、読書家の間で話題のベストセラーとなったもの。本作の好評を得て、続篇、*Antimatter Blues*（反物質ブルース）も来春刊行予定となっている。惑星ニヴルヘイム開拓はまだまだ前途多難なようだ。

なお本作はポン・ジュノ監督&ロバート・パティンソン主演で、ワーナー・ブラザースでの映画化が決定している。

ポン・ジュノは、『パラサイト　半地下の家族』でカンヌ映画祭のパルムドール賞を皮切りに、ゴールデングローブ賞、フランスのセザーヌ賞、そして、外国語映画として史上初めてアカデミー賞作品賞受賞と、世界の映画祭を席巻した、韓国映画界をリードする監督、脚本家だ。その取り扱うジャンルは『殺人の追憶』や『母なる証明』といった犯罪ものから『スノーピアサー』や『グエムル　漢江の怪物』、『オクジャ』といったSF作品まで幅広いが、いずれの作品も人間心理の暗黒面を鋭く抉ってみせる作風は共通している。本作の映画化は、ポン・ジュノ監督にとっては二〇一九年公開の『パラサイト』以来となる新作であり、世界中の映画ファンから熱い期待が寄せられている。

一方、主役のロバート・パティンソンは、吸血鬼ロマンス小説〈トワイライト・サーガ〉の映画版でヒロインと恋に落ちる吸血鬼を演じて一躍世界的スターとなったクールな風貌が特徴の二枚目俳優で、近年では『ザ・バットマン』で若き日のバットマンを演じて大好評を博し、続篇製作が決定したことも記憶に新しい。原作は、主人公のミッキーによるどこか飄々《ひょうひょう》とした語り口の一人称小説となっているが、クールな役どころが多いパティンソンがミッキーをどんな風に演じるのか、ポン・ジュノがどんな演出をするのか、大いに気になるところだ。

ちなみに、タイトルが『ミッキー7』ならぬ『ミッキー17』に変更されており、どうやら映画版のミッキーは、原作よりもさらに悲惨な「使い捨て」人生を歩まされている模様。

全米公開予定は二〇二四年三月二九日。見ることができるのはまだ少し先の話だが、本作を読みつつ、今から楽しみにして日本での公開を待ちたい。

二〇二三年十二月

マザーコード

THE MOTHER CODE

キャロル・スタイヴァース

金子 浩訳

二〇四九年。アフガニスタンで使用されたバイオ兵器が暴走し、致死的病原体となって世界じゅうに広まった。人類滅亡を目前にして、遺伝子操作で病原体に免疫を持つ子供たちが作りだされ、〈マザー〉ロボットによる人類育成計画が発動するが……。破滅した世界での希望の子供たちを描く、近未来ＳＦサスペンス！

ハヤカワ文庫

折りたたみ北京
現代中国SFアンソロジー

INVISIBLE PLANETS: CONTEMPORARY CHINESE SCIENCE FICTION IN TRANSLATION

ケン・リュウ編
中原尚哉・他訳

〔ヒューゴー賞／星雲賞受賞〕十万桁まで円周率を求めよと始皇帝に命じられた荊軻は三百万の軍隊を用いた人間計算機を編みだす。『三体』抜粋改作にして星雲賞受賞作「円」、三層都市を描いたヒューゴー賞受賞作「折りたたみ北京」などケン・リュウが精選した七作家十三篇を収録のアンソロジー　解説／立原透耶

金《こん》色《じき》昔《せき》日《じつ》

現代中国SFアンソロジー

BROKEN STARS: CONTEMPORARY CHINESE SCIENCE FICTION IN TRANSLATION

ケン・リュウ編
中原尚哉・他訳

北京五輪の開会式を彼女と見たあの日から、世界はあまりにも変わってしまった――『三体X』の著者・宝樹《バオシュー》が、中国の歴史とある男女の運命を重ね合わせた表題作、『三体』の劉慈欣《リウ・ツーシン》が描く環境SFの佳品「月の光」など、14作家による中国SF16篇を収録。ケン・リュウ編による中国SFアンソロジー第2弾。解説／立原透耶

ハヤカワ文庫

2010年代海外SF傑作選

橋本輝幸編

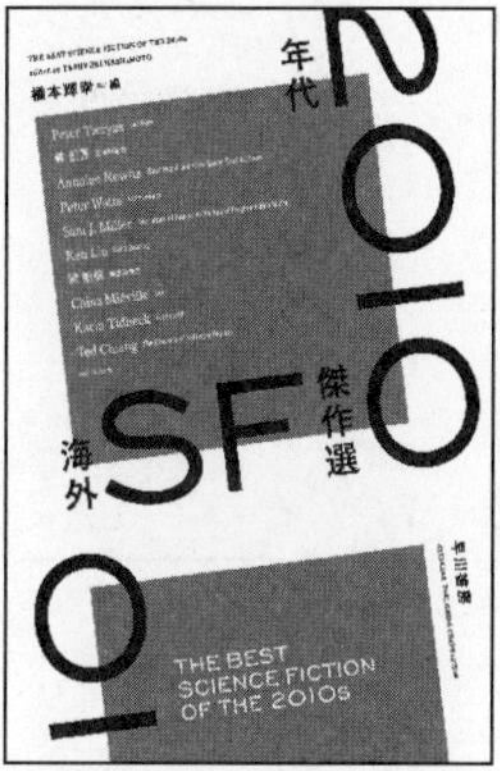

〈不在〉の生物を論じたミエヴィルのホラ話「〃《ザ・》〃」、ケン・リュウによる歴史×スチームパンク「良い狩りを」、仮想空間のAI生物育成を通して未来を描くチャンのヒューゴー賞受賞中篇「ソフトウェア・オブジェクトのライフサイクル」など二〇一〇年代に発表された十一篇を精選したオリジナル・アンソロジー

ハヤカワ文庫

訳者略歴　愛知県立大学外国語学部フランス学科卒，英米文学翻訳家　訳書『無情の月』コワル，『男たちを知らない女』スウィーニー＝ビアード，『12歳のロボット　ぼくとエマの希望の旅』ベーコン，『翡翠城市』リー（以上早川書房刊）他多数

HM=Hayakawa Mystery
SF=Science Fiction
JA=Japanese Author
NV=Novel
NF=Nonfiction
FT=Fantasy

ミッキー7

〈SF2395〉

二〇二三年一月二十日　印刷
二〇二三年一月二十五日　発行
（定価はカバーに表示してあります）

著者　エドワード・アシュトン
訳者　大《おお》谷《たに》真《ま》弓《ゆみ》
発行者　早川浩
発行所　株式会社　早川書房
郵便番号　一〇一 - 〇〇四六
東京都千代田区神田多町二ノ二
電話　〇三 - 三二五二 - 三一一一
振替　〇〇一六〇 - 三 - 四七七九九
https://www.hayakawa-online.co.jp
乱丁・落丁本は小社制作部宛お送り下さい。
送料小社負担にてお取りかえいたします。

印刷・星野精版印刷株式会社　製本・株式会社フォーネット社
Printed and bound in Japan
ISBN978-4-15-012395-6 C0197

本書は活字が大きく読みやすい〈トールサイズ〉です。